中公文庫

アウターライズ

赤松利市

中央公論新社

目次

アウターライズ

プロローグ

病室の男　二〇二一年二月五日　早朝

ドアがノックされた。控えめなノックだった。応じる間もなくドアが開いた。無帽、制服姿の青年が踵《かかと》を揃《そろ》えた直立不動の姿勢で言った。

「まるごまるはち！　宮城県遠方沖を震源とするP波を捉えました」

ベッドに臥《ふ》した老人が身体《からだ》を起こした。着古したグレーの作業服だった。老人はサイドテーブルのデジタル時計に目をやった。午前五時八分四十七秒を表示していた。

P波。Primary Wave は文字通り最初の波という意味で、初期微動を引き起こす地震波だ。P波に続いて伝播《でんぱ》する地震波をS波という。Secondary Wave と呼称されるこの第二の波がゆさゆさとした地震の揺れを引き起こす。

P波の伝播速度は毎秒約七キロメートル、S波のそれは毎秒約四キロメートル、P波を感知し直ちに警報を発して、破壊的なS波の到達に備えようとするシステムが気象庁の緊急地震速報だ。

ベッドに腰を下ろした格好で老人は次の報告を待った。

報告は数分後にもたらされた。

同じ制服姿の別の青年だった。

「T一号機が津波の発生を確認しました。波高は一メートル二十です」

声が微《かす》かに震えていた。

T一号機は宮城県沖百五十キロメートルに位置する津波観測装置だ。四千メートルの深海に設置された水圧計と海上に浮かぶブイで成る。それらが観測したデータは海底ケーブルと通信衛星でリアルタイムに送られる。

津波は水深の深い場所では高速で伝播する。秒速二百メートル、ジェット機並みの速度だ。水深が浅くなると減速する。その一方で波高が高くなる。

T一号機が設置された観測地点と、ほぼ同じ条件で設置されていた津波観測装置が、東日本大震災の折に感知した波高は一メートルだった。それよりも大きい津波が向かっている。

水深四千メートルの海域で観測された波高が一メートル二十であれば、単純計算で、沿岸部に到達する津波は十メートルを優に超える。

ただしそれは理論上のモデル計算に過ぎない。到達した海岸の形状や上陸地点の起伏斜度によって、干渉を受けた津波は二十メートル、場合によっては三十メートルを超える可能性もある。

T一号機が観測したのは紛れもなく大津波だ。報告した青年の声が微かに震えたのも無理からぬことだった。

さらに数分後、三人の青年が入室した。先頭の青年が言った。

「まるごいちいち！　三陸海岸一帯に大津波警報が発令されました」

別の青年が続いた。

「救援部隊の展開は、まるごいちごに完了します」

大津波警報の発令が午前五時十一分、救援部隊の展開が午前五時十五分。その報告に老人はしっかりと肯《うなず》いた。

最後に入室した青年が言った。

「第一波の襲来は雄勝《おがつ》半島。予想時刻はまるごごきゅうです」

「四十四分の猶予か」

肯いた老人がベッドから立ち上がった。

五人の青年が直立不動の姿勢を固くした。

腰を折って敬礼した。

挙手ではない無帽の敬礼だった。

老人が執務机に歩み寄った。

二機ある電話の子機のひとつを手にした。

文字盤のない子機だった。

すぐに回線が繋《つな》がった。

「她來了（彼女が来た）」

静かな声で電話の相手に告げた。

短いやり取りがあって受話器を戻した。

整列し敬礼の姿勢のままの青年たちに向かって言葉を放った。

「先方は奇跡を望んでいる。東北の将来は君たちの双肩《そうけん》に委《ゆだ》ねられた。頼むぞ」

静かな声で言って頭を下げた。

五人の青年たちの背筋に電流が走った。

「はっ！」と発して、最敬礼の位置まで腰を曲げた。

敬礼の作法に従って握り締めた拳の指が白くなるほど固く握られている。

敬礼の姿勢を解いた青年らが部屋を辞した。

廊下を走り去る靴音がした。乱れてはいない整然とした靴音だった。五人の靴音を追いかけるように、老人が残された部屋がカタカタと鳴り始めた。

地震だ。

揺れが次第に大きくなり、老人は執務机の角に手をかけて身体を支えた。

「頼むぞ」

遠い目で口にした言葉を繰り返した。

それは五人の青年の背中にではなく、その背中の向こうにいる一万五千余人の青年たちに向けられた言葉だった。

第一章　襲来

中山欣也／土木作業員

中山欣也《なかやまきんや》はフリーの土木作業員だ。他人に職業を訊《たず》ねられたらそう答える。一般の土木作業員とどう違うのか、自分でも理解していない。作業員仲間の黒川《くろかわ》からそう答えろと言われ、よく考えもせず従っている。間もなく四十を迎えようという歳なのに、自分の頭で考えるということをしない質《たち》だった。

生まれ育った関西地区では、欣也や黒川のような作業員をアンコと呼ぶ。身を置く組織もなく、現場を渡り歩きながら日銭を稼ぐ、その日暮らしの土木作業員に対する蔑称がアンコだ。事と次第によっては、殴り合いの喧嘩《けんか》にまでなりかねない蔑《さげす》みの言葉だった。それを言われるのが嫌で、黒川はフリーの土木作業員だと嘯《うそぶ》いているのだろう。しかし黒川の手前、口にこそ出さないが、自分はアンコだという自覚さえある。

欣也が住み慣れた関西を離れ東日本大震災後の宮城県に移り住んだのは、黒川の強引な誘いがあったからだった。徹底した利己主義者で、現場、現場で必ずトラブルを起こし、金に汚く、アンコに甘んじるしかない黒川は、強気一辺倒の男だったが、実のところ根はかなりの小心者で、ひとりで東北に乗り込むことに臆して欣也を誘ったのだ。

「東日本大震災の復興バブルらしいで。長靴履きの土方連中が、腹巻に札束捻《ね》じ込んで、毎晩、毎晩、仙台の国分町《こくぶんちょう》たらいう飲み屋街で大騒ぎしとるらしいわ」

そんな言葉で欣也は黒川に誘われた。『狂乱の復興バブル』と題された、週刊誌の記事も見せられた。女の裸と禍々《まがまが》しいタイトルの記事が並ぶ週刊誌だった。

欣也が黒川の言葉や週刊誌の記事を鵜呑《うの》みにしたわけではない。そもそも仮に大枚《たいまい》を摑《つか》んだとしても、他人の目を異常なまでに気にする土木作業員らが、長靴履きの腹巻姿で夜の繁華街に繰り出すわけがない。上下純白のジャージの尻ポケットにエルメスの革財布を突っ込んでというならまだイメージすることもできるが、いくら土木の仕事が溢《あふ》れていたとしても、結局のところ潤うのは元請のゼネコンであり、下請や孫請にそんな美味《おい》しい話があるわけがない。ましてや自分らのような末端土木作業員が大名気分を味わえるほど甘い業界ではない。それくらいの認識は、中学を出て以来、土木の仕事に携わってきた経験で知っていた。

それでも黒川の誘いに乗ったのは、当時仕事にあぶれていたからに他ならない。聞けば東北で土木作業員を募集している会社は、宿舎も食事も会社もちだという。とりあえず住むところがあって、日々の飯の心配をしなくていいのであれば行ってみようかと、このあたりの気持ちの動かされようはアンコ以外の何ものでもなかった。

欣也には五十七歳になる母があった。十八の時に誰の種かも分からない欣也を産んで、爾《じ》来《らい》女手ひとつで育ててくれた母だった。

母はビル清掃会社の作業員だった。深夜の辛《つら》い仕事に愚痴ひとつ言わない母だった。欣也は欣也で、土木作業の手当のほとんどを母に渡していた。それでも母子の生活は不安定だった。欣也に現場がある時はまだしも、現場が途切れると、忽《たちま》ち食事にも窮するような生活だった。

被災地に赴《おもむ》けば、そんな生活も少しは楽になるかもしれないと欣也は期待した。少なくとも、大飯喰らいの自分の食費がかからなくなる分、母の生活も楽になるのではないだろうかと考えた。

海外旅行をしたいというのが母の夢だった。少女の頃から抱き続けていた夢を、母はよく欣也に語った。ハワイに行きたいと言った。最寄り駅の旅行会社のスタンドからハワイ旅行のパンフレットを持ち帰っては、嬉しそうにそれを眺める母だった。夢を語りながら、それが夢だと母は知っていた。黒川が言うほどでなくても、復興バブルというものがあるのなら、ひょっとすれば、母をハワイに連れて行けるのではないかと欣也は思った。

現場は宮城県河北《かほく》市だった。三千人を超える犠牲者と五百人に及ぶ行方不明者を出した東日本大震災最大の被災地だ。

津波で甚大な被害を受けた河北市内で宿舎を確保することは難しいとのことで、当初、欣也らに用意された宿舎は、現場から五十キロも離れた仙台市太白《たいはく》区にある学生アパートだった。

仙台市内を見下ろす高台に位置したそのアパートは、震災による倒壊をなんとか免れたという物件で、住んでいた学生たちは全員が引き払い、一階と二階合わせて十七部屋を、土木会社が十万円の月極めで借り受けていた。木製の粗末なベッドが設《しつら》えられた部屋には、十分な湯量ではないものの常時使えるシャワーがあった。台所とトイレは共用だったが、どうせ寝るだけの場所なので住むのに不満はなかった。

約束の食事は、昼は現場の仕出し弁当で夜は毎日の作業終わりに会社のゴム判を押した食券がその日の出勤者に配られる。近くの弁当屋でそれを渡すと、四百円未満の弁当なら好きなものを食べてよいという仕組みだった。好きなものといっても、四百円未満となると、のり弁とシャケ弁しかなく、先行して働いていた作業員らは、二百円ほどを追加して焼肉弁当や酢豚弁当を食べていた。欣也もそれに倣《なら》った。黒川は追加料金など支払わず「飯楽しみに東北くんだりまで来とんと違うやろ。銭貯めて帰らんかいな。覚悟が足りんわ」と欣也に苦言をたれた。自分は一番安価なのり弁三百二十円を注文し、食券の四百円との差額を飯の大盛りに代えたりした。大盛り分はその夜に食べるのではなく、ゴマ塩を振って翌朝の朝食に回すという徹底ぶりだった。

　週刊誌が伝えるような復興バブルを甘受できるほどではなかったが、確かに仕事は満足できるものだった。ひとつの現場が終わっても、次の現場がすぐに用意された。どの現場に回されても、日当は一万二千円だった。月に二十五日間働けるので三十万円の収入になった。五万円を自分の小遣いにし、残りを母に送金した。それが途切れないのだから、これほどありがたいことはなかった。現場が終わる頃になると、次の現場の心配をしなくてはならない今までの生活とは大違いだった。最低でも復旧復興の土木作業はあと五年はあると聞かされて欣也は夢見心地になった。人生で初めて知る安定した生活だった。母をハワイに連れて行けるかもしれないと思った。

　そしてもうひとつ、欣也が河北の現場に心を動かされたものがあった。河北の住民たちだ。

およそ土木作業というものは、周囲を泥で汚したり騒音を発したりで、近隣住民に嫌われる。通行人からは無視されるか冷たい視線を向けられる。

しかし河北の現場は違った。近所の主婦やセーラー服の女子学生が、会釈をして通り過ぎる。年配者に至っては「ご苦労様です」と声さえかけてくれる。一度などは連れ立ったランドセル姿の小学生三人に「おじちゃんたち、ありがとう」と整列してお辞儀をされたことさえあった。

自分の仕事がこうも感謝されるとは、それは被災地における住民感情もあるのだろうが、欣也はそのたびに感激した。必ず復興させますと、柄にもない誓いを胸の内で呟《つぶや》いた。そうやって三年間が瞬《またた》く間に過ぎた。

東京オリンピックが流れを変えた。開催が決定した時、東北はまだ復興途上にあるのにオリンピックかと不満げな囁《ささや》きが住民から聞かれた。それはオリンピックを否定するものではなく、被災地に向けられた関心が東京に流れるのではないかという懸念だった。

その懸念は的中した。東北に集結していた土木関係者らが東京に移り始めた。生コンや鉄筋などの資材も、東京に吸い寄せられ始めた。欣也たちを雇用していた土木会社も東京に拠点を移した。誘われたが、欣也は河北の現場に踏み止《とど》まった。自分に頭を下げて感謝してくれた住民を残して、東京に移る気にはなれなかった。

欣也を被災地に誘った黒川も残った。欣也のように被災地に対する思い入れがあったわけではない。内弁慶の黒川は、東京という土地の名前の響きに臆したのだ。

欣也たちは河北の地場ゼネコンの現場で働くことになった。黒川が渡りをつけてくれた現場だった。地場ゼネコンが二人のために用意してくれた宿舎は、河北の渡波《わたのは》地区にある老朽化した一戸建ての民家だった。一階に青森から来た作業員たちが住むそこの二階が欣也たちの住居になった。

　家賃を支払っているのは雇用主だが、家主の老婆は、欣也たちと出会うたび、「よぐもまぁ、こいなとごろに住んでいだだいで」と恐縮した。

　風呂はあったがトイレは水洗ではなかった。二階にありながら水洗ではなく、用を足した後はバケツに汲み置いた水で階下の肥壺《こえつぼ》に流すという仕組みだった。

　黒川が交渉し作業手当は前と同じ条件、食事手当も一日千円が日当に加算された。現場の仕出し弁当は三百二十円で、残り六百八十円が朝食代と夕食代だ。そのぶん生活が少しばかり楽になった。それまで朝食は自腹で負担していた。コロッケパン、カレーパン、焼そばパンのローテーションだった。黒川は相変わらず食費を節約した。現場から宿舎に帰る途上にある地元格安スーパーの二百五十円弁当を毎日求めた。欣也もそれに従っていた。わざわざそこで弁当を買うのは二人だけだった。ある日黒川に言われた。

「弁当食うのにええとこ見つけたで」

　それは宿舎の近くにあるコープだった。コープには休憩スペースがあり、お茶のサーバーが無料で使えた。

「茶ぁがタダや。冷暖房付きやし、トイレも水洗のきれいなトイレや。終わった後に尻も洗える」

そこを使わない手はないと黒川は言った。

しかしコープで買い物をするわけでもない自分らが、我が物顔でそこを利用することに欣也は抵抗を覚えた。仕方なくコープの弁当を買った。コープの弁当は五百四十円だった。

「気の小さい男やのう」

馬鹿にしたように黒川は言ったが、その前に、欣也が二百五十円弁当を宿舎で食べると言った時「ワシひとりでコープに行けと言うんかい」と気弱に目を泳がしたのも黒川だった。欣也を詰《なじ》りながら、欣也の弁当のおかずに箸を伸ばしたりもした。

そんな黒川も些細《ささい》なことで河北を出ることになった。コープの店員と揉《も》めたのだ。

「他店で買った物の飲食はご遠慮ぐださい」

注意されて逆切れした。

「ワシはわざわざ関西からおまえらのために、こんな遠方まで来てやっとんじゃ。感謝の気持ちはないんか。おまえらみたいな恩知らずには、またバチが当たるで」

暴言を吐き散らした。黒川の言うバチとは再びの津波災害だった。とんでもないことを言うなと、さすがの欣也も呆れ果てた。

注意したのが黒川のお気に入りだったレジの女性店員だったこともまずかった。

金曜日に三割引きになる食パンだけを黒川はコープで購《あがな》っていた。八枚切を一斤買って、朝食をそれで済ませて食費を浮かしていた。

　レジには黒川が「津波後家さん」と無神経なあだ名で呼んでいた女性がいた。食パンの支払いのたびにセクハラ紛いの発言をし、毎晩のように休憩スペースに陣取る黒川に腹を据えかねていたであろう『森崎《もりさき》真《ま》希《き》子《こ》』という名札を付けた五十過ぎの女性店員は、

「復興のだめに働いでいだだいでるごどには感謝します。けど限られだスペースだし、当店のお客様も使われます。他店の商品を持ち込んでの長居はご遠慮いだだぎだいのです」

と、最初は冷静に対応していたが、あまりに黒川が理不尽な言葉を並べるので、終《しま》いには

「出で行ってぐださい」と、出口を指差して大きな声を出したのだ。

「おう、出て行ってやるわ。復興なんぞ糞喰らえじゃ」

休憩スペースの椅子を蹴り飛ばした黒川は、翌日、地場ゼネコンの現場責任者に宿舎を変えろと捻じ込んだ。変えなければ河北を出るとまで言った。還暦を超えている現場責任者は

「宿舎は無《ね》ぇ。今の物件もようやぐ探したんだ。河北では仮設住宅を出るだめに住むどごろを探してる人だぢがだぐさんいるんだ」と訴えた。

　そこでまたすったもんだして、結局黒川は現場を出ることになった。現場責任者も強くは慰留しなかった。むしろそれまでも何度か現場でトラブルを起こしていた黒川の退場を歓迎している風にさえ見えた。経験も豊富で、土木の知識も技術も決して低くない黒川がアンコを続けている要因が、あからさまになった一件だった。

　関西に帰ると言う黒川に欣也は従わなかった。河北に残留することを選択した。

　黒川が顔色を変えた。

「今までの恩を忘れて、ワシから離れると言うんか。誰のおかげで土木やってこられた思うとるんじゃ。このバチ当たりが」

確かに中学を卒業して土木の仕事に就いたばかりの欣也に仕事を教えてくれたのは、初めての現場で一緒になった黒川だった。現場もその都度世話をしてくれた。しかし欣也は復興の末を見届けたいと思った。地場ゼネコンの現場の働きやすさも気に入っていた。

関西の現場では些細なことで罵倒されることが当たり前だった。特に欣也のような気の弱い人間が標的にされるのが土木の現場だ。

きつい、汚い、危険の３Ｋと世間に蔑まれ、低所得の土木作業員は、誰しも根に不満を抱えて日々を送っている。その不満の捌《は》け口《ぐち》にされるのが、同じ現場で働く弱者だ。程度の低い虐《いじ》めを受ける日々だった。しかし東北の作業員らは違った。言葉も荒くなく、助け合って作業をしているという心地よさがあった。

黒川が去った後、次の給料日に欣也が受け取ったのは日当一万五千円で計算された給料だった。それで欣也は、自分を紹介したかたちの黒川が、三千円をピンハネしていたことを知った。東北に来て以来、給料は黒川から手渡しで貰っていた。よくよく考えるまでもなく、東北に来る前も、黒川の紹介で入った現場の手当は、黒川から手渡しで貰うのが当たり前だった。自分の迂闊《うかつ》さに苦笑したが、これからは今までよりずっと多くの給料をもらえるのだと、欣也は素直に喜んだ。

増えた三千円をハワイ貯金にしようと思った。

一年でいくらになるのかと携帯の電卓を叩いてみた。

３０００円×25日×12ヶ月

九十万円！

これは多すぎる。自分は計算間違いをしているのだと、何度か携帯のキーを叩き直した。何度やっても携帯の画面には同じ数字が並んだ。携帯がおかしいのだろうかとも考えた。いずれにしても、貯まる前から考えても仕方がないと携帯の電卓画面をリセットした。

その朝、けたたましいサイレンの音に目を覚ました。直ぐには事態が呑み込めなかった。蒲団から手を出して、天井から下がっている細いロープを引いて、蛍光灯の明かりを点けた。油塗《あぶらまみ》れのロープは、現場で余った結束ロープを監督に断って持ち帰ったものだった。

枕元に置いてある腕時計を確認した。デジタル時計は五時十二分を示していた。まだ起きるにはちょっと早いなどと呑気《のんき》なことを考えた。やがてけたたましいサイレンの音にまぎれて、消防車が半鐘を鳴らしながら走る音が聞こえてきた。さらには低空を飛ぶヘリコプターの音もした。それらが一様に避難を呼びかけていた。

何やただごと違うみたいやな……

たまらずに欣也は蒲団から身を起こした。二月上旬の冷気にぶるっと身体を震わせた。慌ててまた蒲団に潜り込んだ。津波もここまでは来ないだろうと高を括《くく》った。現に千年に一度といわれる東日本大震災の津波でさえ、この家にまでは来なかったのだ。

地鳴りがした。それに続いて家が揺れた。揺れは次第に大きくなった。息を詰めて欣也は蒲団の中で身体を丸くした。震度5くらいかなと揺れの大きさを推し量った。揺れはさらに大きくなった。蒲団から出て逃げたほうがよいのではないかと迷っているうちに収まった。

蒲団にくるまったままテレビを点けてみた。十四インチの画面に東北の地図が現れた。三陸海岸が真っ赤に点滅していた。大津波警報の文字があった。

「避難してください。大きな津波が向かっています。東日本大震災を思い出してください。高台に避難してください」

画面の向こうでアナウンサーが絶叫していた。

大変やなぁ、と欣也は思った。

あれから十年、また津波に襲われるやなんて、と海辺に住む住民に同情した。津波が向かっているのが自分の住む地域だという実感はなかった。この十年間の成果がまた流されてしまうのか、とも考えて嘆息した。その一方で仕事が増えるなとも思った。復興事業が終わったわけではないが、それは土木分野から建築分野に移行していた。自ずと土木作業員である欣也の仕事も細りつつあった。

ひとつの現場が終わって次の現場が始まるまで、一週間ほど仕事にあぶれることもあった。稼ぎが減った分はハワイ貯金を切り崩したりした。仕事が減って、階下に住んでいた青森の土木作業員たちもいなくなった。一軒家の宿舎で暮らしているのは欣也だけだった。

また津波が来れば……

自分の思考が転がるのを慌てて欣也は押し止めた。

「すみません。いま、おれ、また土木の仕事が増えるやなんて不謹慎なことを考えてしまいました」

言葉に出して、被災地の住民に詫びた。

バキバキバキ、バキバキバキ。

突然異音がした。

耳を澄ましたが何の音か分からなかった。

ぷつりとテレビが消えた。部屋の明かりも消えた。

不安になって蒲団から出て窓のカーテンを開けた。

早暁《そうぎょう》の空はまだ暗かった。街路からすべての明かりが失われていた。星明かりだけが頼りだった。目を凝らした。地面の代わりに波が見えた。海が動いていた。路上を家や車が流れていた。

家が大きく揺れた。地震の揺れではなかった。津波の衝突による揺れだった。

津波が！　まさか。どうして。そんなはずはない。

頭が真っ白になった。

逃げなくてはと思った。

また家が揺れた。さっきより大きな揺れだった。

逃げな！

しかしあたり一面はすでに海だった。カナヅチではないが厳冬の、しかも東北の二月なのだ。凍るように冷たいに決まっている海に囲まれているのだ。

とっさに欣也はトイレに逃げ込んだ。地震の時、逃げ場がなければトイレに逃げ込め。そんな話をいつか聞いたことがあった。トイレ避難が津波にも有効なのだろうかと考える余裕もなかった。

さらに家が揺れた。

トイレのカギをかけて蹲《うずくま》った。立っていられないような揺れだった。便器から水が噴き出た。氷水だった。階下を襲った津波が逆流し便器から噴き出したのだ。

頭から飛沫《しぶき》をかぶった。トイレットペーパーの切れ端が頬《ほお》にへばり付いた。家が大きな音を立てた。そして動き始めた。

流されとんか！

このまま何かに激突して家が破壊されれば命はない。ゆっくりと流されながら、やがて家が動きを止めた。

助かったんやろか？

トイレの小窓を開けて外を覗《のぞ》き見た。

助けを呼ばなあかん。

混乱する頭で考えた。頭上にはヘリコプターが飛んでいるのだ。

あれに自分がここにいることを伝えなあかん。トイレに吊るしてあった手拭きのタオルを手にした。便器を洗うブラシの柄に結んだ。窓から突き出して振った。必死に振った。

家がまた動き出した。ゆっくりとした動きだった。さっきまでとは逆の方向だった。

引き波かいな！

乏しい知識でそれを思った。

海に流されとる！

渦を思い浮かべた。渦に巻かれ、暗く冷たい海に家ごと呑み込まれる自分を思った。

「わしの言うた通りやろ。わしに逆ろうたからバチが当たったんじゃ」

自分の死を知って気持ち良さそうに哄笑《こうしょう》する黒川の顔が浮かんだ。

腰が抜けた。そのままトイレの床にへたり込んだ。ここまでか。暗い諦めが欣也の気持ちを支配した。絶望だった。途端に糞尿の臭いが鼻を衝《つ》いた。さっき便器から噴き出した津波をかぶった時に、糞尿塗れになったのだと知った。

トイレに蹲り、糞尿塗れになって海に引《ひ》き摺《ず》り込まれる。

頬が弛緩《しかん》した。

中学を出た歳で土木作業員になった。ずっと貧乏だった。良い思い出というものがほとんどない人生だった。しかし東北に来てからは違った。自分の仕事が感謝される仕事なのだと初めて知った。やりがいがあった。安定した収入も得られた。この地で知り合った土木仲間もいいやつばかりだった。

「真希ちゃん」

声に出してその人の名を呼んだ。

黒川と揉めたコープのレジ打ちの女性だった。黒川がいなくなってからは他の作業員の車に便乗して現場に通っていた。わざわざ自分だけのために二百五十円弁当を買いに寄ってもらいたいなどとは言えなかった。必然、夕食の弁当は宿舎の最寄りのコープで買うようになっていた。黒川とのことがあるので、休憩スペースを使うことができなかった。駐車場の片隅においてあるベンチで食べた。ある夜、そんな自分に声をかけてくれたのが森崎真希子だった。

「中で食べなよ。寒いっしょ」と言ってくれた。

「いえ、ここなら煙草も吸えますから」

遠慮していると紙コップにお茶を入れて持ってきてくれた。

「あの人はなすているの？」

紙コップを渡し、真希子が欣也の隣に腰を下ろした。

あの人が黒川を意味するのだと分かった。

「関西に帰りました」

「そう」

肯いて小さな溜息を吐《つ》いた。

「あたし、言いすぎたかな」

「そんなんと違います。難しい人なんですわ」

「おめさんは帰らねぁーの？」

「おれはここが好きなんで。自分の性に合っているつーか……」

「そう」

　真希子が立ち上がった。

「慣れねぁー土地で、お仕事大変でも、できるだけ居でね。外がら来で頑張ってぐれでる人を見るど、おらだづも頑張らねぐぢゃって思えるんだっちゃ。いづまでも片付がねぁー瓦礫《がれき》の山さ不安になるんだっちゃ。自分だぢは見なげられでしまうんでねぁーがって」

　しばらく二人は見つめ合った。

「……ありがとう」

　小さく呟いて真希子がベンチから離れた。

　そんなことがあってから、欣也と真希子は時々言葉を交わすようになった。

　それから暫《しばら》く経ったある夜、弁当を持ってレジに並んだ欣也に「ちょっと待ってで」と言って、真希子が男性従業員を呼んだ。値引きシールを貼るよう男性従業員に要求した。「まだほいな時間でねぁーよ」と相手は苦笑した。

「いいでねぁー。この人、河北の復興のだめに、わざわざ関西がら来でぐれでんだっちゃ。それぐらいのサービスはしなさいよ」

強く言う真希子の言葉に、男性従業員は渋々の態《てい》で三割の値引きシールを貼ってくれた。

以来欣也の買う弁当は三割引きになった。自分のレジに並べと言われそれに従うと、レジのテーブル下から値引きシールを取り出して貼ってくれるようになった。いつかお礼に食事でも誘おうかと、欣也は淡い想いを抱いていた。しかしそれを切り出すことができるような性格ではなかった。

「真希ちゃん」

もう一度、名を呼んでみた。

「おおきにやで」と加えた。

バキバキバキ、バキバキバキバキ、バキバキバキ。

家が軋《きし》みながら崩壊を始めた。

暗いトイレの個室で合掌して目蓋《まぶた》を閉じた。

欣也の閉じた目蓋が光を感じた。薄く目蓋を開くと、蹲ったトイレの個室を強烈な光が射ていた。白い光だった。津波に呑まれた家は大きく傾き、トイレの窓が頭上にあった。その窓から白い光は射《さ》し込んできた。

あの世の扉が開いたんやろか……

欣也は覚悟した。この世のものとは思えないほどの強烈な光だった。家もろとも津波に呑まれ、人生が終わってしまう。

あと数分も生きられへんな……

そう覚悟した時だった。

「誰かいますかぁ」

拡声器を通した割れた太い声が頭上から降ってきた。

「さっきタオルを振っていた人」

そう言われて自分のことだと気付いた。

ゴウゴウと鳴る音は津波のそれではなかった。

ヘリコプターやッ。

それが頭上にいる。

助かるんかも知れへん……

トイレの壁に手を突っ張って身体を起こした。横にひっくり返った個室で、両足はトイレのドアを踏み締めていた。

踏ん張った。

ガタンと音がして鍵をかけていたはずのトイレのドアが開いた。

とっさに両手を突っ張って身体を支えた。

開いたドアの向こうで黒い水が渦を巻いていた。

落ちたら間違いなく終わりだ。

両足の爪先を壁に押し当てた。足を掛ける突起はないが、両手両足で突っ張れば、落ちることはないだろうと冷静に考えた。土木作業の傍《かたわ》ら鳶職《とびしょく》の真似ごともさせられた欣也だった。身の軽さには自信があった。

壁に押し当てた両足と左手で身体を確保し、右手を窓に伸ばした。指先が届いた。中指と薬指の第一関節が窓枠を捕まえた。それで十分だった。フンと鼻を鳴らして、身体を引き上げた。一五八センチ、四十三キロの五体がトイレの個室の宙に浮かんだ。関西の土木現場ではチビチビと馬鹿にされた身体だった。

左手で窓枠を摑んだ。両足の爪先を尺取虫のように動かして、身体を上げた。右手の五本の指で窓枠を摑み直した。

左手で半開きになっていた窓そのものを摑んだ。

力を入れて下に引いた。

窓の桟《さん》が折れて粗く割れたガラスが降り注いできた。いがぐり頭に大きな破片が刺さった。構わずに左手も窓枠に掛けた。両手に力を入れて身体を窓枠の外に引き上げた。ヘリコプターから照射される光の中に躍り出た。

「じっとしていなさい。いま助けに降りる」

ヘリコプターから呼びかけてきた。

お辞儀してその呼びかけに応えた。手を上げられなかった。足元が大きく揺れていた。揺れながら家が沈んでいた。

ロープにぶら下がった隊員が下りてきた。縄梯子も下ろされた。

宙吊りになった隊員が欣也の腕を摑んだ。

「大丈夫かあ」と怒鳴った。壊れたように肯いた。

「縄梯子を腕に巻きつけるんだ」

そう指示されたが、隊員はヘリコプターの風に躍る縄梯子を摑みあぐねていた。どうしたものかと欣也は思ったが、目の前を縄梯子が通過したので素早くそれを摑んで隊員に差し出した。

「おれじゃない。あんたの腕を縄梯子に巻きつけるんだ、早くしろ」

隊員が怒鳴った。家は完全に水没し、欣也は膝まで水に浸かっていた。

「吊り下げたまま安全なところに移動する。とにかく縄梯子に」

隊員の必死の声だった。欣也は思った。縄梯子を登ってはだめなのか。訊ねてみた。

「これ、登ってはだめなんですか」

隊員の耳元で大声で言った。一瞬隊員がぽかんとした顔をした。何を言っているんだ、こいつ、という顔だった。

「登れるわけがないだろう。何でもいいから、腕に巻きつけるんだ」

怒声で応えた。

「大丈夫ですよ」

言って欣也は縄梯子を登り始めた。

予期していなかった欣也の行動に腕を摑んだ隊員の手が離れた。

「バカ！　何をするんだ」

隊員が怒鳴った。構わずに欣也は登った。風に煽《あお》られて、縄梯子が大きく横に膨らんだ。すいすいと欣也は縄梯子を登った。ヘリコプターに近づくと、上で待っていた隊員が「大丈夫か」と手を差し伸べてきた。

その手に摑まれということなのか。

欣也は無視した。

隊員の、余裕を感じられない必死の形相が怖かった。自分で最後まで登ったほうが安全だと判断した。ヘリコプターの扉の端を摑んで機内に身体を躍り込ませた。欣也に遅れてロープで吊り下げられていた隊員がヘリコプターに戻った。その隊員が呆れ顔で欣也に言った。

「よく、あんな状況で縄梯子を登れたな」

そして質《ただ》した。

「あんた何者なんだよ」

欣也は答えた。

「フリーの土木作業員です」

双海洋介／河北市防災企画室室長

その朝、サイドテーブルに置いた携帯が耳障りなアラートを発した。一度聞いたら忘れようのない不快な音だ。双海《ふたみ》洋介《ようすけ》はベッドから跳ね起きた。階下でさらに甲高いアラート音が鳴り響いていた。全国瞬時警報システム端末が発するアラート音だ。

　通称ジェイ・アラート。二〇〇四年度から総務省消防庁が開発および整備を進め、実証実験を経て二〇〇七年二月九日から一部の地方公共団体で運用が開始されたシステムだ。

　対処に時間的余裕がない大規模な自然災害や弾道ミサイル攻撃等についての緊急情報が、市町村の同報系防災行政無線や有線放送電話を利用し、直接かつ瞬時に住民に伝達される。携帯電話各社を経由して携帯端末にも情報は送信される。携帯電話が通信不能に陥《おちい》る事態に備え河北市においては、市の防災行政無線だけでなく、一般家庭や企業に同報する端末を設置する試みが東日本大震災の三年後から進められていた。

　双海洋介の家庭では一階のキッチンにその端末が設置されている。二階の寝室を飛び出た洋介は階下に走り下りて端末のディスプレーを確認した。

　大津波警報発令／波高10m超／到達時刻5：59

　生唾を呑み込んだ。東日本大震災級の津波が襲来する。

　背後に気配を感じて振り向いた。妻の玲子《れいこ》だった。手に洋介の防災服を携えていた。

「子供たちは？」

　東日本大震災の折に、洋介は河北市総務部防災課課長の職にあった。当日は半島部の消防団との打ち合わせで市役所を留守にしていた。津波による冠水に阻《はば》まれて三日間庁舎に立ち入ることができなかった。東日本大震災の初期対応に関われなかった。その悔いがあって日頃から子供たちに言い聞かせていることがあった。

「津波警報が出たら、どこにいても高台に逃げるんだ。家に帰ろうとか、お父さんやお母さんの迎えを待ったらだめだ。とにかくひとりで逃げるんだ」

東日本大震災発生時には小学校五年生の息子と小学校一年生の娘だった。二人とも日和山《ひよりやま》小学校の学舎にいて難を逃れた。

「でもお父さんは」と洋介は続ける。「どこにいても市役所を目指す。必ず帰ってくるけど、まずは市役所に走る。おまえたちのことはかまってやれないが、それがお父さんの仕事なんだ。分かってくれるな」

幼い子らに酷《ひど》いことを言っているという自覚はあったが、どうしても伝えておきたかった。洋介の真摯《しんし》な眼差しに感じるものがあったのだろう、二人とも神妙に肯いてくれた。

妻の姿を認めた時、まっさきに子供たちのことを質したのは、いったん自宅を離れた瞬間から、子供たちの身を案じることさえできなくなるのだという想いからだった。

「大丈夫ですよ。二階で避難の用意をしているわ」

穏やかに微笑《ほほえ》んだまま玲子が言った。

洋介の自宅は前の震災では津波の被害に遭わなかったが、そんな前例など考えるなと、これも家族に言い聞かせていることだった。

玲子の手から防災服を受け取った。市販の作業着と似ているが、河北市役所で独自にデザインされた防災服だ。背中と胸に「河北市役所／防災」と朱の文字で大書されている。

パジャマを脱ぎ捨て慌ただしく袖を通した。

「はい、これ」

玲子がパジャマのポケットから取り出したのはバイクの鍵だった。市役所の半径一キロ圏内に居住する幹部職員は、車の利用を控え、市役所庁舎に集合するというのが河北市の取り決めだった。圏外の職員は最寄りの指定避難所に駆けつけて、運営スタッフの役割を担うことになっていた。

衛星携帯電話を防災服の胸ポケットに差し込んだ。子供たちと顔を合わせることもなく家を出た。まだ揺れていない未明の街にバイクを走らせた。

市民の避難が始まっていた。自宅から庁舎までは五分とかからない。次の交叉点を左折すれば庁舎が見えるという場所まで至って、洋介の気持ちに逡巡が生まれた。

「くそっ」

呟いて、交叉点を右折した。

海岸に向かう道だった。大津波警報が発令されているなかを海岸に向かうなど、あり得ない選択だった。頭では理解しているが、洋介にはどうしても確かめておきたいことがあった。津波避難タワーだ。津波からの避難を目的として鉄骨で組まれた構造物だ。

東日本大震災の以前から和歌山県などで設置されていた。大震災以降、東南海大地震の津波に備え、静岡県、高知県などで次々と設置された。河北市においては洋介が企画立案し、海岸近隣の住宅地や商業地に二十基が設置されている。その津波避難タワーを一目確認しておきたいという衝動が、禁を犯し洋介を海岸に向かわせた。

「これはある意味、殺人施設ですね」

洋介の脳裏に赤峯《あかみね》静也《しずや》の言葉が浮かんだ。

赤峯静也は東日本大震災によって膨れ上がった市役所業務を補助するために派遣された応援要員だ。震災後も市役所職員は通常業務が待っている。その一方で、被災者の対応や復興事業などの業務が追加される。さらに市職員が震災の犠牲者にもなっていた。

職員が負担する業務量は震災前の二倍を超えた。その応援に、日本全国の自治体を中心として応援体制が組まれたのだが、赤峯は異色の存在だった。

派遣元の所属が防衛省だった。中央行政機関からの応援というだけでなく、国家公務員一種合格者、すなわちキャリアだった。公務員の頂点に立つエリートが一職員として応援に来るなど、いくら非常時とはいえ考えられなかった。

まだ三十二歳という若さだが、すでに課長補佐の役職にあった。自衛隊の地方部隊に出張すれば、方面総監や師団長以下が駅まで出迎えにくるほどのポストだ。

赤峯は本人の希望もあって新設された防災企画室に配属された。東日本大震災後、洋介が初代室長に任命された部署だった。着任の挨拶もそこそこに赤峯は言った。

「防災関連事業の資料を一揃えいただけませんか」

見せて欲しいではない。一揃えくれと言うのだ。

赤峯着任日の午後は、二人の職員が資料のプリントアウトやコピーに専念させられた。応援に来た職員の要請に二人の正規職員の手がとられるなど、通常あり得ないことだが、文句を言う者はいなかった。国家公務員一種というだけで洋介の部下たちは畏縮していた。

翌朝洋介はいつものように始業一時間前に登庁した。デスクに資料を積み上げた赤峯は前日のままの佇《たたず》まいで資料を読み込んでいた。

徹夜したのか？

洋介に気付いた赤峯が「おはようございます」と明るい声で挨拶した。疲れは見られなかった。

「おはよう」

洋介も挨拶を返して赤峯のデスクに歩み寄った。

デスクの上にある資料のほとんどに大量の付箋紙が貼られていた。「感想を聞かせてもらえるかな」と言ったのは半ば社交辞令だった。付箋紙の量にそう言わざるを得なかった。洋介の言葉に赤峯が屈託のない笑顔を見せた。

「これほどお粗末だとは思いませんでした」

耳を疑う言葉が返ってきた。

「河北市は世界一安全な防災都市を目指すんですよね。復興基本計画に書いてありました。どうやらあれは只のお題目だったようですね」

爽やかな笑顔を崩さないまま赤峯が言った。

「どういう意味かな」

感情を抑えて問い返した。

「一言で言うのは難しいですね。何しろこの量ですから」

赤峯が資料に貼られた付箋をパラパラと右手の指先で弾《はじ》いた。

「分かりやすいのでいえば、例えばこの津波避難タワー」

その言葉に続いて赤峯は言ったのだ。

「これはある意味、殺人施設ですね」

温厚な洋介もさすがに気色《けしき》ばんだ。

「何を言いたいのか分からないんだが」

自分が携わって設置した津波避難タワーが殺人施設と言われたのだ。しかも相手は着任早々の門外漢だ。冷静でいられるはずがなかった。

「タワーの避難ステージは、東日本大震災時の津波到達高に三メートルを加えた高さで設計されています」

洋介の顔色など気にする風もなく赤峯が言った。

「津波火災が起こったらどうなります？　避難民は蒸し焼きですか」

痛い質問をされた。言葉に詰まった。

その可能性を考えなかったわけではない。しかしだからといって、無制限にステージ高を上げられるものでもない。予算との兼ね合いもある。

津波火災はコンビナートなどだけで発生するものではない。河北市においても最大の被害者が出た南浜をはじめとし、住宅街のいたるところで津波火災が発生した。火種は流された車のガソリンだ。それだけでは炎上しないが、電気系統から発火して燃え上がる。また津波には元々は家屋だった大量の木質瓦礫が浮遊している。それが引火剤になる。さらに各家庭のプロパンボンベが爆発して火災を助長する。海が燃えるのだ。

「津波漂流物との衝突の検討も甘いです」

洋介の反応を待たずに赤峯が言葉を続けた。

「円形の鉄骨内にモルタルを充塡《じゅうてん》することで強度を高めていますが、例えば気仙沼《けせんぬま》で津波に押し上げられた第十八共徳丸クラスの船が、確かあの船は三百三十トンでしたよね、それが衝突してもタワーは持ち堪《こた》えられますか？」

その質問にも答えることができなかった。

「そのような例外的なケースは別にしても、このタワーの強度計算には既存の数値しか使われていません。タワーですから水の圧力を逃しやすい形状にはなっていますが、例えばタワーの脚や梁《はり》に津波漂流物が堆積《たいせき》し、壁を作ってしまったという想定の強度計算はされていませんよね」

さらに赤峯の指摘は続いた。

基礎部の洗掘《せんくつ》による倒壊のおそれ、潮風による腐食のおそれ、想定を超える員数の避難者が殺到した場合の混乱のおそれ。どれも洋介が見落としたわけではないが、とことんまで議論を詰められなかった課題だった。

「双海室長に同情する部分もあります」

赤峯の口調が変わった。同情という言葉を使いながら、厳しくなった。

「資料によると企画検討したのは防災企画室でしたが、実際の設計施工の段階になると担当は建設部に代わっている。室長だけを責められるものでもありません。でも……」

赤峯が断じる口調になった。

「それじゃ駄目なんです。こんなものを作るんだったら、絶対的な責任を負う人物がひとりで完遂しなくちゃ意味ないんです」

津波避難タワーの設置は市長肝いりの事業だった。和歌山や静岡で設置されているタワーの予算が一基三千万円から五千万円程度なのに対し、河北のタワーには一基一億円以上の予算が充てられた。寒冷地という土地柄、低体温による死亡を防止するため避難ステージは他の地域のように吹《ふ》き曝《さら》しではなく居室になっている。それ以外にも防災企画室で工夫したことはたくさんある。しかし絶対の安全性を確保できているのかと問われれば、自信を持って肯くことはできない。所詮は人間の作るものだからと言えばそれまでだが、あの岩手県田老《たろう》町《ちょう》の防潮堤でさえ、東日本大震災による津波で倒壊し、住民らを守ることはできなかったのだ。

田老の地は「津波太郎（田老）」の異名を持つ。

それほど古くから津波被害が多い地区だった。

慶長三陸地震津波で村がほとんど全滅したとの記録が残されている。明治三陸地震津波では、三百四十五戸が一軒残らず流されて、人口二千二百四十八人の八割強に当たる千八百六十七人が犠牲になった。

さらに昭和三陸地震津波でも、五百五十九戸あった住宅のうち五百戸が流され、九百十一人の住民が犠牲になった。

その田老町に設けられた防潮堤は、四十五年の年月をかけて設置された鉄壁の守りだった。世界最高強度を誇り、万里の長城に喩《たと》えられたほどだ。

しかし東日本大震災の津波はそれを易々《やすやす》と打ち砕いた。

河北市に限らず、東日本大震災以降、被災地の各自治体は防災という言葉を使わなくなっていた。防災が減災に変わった。それは大自然の脅威を目《ま》の当《あ》たりにした被災地の謙虚な気持ちの表れだった。大自然の脅威に対して完璧な防御などあり得ない。ならば少しでも被害を減じる方策を採るべきだ。その想いが共通していた。

津波避難タワーに関しても、赤峯の指摘する懸念は百も承知している。しかし全基が倒壊するわけではない。

「タワーは津波の到達時間までに避難する余裕がない市民のために設置するものだ。そのままでは犠牲になるしかない市民の、緊急避難のために用意されたものなんだ。すべてが倒壊するわけではないだろう。倒壊しなければ、それだけの数の命を救えることになる」

市民には絶対に言えない本音を洋介は口にした。市民の命を歩留《ぶどま》りで考えているなど、洋介のような立場にある人間が言えるはずがない。

「なるほど。それはそれでひとつの知見です」と赤峯は肯いた。

実際に大津波警報が発令されて、最寄りの津波避難タワーにバイクを走らせる洋介の脳裏に去来しているのはタワーに避難しないでくれという複雑な想いだった。津波到達予想時刻までにはまだ時間がある。タワーなどを頼みとせず、高台に向かって避難してほしい。自らが津波避難タワーの企画責任者でありながら、洋介は本気でそう考えていた。

もしタワーに市民が詰めかけていたらどうするのか？

バイクを駆《か》りながら自問した。

絶対の安全が保証されているわけではないから高台に逃げろと誘導するか？

早暁の鈍色《にびいろ》の空に津波避難タワーの先端が見えてきた。アクセルを全開にした。

タワーの照明が点灯している。

これも洋介の案だった。タワーの屋上に設置されたリチウム電池は、一般商業電力から供給を受けて常にフル充電されている。非常時にはジェイ・アラートを受信し、警報を発令すると同時に照明を自動点灯させる。その照明を受けたタワーの足元に人影が見える。

様子がおかしい？

想像したものと違う景色が洋介の目に飛び込んできた。タワーの足元に人影は見えるが誰もタワーに上ろうとしていない。

マイクロバスが三台止まっていた。

そのうちの一台が動き出した。

バイクを徐行させる洋介とすれ違ったバスはほぼ満席状態だった。訝《いぶか》しく思っているうちに洋介のバイクはタワーに到着した。

タワーの周囲に屯《たむろ》していた人影は揃いの制服を着用した自衛官だった。三人いた。

「バスに避難してください！」

自衛官が洋介に向かって声を張り上げた。「高台まで避難するバスです」と付け加えた。

バイクを降りて青年に歩み寄った。

「私は河北市防災企画室室長の双海洋介だ」

身分と姓名を名乗った。

「はっ！」

青年が気をつけの姿勢で敬礼した。

「ご苦労様です」

「責任者は誰だ」

洋介の呼びかけに別の青年が歩み出た。

「東北方面隊第六師団第二二普通科連隊陸士長文月《ふづき》譲《ゆずる》であります」

同じく敬礼したまま応えた。

「ここで何をしている」

「タワーに避難してくる住民を高台に誘導しております」

「ほかのタワーも同じか？」

「はい、タワーごとに部隊が展開しております」

狐につままれたような気分だった。

洋介はアラートを受けてすぐに初動を起こした。それからバイクを駆った。いささかの逡巡はあったものの、ここまでバイクを停止していない。どうして彼らはここにいるのだ。

第六師団第二二普通科連隊ということは多賀城《たがじょう》に駐屯する部隊か。

多賀城から河北までは三十キロの道のりだ。

展開が早すぎる。

隣接する松島《まつしま》基地からの展開か。

いや、松島基地は航空自衛隊の基地だ。陸上自衛隊の彼らがそこに駐屯していたとは考えられない。仮に偶々《たまたま》駐屯していたとしても、自分よりも早くこの場に展開することは不可能だろう。

それ以前に自衛隊に災害派遣命令が下される手続きがある。その手続きをどれだけ簡略化したところで、彼らがこの時間この場所にいることは不可能だ。

「津波到達までそれほどの猶予はありません。室長も避難してください」

文月譲がちらりと洋介のバイクに目をやった。

「バスで高台までお連れすることも可能です。経路は別の部隊が確保しています」

そう言う間にも二台目のバスが出発した。七割ほどの乗車率だった。

「我々は津波到達予想時刻の五分前まで避難誘導を続けます。その後三台目のバスで高台の避難所に向かいます」

「私は市役所に行かねばならない。後のことは頼む」

文月譲に背を向けた。

「ご苦労様です」

文月譲が声を張り上げた。

振り返らずにバイクに戻った。エンジンを切らずニュートラルにしていたギアをローに入れ替えた。アクセルを握りバイクに跨《またが》ったままタワーに目をやった。

疑問だらけだったが、懸念はとりあえず解消された。洋介には災害対策本部を立ち上げるという職務がある。市長を本部長とする対策本部だが、実質的な責任者は洋介だ。アクセルをふかし市役所に向けて走り出した。

小梨七海／実業団陸上競技選手

小梨七海《こなしなみ》が十二月に生まれ、その三ヶ月後に紫桃冬実《しとうふゆみ》が生まれた。家が隣同士で両親も研究者仲間で懇意にしていたこともあり、二人は姉妹のように育った。二人ともすらりと背が伸びた手足の長い少女に育った。中学に上がるころには二人そろって一七五センチを超えていた。

幼稚園から一緒だった二人は中学も同じで、部活もどちらから言うともなく陸上部を選んだ。

陸上部ではたちまち頭角を現した。秋の県大会新人戦で、小梨七海は女子二百メートルと四百メートル、紫桃冬実は女子百メートルで優勝を果たした。ともに大会記録だった。将来は全日本も狙える、世界選手権も夢ではない、などと学校を挙げての騒ぎとなったが、二人はただ一緒に走ることが楽しくて、そんな先のことまで考えるには幼過ぎた。男子生徒からも熱い視線を寄せられた。それこそどうでもいいことだった。

東日本大震災が起こったときは中学の校舎にいた。全校生徒がグラウンドに集められた。揺れが収まってからいったん教室に戻り、下校の準備をするよう担任から指示された。

再びグラウンドに戻ると、冬実の父親が赤いアコードで迎えに来ていた。父親は河北市に研究拠点を構える半導体メーカーの研究所所長だった。

「七海ちゃんも乗っていく？」

冬実の父親に訊ねられた。

「うちのお父さんも迎えに来るみたいだから」

七海は断った。その連絡は地震直後の携帯メールであった。返信しようとしたが携帯が不通になっていた。

七海の父親は河北専修大学理工学部工学科の教授を務めている。母親は理工学部生物科学科で海洋生物の研究をする研究職員だ。母親を乗せてくるのに手間取っているのだろうと七海は考えた。家族で出かける時も、忘れ物はないだろうか、ガスの元栓を閉め忘れてないだろうか、などとすぐには出られない母親だった。

「それじゃ、また後でね」

軽く手を振って冬実がアコードの助手席に乗り込んだ。

三日後の三月十四日が冬実の誕生日だった。

父親が迎えに来たら自宅に帰る前に蛇田《へびた》のイオンに寄って、プレゼントを買おうと考えながら七海は手を振り返した。ランニングシューズにするかウォームアップウエアにするか悩んでいるが、そろそろ買い求めないと誕生日が来てしまう。前年の誕生日には空色のミニバッグを贈った。気に入ってくれてその日も冬実は肩から斜めに掛けていた。

冬実を乗せた赤いアコードがグラウンドを出た。左に曲がった。

「あれっ？」と声に出して七海は首を傾げた。自宅に戻るなら右折のはずだ。そうか、母親を迎えに行くのかと納得した。冬実の母親は河北水産試験場の研究員だった。試験場は南浜にある。南浜に向かうなら左折だ。

「津波が……」

生徒を整列させてグラウンドに座るよう指示した教師たちの囁く会話が耳に届いた。内容が聞き取れないまま、七海はウォームアップウエアのほうがいいかなと考えていた。冬実の分は自分の小遣いの蓄えで、自分の分は、お揃いを父親に強請《ねだ》ろうと考えたりした。

しかしやがて迎えに来た父親とイオンに寄ることもなく、冬実と再び会うこともなかった。

紫桃冬実とその父母の告別式が行われたのは、その年の十一月だった。

震災から半年以上が過ぎていた。三人の遺体は発見されないままだった。喪主を務めたのは河北市に隣接する大崎《おおさき》市に住む冬実の祖父だった。白髪の頭を短く刈り込んだ元警察官の祖父は、老いてなお矍鑠《かくしゃく》としていた。

「そろそろ皆さんとお別れさせるべきだと思いました」

言葉少なに喪主の挨拶を終わらせた。

東日本大震災以後七海の隣家、冬実の自宅に住む祖父だった。毎日祖母と二人で南浜に向かい、日が暮れる頃に帰宅する生活を送っていた。

冬実の告別式の日も七海は式が終わってからグラウンドに出て走った。「何もこんな日まで」と告別式に同席した母親が複雑そうな顔をしたが、「この子なりのお別れなんだろう」と父は理解を示してくれた。

違うと思った。七海はただ走りたかった。唯一無二の親友との理不尽な別れを惜しむためではなかった。ただ走りたかっただけだった。

告別式で弔辞を読み上げた校長は「今頃は親子三人天国で」と語った。

不謹慎な発言だと周囲の大人が囁いた。

まだ三人の遺体は見つかっていない、亡くなったと決まったわけでもないのに、不謹慎だと言った。それも違うと思った。冬実が生きているかもしれないなどという気持ちは、七海の心の中でとうに消えていた。

東日本大震災の翌年、七海が三年に進級したばかりの春に、スクールカウンセラーが中学に赴任した。針生真知子《はりゅうまちこ》という若い女性だった。七海が通う中学に津波は至らなかった。生徒で犠牲になったのは冬実だけだった。近親者が犠牲になった生徒はたくさんいた。

針生真知子は三つある三年生のクラスのうち七海のクラスに目を向けた。二十人から十九人に減った生徒の一人ひとりと面談した。

女子生徒のひとりが「私、紫桃さんを置き去りにしてきたような気がするんです」とその面談で語った。その発言を針生真知子は重要視した。女子生徒は「二十人全員で、そろって卒業したいんです」とも言った。

針生真知子の提案で特別授業が行われた。

教壇に立ったのは担任だが、教室の後ろには校長をはじめ、教頭、学年主任、生活指導担当教員、カウンセラーの針生真知子、教育委員会の職員、ＰＴＡ役員が居並んだ。

「君たちは紫桃さんを置き去りにしてきたわけじゃない」

担任の男性教師はそんな言葉から授業を始めた。

授業を続けるうちにしどろもどろになった。

「置き去りにしてきた」と語った女子生徒が突然号泣し始めた。針生真知子が保健室に伴った。その後過呼吸の症状で二人の女子生徒が保健室に運ばれた。

授業の最後に手紙を書くよう担任に言われた。紫桃冬実に宛てた手紙だった。それをタイムカプセルに入れて校庭の花壇に埋めるという提案だった。タイムカプセルは生徒らが成人する年の三月十一日に掘り出すと説明が加えられた。

全員に便箋が配られた。七海は書く言葉を思いつかなかった。この世にいない相手に届かない手紙を書けというのが無理だと思った。

一緒に配られた封筒に白紙の便箋を入れた。言いたいことがなかったわけではない。「いつか百で勝ってやる」、その思いがあった。二百、四百では負けないが、百だけはどうしても紫桃冬実に敵《かな》わなかった。

短距離の華は百だ。他で勝っても百で勝てないことが悔しかった。

中学三年生になって、七海の百の記録は冬実が出した新人戦の記録に勝っていた。しかしあの日以来、七海の胸の内で成長を続けている冬実には勝てなかった。

『生徒たちは同級生を失った現実を「置いてきた」という半ば罪悪感の入り混じった感覚で捉えています。気持ちのどこかが、あの日に囚《とら》われたままなのです。手紙を書くことで、その罪悪感を癒《いや》し、タイムカプセルに入れることで未来へ目を向けてもらおうと考えたのです』

カウンセラーの針生真知子が新聞社に語った言葉だ。

その記事を読んだ七海は、ずいぶんと的外れなことを言っていると感じた。

冬実は天国などという遠くに行ったわけでもなく、ましてや自分たちが置き去りにしたわけでもない。冬実は津波に呑まれて海に連れ去られたのだ。その現実を現実のまま受け入れることができないでいる大人たちが滑稽に思えた。

特別授業から一週間後再び面接があった。

「小梨さんは毎日走っているそうね」

針生真知子が言った。友達同士で喋るような軽い口調だった。

「陸上部ですから」と小梨七海は応えた。

「部活が休みの日も走っているんでしょ」

言葉は優しいが追及されている気がした。

「震災の一ヶ月後から走り始めて、一日も休んでないそうじゃない」

それが何か？　という言葉を呑み込んだ。とりあえず相手が何を言いたいのか聞くことにした。

「今年の県大会は残念だったわね」とも言われた。

出れば優勝は間違いないと言われていたが参加を取り止めた。冬実の祖父母に付き合った。南浜の海で遺体の大掛かりな海底捜索が行われた日と県大会が重なってしまった。それまでにも何度も捜索は行われていて、今さら遺体が見つかるとは思わなかった。大掛かりな捜索は定期的な捜索を打ち切るための方便に思えた。

「せっかく頑張ってきたのに」

七海の不参加を周囲は惜しんだが、七海本人はそれほど悔やむ気持ちはなかった。すでに多賀城市の私立高校に推薦入学が決まっていた。東北を代表する日本でも有数のスポーツ校で、レースへの参加はこれから何度でもあると思った。

ただ海が見たかった。それだけの理由で欠場した。周囲が勝手に納得しているように親友に対する想いとか、冬実の祖父母に寄り添うという気持ちでもなかった。

「提案があるんだけど」

顔を輝かせながら針生真知子が言った。

「高校に進学したらバスケットボールかバレーボールを始めたらどうかしら」

突拍子もない提案にどう答えたらいいのか困惑した。

「小梨さん上背《うわぜい》もあるし手足も長いし、バスケットやバレーに向いていると思うんだな」

「すみません、話が見えないんですけど」

「小梨さんがね、毎日走り続けているっていうことは、紫桃さんに対する想いが整理できていないからなんだよね」

「いえ、私は、陸上が好きだから……」

「だったらどうして、大会を欠場したの？　欠場して紫桃さんの遺体捜索現場に行ったのよね」

あれは海を見たかったから、そう言いかけて止めた。よけい話をややこしくするだけに思えた。何をどう解釈したのか針生真知子が微笑みながら肯いた。

「団体球技なら新しいお友達もできると思うんだ。バスケットとかバレーじゃなくてもいいけどね、ともかく団体競技というのがお勧めだな」

「でも私、陸上で推薦受けていますから」

「関係ないよ。入学してから部活を変えればいいんだよ。あの高校のバスケット部もバレー部も全国レベルだし、きっと歓迎してくれるわよ」

乱暴というか、能天気というか、針生真知子の話にこれ以上付き合うのが億劫になった。

「分かりました。高校に入ったらバスケットを始めてみます」

そう言ってその場を切り上げようとした。しかし針生真知子は解放してくれなかった。

「幻肢感覚って知っている？」

話題を変えてきた。知らないと答えた。

「事故とかで手足の一部を無くした人がね、失われた部位が恰《あたか》もあるかのように感じる感覚なの。頭では理解していても、感覚がついていけないのよね。あなたにとっての紫桃冬実さんもそれと同じじゃないかしら。彼女がいなくなったことを頭では理解できていても、感覚がついていっていないのよね。どこかに彼女がまだ生きている、突然ひょっこりと帰ってくる、そんなふうに感じることはない？」

「ありません」

強い口調で否定した。

「そう」針生真知子は肯いたが、「でも感覚というのは、自分でも制御できない脳の動きだからね」と強引に話を進めた。

それから七海は小一時間も見当外れの話に付き合わされた。相手が結論を持って話を進めていることに気付いていたが、反論もせずに付き合った。最後に「紫桃冬実さんの遺体捜索に付き合うのはお止めなさい」と言われた。分かりましたと応えた。従う気はなかった。

紫桃冬実の遺体捜索に付き合ったのは県大会の日だけではない。その前も、その後も、捜索があるたびに祖父母と足を運んだ。大掛かりな捜索の後も、住民感情に応えるかのように、規模を縮小して捜索は継続されていた。

冬実の祖父は終始口元を引き締めて捜索を無言で眺め、祖母は手を合わせて祈っていた。海岸には、同じように捜索を見守る人影がいくつかあった。何度目かの遺体捜索に立ち会った帰りの車中で祖父に言われた。

「いつも付き合ってもらってすまないね」

「いえ、私こそ、いつも車に乗せてもらって」

「七海ちゃんは、あの子が見つかると思っているのかな」

祖父に訊《き》かれた。

とっくに諦めていますとは応えられなかった。黙っていると祖父が言った。

「うちの婆さんも私も諦めているんだ」

そんな自分らに付き合わせるのが心苦しいと祖父は言った。

「ただね、私はね、どうにも納得ができないんだよ。何て言うのかな、海に答えがあるんじゃないかって、そんな風に考えてしまうんだよね」

訥々《とつとつ》と語る祖父の言葉が胸に沁みた。同じだと思った。七海も冬実の遺体や遺品の発見を期待しているのではなかった。自分も納得できない何かの答えを海に求めているのだ。

「前に話をしたあの人も同じだと思うよ」

祖父が言った。

あの人とは隣町の女川町《おながわちょう》で潜水士の資格を取って毎日潜り続けている男性のことだと理解した。勤め先に辞表を出して津波に攫《さら》われた妻を捜す男性だった。美談として多くのメディアに取り上げられていた。その人のことを冬実の祖父と話題にしたことがあった。

「あの人も、あの人なりの答えを探しているのじゃないかな。他人のことをあれこれ憶測するのは良くないがね」

祖父はそれだけ言って沈黙した。

「来年、多賀城の高校に進みます。今年を最後にお付き合いできなくなるかもしれません」

七海の言葉に祖父が微笑んで「うん、うん」と何度も肯いた。

高校では短距離走から一万メートルに転向した。担当教員の勧めだった。担当教員とはいえ受け持つ授業はなく、陸上部のコーチに専念する志賀野健一《しがのけんいち》に言われた。

「トラック競技で日本人が世界をとることはできない。世界を狙うならロードだ。きみの素質なら、マラソンで世界を狙えると思う。だが今はまだ身体を作る段階だ。今のマラソンは持久力だけでは勝負できない。スピードが鍵になる。それを育《はぐく》む三年間になると思ってくれ」

真摯な志賀野の眼差しに七海は肯いた。しかし内心では的外れだと思っていた。世界になど興味はなかった。百で紫桃冬実に勝ちたいという想いだけがあった。七海の中で紫桃冬実はまだ成長を続けていた。そして自分の前を走っていた。

「君には済まないと思う」

　志賀野健一が頭を下げた。

「このまま二百メートルを続ければ、間違いなく高校大会で全国を獲《と》れるだろう。もしかしたら一般人も含めた大会でも優勝できるかもしれない。でも世界は獲れない」

　志賀野健一の言葉とは裏腹に七海は三年生の全国大会で一万メートルを制した。四百メートルのトラックを二十五周して最初にゴールテープを切った。周囲の反応とは別に志賀野はさほど喜びもしなかった。まだ夢の途中だと言った。そして七海の就職を決めてきた。実業団陸上に力を入れる警備会社だった。

「コーチはどうするんですか」

　内定の知らせを届けてくれた志賀野に質した。

　高校のコーチを辞して自分と同じ会社に移るのだろうと思っていた。しかし志賀野は「おれがコーチでは、世界を狙えない」と応えた。訣別の言葉だった。

「三年間、お世話になりました」

　頭を下げて礼を言った。言葉通りの感謝の気持ちだった。

会社に通う日々が始まった。通うといっても仕事らしい仕事はなかった。練習漬けの毎日だった。会社は仙台市宮城野区に所在した。五十キロを超える道のりを、七海は自宅から自転車で通った。入社祝いに父親が買ってくれたロードバイクだ。会社には陸上部専用の寮があり、強く入寮を勧められたが、河北市を離れる気にはなれなかった。

その朝、すでに小梨七海は出勤の準備を終えていた。自分で用意した朝食を済ませ、食器を下げている時にサイレンが鳴った。尾を引くサイレンが三度の区切りで鳴り響いた。サイレンの合間に、『大津波警報発令』『避難してください』と聞こえた。

二階で両親が起き出す気配がした。七海の自宅は海から十分に離れている。東日本大震災の折も、まったく津波の影響は受けなかった。震災後、津波などで家を失った多くの被災者が近隣に家を求め、地価の上昇率が日本一になった地区だった。

両親はまだ下りてこない。

ランニングシューズを履いて表に出た。カーポートからロードバイクを出した。道路に出て左に折れた。通勤路の国道四十五号に向かうには右折だった。左は海岸に向かう道だ。あの日、グラウンドを出て左に折れた赤いアコードのウインカーが脳裏に浮かんだ。

目的地は南浜だ。海へ続く緩い下り坂を疾走した。行く手に検問が見えた。迷わず住宅街の隘路《あいろ》にロードバイクを乗り入れた。その先にも検問があった。私道に乗り入れてそれも躱《かわ》した。一度も疾走を止めなかった。

早暁の南浜に至った。

かつての南浜は新興高級住宅地だった。そのすべてを津波は完全に破壊した。跡地は復興祈念公園として再整備された。その一角にある駐車場に七海はロードバイクを止めた。

この辺りに紫桃冬実の母親が勤務する水産試験場があったはずだと周囲の景色を確認した。

それから海のほうに目をやった。震災後に嵩上げされた海岸沿いの道路に遮《さえぎ》られ海は見えなかった。

白いウォームアップウエアの上下を脱ぎ捨てた。紫桃冬実の誕生日のプレゼントに考えていたそれを一年後の彼女の誕生日に買い求めた。以来ずっと通学通勤のユニフォームに使っていた。

ランニングウエア姿になった。厳冬の凍《い》てついた大気を心地よく感じた。トントントンとその場で小さくジャンプした。その振動に全身の細胞が共鳴した。ここまでロードバイクを疾走させたことでウォームアップは足りていた。両手の指を絡ませて手首を捻転した。足首も片方ずつ捻転させて柔らかくした。レース直前のルーティンを続けながら七海はそれを待った。

あの日、十二歳の冬実が目撃したもの。

二十三歳になる今日まで自分が見ることが叶わなかったもの。

それを待ち構えた。

海への視界は嵩上げ道路で遮られているが、それが近づいてくるのを七海は肌で感じた。

道路の向こうに黒い水塊が立ち上がった。波ではなかった。海が圧倒的な塊になって立ち上がった。頂上に白い飛沫をたてがみのようになびかせながら黒い水塊が迫ってきていた。

「こんな感じだったんだ」

呆れ声で冬実に語りかけた。「怖かっただろうね」と続けた。

「でも今の私は負けないよ」

唇から大きく息を吐いた。肺を空っぽにして新しい空気を送り込んだ。

壁に背を向けて、スタンディング・スタートの構えに入った。クラウチング・スタートの練習は長いあいだしていなかった。志賀野に言われるまま一万メートルに打ち込んだ高校三年間だった。しかし頭の中ではいつも短距離で冬実と競っていた。

前方を見つめた。

あの場所がゴールだ。

海とは逆の公園の奥に階段があった。日和山に続く避難階段だ。目測で四百メートルくらいか。直線の道路が続いている。

視線を一メートル先の地面に落とした。

顔を上げていたのではスタートダッシュが利かない。前に出した左足の親指の付け根に体重を乗せた。右腕を大きく前に出した。号砲を待った。スタートの切っ掛けが必要だった。

ドーンと辺りを揺るがす音がした。津波が嵩上げ道路に衝突した衝撃だった。右足で地面を蹴り上げた。軽く曲げた右腕を後方に引いた。右足の腿《もも》を胸に引き上げた。全身が滑り出た。悪くないスタートだった。すぐにスピードに乗った。

長距離を走るようになって背中に目がついた。振り返らなくても後続の距離と速さが測れた。大丈夫。抜かれることはない。ペースを崩さずに腕の振りだけを意識した。身体が羽のように軽かった。陸上を始めて以来感じたことのない感触だった。

このままいくらでも走れる。

大丈夫だ。

ゴールが迫った。残り五十メートル。

不意に気配を感じた。背中の目が、今までとは違う速度で迫る後続者を感じた。後続者は津波の壁から抜け出てきた。

速い！

やばいかも……

声に出さずに胸の内で呟いた。

後続者がみるみる距離を縮めてきた。

冬実？

まさかと打ち消した。

しかし津波の壁から走り出た後続者が背後に迫っていると感じた。冬実は短距離のエキスパートだった。百メートルの優勝者だ。短距離では敵わない相手だった。

残り十メートル。

追いつかれる！

「ふゆみぃ」

友の名を叫んだ。声の限りに絶叫した。あの日以来、初めて声に出して呼んだ友の名前だった。

残り五メートル。

スパートをかけるんだ。

もっと腕を振るんだ。

思った次の瞬間、顔を鷲摑みにされた。足が縺《もつ》れた。体勢を崩して転倒した。水塊が七海を呑み込んだ。衝撃に身体が捻《ねじ》れた。いきなり背後から鼻と口を塞《ふさ》がれた。武骨な肉の厚い掌《てのひら》だった。もう一方の腕が背後から七海の両腕ごと腰を抱きしめた。

冬実じゃない！

一七九センチある七海が巨軀《きょく》と感じる相手だった。

そのまま水流に翻弄された。水の冷たさに四肢が強張った。ほぼ四百メートルを走りぬいて全身の細胞から酸素が失われていた。息が苦しくて鼻と口を塞いだ相手の手を除こうと藻《も》掻《が》いた。鋼《はがね》を思わせる手はびくともしなかった。

ヨダだ！

不意にその想いが脳裏を過《よぎ》った。

三陸の老人は津波のことをヨダと呼ぶ。冬実の祖父よりもまだ年長の老人たちだ。幼女だった頃、近所の老人に脅かされた。

「ちゃんと母ちゃんの言いつけ守んねえと、海からヨダが攫いにやってくっぞ」

そんな風に脅かされた。その時点ではヨダが津波だとは知らなかった。全身が真っ黒な怪物を連想して幼い七海は怯《おび》えた。

ヨダに捕まった！

紫桃冬実を攫ったヨダに……

想いが脳内でスパークし火花を散らした。辺りが泡の音に包まれていた。酸欠で意識が薄れ始めた。身体が持ち上げられている感覚があった。水流が斜面を駆け登っていた。

ヨダが水流に乗って高台に避難した人たちを襲おうとしている……

報《しら》せなくちゃ！

薄れる意識の中で思った。それを封じるためにヨダは自分の口を塞いでいるのか。泡立つ音がさらに激しくなった。何百何千何万というヨダの大群が高台を目指している。

早く報せなくちゃ……

ヨダがくっぞ！

もうだめだと思った時、胴を確保していたヨダの腕が離れた。水流が弱まっていた。やがて止まった。引き始めた。

水流に逆らって身体が残った。口を塞いだヨダの手が、口を塞いだまま七海の顔を鷲摑みにして水流に耐えていた。海水が引いてずぶ濡れになった全身が空気中に露出した。鼻口を塞いだ手が離れた。大きく息を吸い込んだ。流れ込んでくる空気の勢いにピイと喉《のど》が鳴った。

「引き上げてくれ。早くしろ。次が来る！」

ヨダが誰かに指示した。小梨七海は目蓋を閉じたままだった。固く閉じ過ぎていた目蓋は容易には開かなかった。誰かの手が腋《わき》の下に入れられた。臀部《でんぶ》に何かの角が繰り返しあたった。コンクリートの石段だと察した。目標に置いた日和山に続く避難階段に引き上げられていると分かった。

　ようやく目蓋が薄く開いた。

　目に入ったのは石段の中段に横たわっている男の姿だった。青年だった。自衛官の服を着ていた。男の左腕が階段の鉄の手摺を摑んでいた。

　想像した。

　小梨七海の鼻口を右手で塞ぎ、津波に揉まれながら水流に押し上げられ、その勢いが止まった時、青年は石段の手摺を摑んだのだ。七海の顔を摑んで引き下がる水流に耐えたのだ。

　その光景を想像した。

　青年が気だるそうに立ち上がった。階段を上って無言のまま小梨七海の両足を腋に抱え込んだ。七海の腋には別の人物の腕が差し込まれたままだった。差し込まれた腕の筋肉が硬くなった。身体がやすやすと持ち上げられた。青年らが石段を登り始めた。

「自分で歩けます」

　訴えたが相手は無言だった。十五段ほど石段を上がって登り切ったコンクリートの床に横たえられた。青年も倒れこんで大の字になった。

「自分は東北方面隊第六師団第二二普通科連隊陸曹長、奥崎浩哉《おくざきひろや》だ。きみは？」

訊ねられて名を名乗った。

「七海ちゃんか。さっきの走りは凄《すご》かったな」

奥崎が言った。

「おれたちはあそこにいた」

奥崎が大の字になったままの姿勢で指差した。指先が示す方向に別の避難階段があった。

「あそこで津波の第一波を警戒していたら、とつぜん自転車に乗った女の子が現れた。何をする気だと驚いていたら、その女の子は津波と競走を始めやがった」

クックックッと奥崎が喉を鳴らして笑った。

「ほんと、魂消《たまげ》たぜ」

「女の子じゃありません。こう見えても二十三歳です」

小梨七海は抗議した。痩身で胸も小さい。幼く見られることには慣れていたが、こうもあからさまに言われると反発する気持ちになった。そう言う奥崎も若く、ひょっとしたら自分より年下ではないかと思えた。

「こりゃ失礼しました」

奥崎がおどけて敬礼のふりをした。まだ大の字のままだった。

「で？　その二十三歳のお姉さまが何をしようとしていたのかな」

奥崎の問いに答えず、小梨七海は半身を起こして奥崎がいたという場所を見つめていた。

距離を目測した。あの場所からスタートを切って津波と自分との間に割り込んで自分に追いついたのか。

小さな溜息が出た。自分より明らかに速い。自分はランニングシューズも履いていない自衛官に負けるほど短距離走が遅くなっているのか。

「どうした？　溜息なんかついて」

「自衛官に追いつかれるほど、自分は遅くなっているんだと残念に思っただけです」

思ったままを口にした。

「何を言うんだ」

頭のほうで声がした。さっき小梨七海の腋に腕を入れて抱え上げた隊員だった。

「奥崎陸曹長は自衛隊体育学校の卒業生で、東京オリンピックの……」

奥崎が意気込んで言う隊員を手で制した。

東京オリンピックか。

小梨七海は振り返った。マラソンの国内選考会で候補まで残ったが結局は出場を果たせなかった。尽力してくれた関係者には申し訳ないが、それほど残念にも思えなかった。結局長距離はやらされていたんだという想いが強かった。

「悪くない走りだった。しかし最後で乱れた。あのまま走り抜けられていたら、おれでも追いつけなかった」

「あなたのせいよ、陸曹長さん」

唇を尖《とが》らせて言った。

「急に津波以外の何かが追い駆けてきたんだもの、ペースも乱れるわ。それがなければ逃げ切っていたわよ」

「無理だな」

奥崎が首を横に振った。

「石段までは逃げ切れたかもしれない。でもそこが津波のゴールじゃない。現に津波は石段の中段まで駆け登った。あのままだと下から五段目辺りで呑み込まれていただろうな」

「それで私を抱き抱えたの？　顔を鷲摑みにするなんてずいぶん乱暴じゃない」

「乱暴は勘弁してくれ。とっさのことでああするしかなかった」

奥崎が荒い息を整えて言った。

「津波は海底の砂を巻き上げている。飲んでしまったら、肺に致死量の砂が流れ込む。あの場合はああするしかなかった」

その話は知っていた。東日本大震災で溺死《できし》した被害者の肺が砂袋になっていたという話は、三陸海岸に住む人間なら誰もが知っている。

「きみねぇ、そんなことより礼のひとつも言う場面じゃないのか」

また頭の上から声がした。クックックッと奥崎が喉を鳴らして言った。

「じゃ、今度トラックで勝負してみるか？」

「いいわよ。相手をしてあげるわ」

「二人とも何を言っているんですか」

隊員の呆れ声だった。

奥崎が豪快に笑い始めた。弾けるような笑いだった。七海も高らかに笑った。

津波の第二波が眼下の嵩上げ道路に激突する振動が伝わってきた。

「さっ、二人とも避難しましょう。ここが安全とは限らないんですから」

隊員に促されて七海と奥崎は立ち上がった。

先に立ち上がった奥崎が手を差し伸べてくれた。その手を握って私の唇を押さえていたヨダの手だと思った。唇にその感触が戻って七海は頬を赤らめた。

双海洋介／河北市防災企画室室長

庁舎に辿《たど》り着《つ》いた双海洋介はバイクを駐車場に乗り入れた。河北市役所の庁舎はもともと仙台に本店を置くさくらデパートの建屋だった。さくらデパートは郊外に開店した巨大ショッピングモールの影響で売り上げが激減し閉店したデパートだ。撤退時に無償で建屋を河北市に寄付した。デパート側としては解体取壊しの費用負担を考えなくてもよく、河北市としては新築費用が節減できるという互いに利のある取引だった。

元がデパートの造作《ぞうさく》なので建屋の付帯設備として立体駐車場が用意されていた。各階の駐車場からはそのまま売り場に、すなわち市役所庁舎となってからは、来訪者は車で乗りつけ、昇降の負担なく連絡通路から目的とする部署を訪れることができるようになっている。

非常時の災害対策本部は最上階、七階の大会議室に設置される。洋介はその七階を目指して、九十九折《つづらお》れの駐車場登り通路にバイクを走らせながら不審な想いに首を傾げた。各階の駐車場に、それも上に行けば行くほど、多くの車両が駐車されていた。災害時には車両での登庁を禁止する決まりになっているはずだ。その禁を破った連中がこんなにもいるのか。

しかしその疑いはすぐに解けた。

車両はどれも一般車ではなかった。ナンバープレートが違うのだ。二桁と四桁の数字だけのナンバープレートは自衛隊車両を意味する。自衛隊が登庁しているのか。非常時に理解できないことではないが、それにしても数が多過ぎる。五階から上は駐車場スペースが自衛隊車両で満杯になっていた。ついさっき、津波避難タワーで避難誘導をしていた部隊のことが思い出された。津波とは別に何かただならないことが起こっていると感じた。

七階に至った。

バイクを乗り捨てて、連絡通路ではなくパーティションで目隠しされた奥のドアに向かった。市長室に直結するドアだ。市長が庁舎に出入りする時はこのドアを利用する。市長を除けば、市議会議員とごく一部の上級職員しか利用できないドアだった。

ドアの横に設置されている読み取り装置に自身のIDカードを押し当てた。ピッと電子音が鳴り、小さなモニターに『コード入力』という緑の文字が浮かんだ。テンキーで八桁のコードを入力した。

「カイジョシマス」

機械的なメッセージが流れ開錠の音が聞こえた。ドアを開けると市長室の前室に出る。左のドアが市長室と市長応接室に、右のドアは災害対策本部が設置されている大会議室に繋がる。

「遅かったじゃないですか」

洋介を出迎えたのは赤峯静也だった。赤峯は市長秘書室長の肘掛け椅子に深く身を沈めて、それが挨拶のつもりなのか、座ったまま敬礼をした。

「どうして、きみが……」

「災害対策本部のオペレーションを担当するよう任命されましてね」

「馬鹿な。ありえん」

いくら防衛省の課長補佐とはいえ、応援職員にその大役が務まるはずがないだろう。構わずに大会議室に向かうドアに手をかけようとした。

「部外者は入室禁止ですよ」

赤峯の声に手が止まった。

「部外者？　どうして私が部外者なんだ」

洋介の問いには応えず赤峯が卓上のインターフォンのボタンを押した。

「また、お客さんだ」と告げた。

すぐに市長応接室に通じるドアが開いて制服姿の二人の自衛官が入室した。

「市長応接室にご案内してくれ」

自衛官に赤峯が告げた。

「説明しろ」

洋介が赤峯に詰め寄った。

「どうかおとなしく従ってください。力ずくでお連れすることも可能です」と言ってから「あちらで瀬野尾《せのお》さんもお待ちです」と付け加えた。

市長と言わず瀬野尾さんと言った。

二人の自衛官が唖然《あぜん》としている双海洋介の腕を左右からとった。「放せ」振りほどいて市長応接室に向かった。

市長応接室には見知った幹部職員の顔が並んでいた。十人掛けのソファーが向かい合わせに並べられ、上座に市長が座る一人掛けのソファーがある応接室だった。市長は一人掛けのソファーに座り蒼褪《あおざ》めた顔を曇らせていた。

「双海くん」

声をかけてきたのは総務部長の安海《あんかい》だった。

ソファーの端に座ったままの姿勢で洋介を見上げていた。

「これはいったい、どういうことなんですか」

洋介の問いかけに安海が弱々しく首を横に振った。

「まったく分からんのだよ」

安海の隣にいた復興企画部長の汐見《しおみ》が小刻みに肯いた。そして言った。

「災害対策本部が何者かに占拠されている。おそらく自衛隊の部隊だと思われるが、どうして彼らが、そんなふるまいに出たのか、まったく理解できない」

『津波が襲来しました』

叫び声に首を巡らせた。市長応接室のテレビからの音声だった。

『ご覧いただいている映像は、河北市雄勝のお天気カメラの映像です。午前五時五十九分。雄勝地区に津波が襲来しました。気象庁は、前回の東日本大震災時を超える津波だと発表しています。近隣の皆さん、避難はされていますでしょうか。高台に避難されている方も、より高い場所に逃げてください。津波の想定高さは十二メートルですが、津波は斜面を駆け上がります。二十メートル、三十メートルの高さにいても、油断しないでください。できるだけ、可能な限り高い場所に逃げてください。雄勝地区だけではありません。津波は東北太平洋沿岸全域に襲来すると予測されます。避難してください。命を守ってください。死なないでください』

アナウンサーは声を嗄《か》らしていた。涙声になっていた。放送を続けるにしたがって冷静さを失っているようだった。

「またかよ……」

溜息を漏らしながら呟いたのは、瀬野尾晋一郎《しんいちろう》河北市長だった。

浮津静子／復興マルシェ店員

夫と息子を東日本大震災で失った。二人とも河北漁港の水産加工工場で働いていた。東日本大震災の津波は二人が働く工場を丸呑みにした。息子は高校の卒業式を三日後に控えていた。在学中から夫と同じ職場でアルバイトとして働き、その日も朝から水産加工工場に出勤していた。

二人の仕事は雑役《ざつえき》だった。毎日大量に処理される魚のアラを処理する仕事だ。魚のアラはスカイバケツと呼ばれる水色の超大型容器に回収される。八つあるスカイバケツの管理が二人の仕事だった。

仕事終わりには高圧水でスカイバケツを洗浄する。冬には辛い仕事だ。真冬の河北では晴れている日でも気温が零下十度を下回る日も珍しくない。加えて山からの強風に曝《さら》される。強風は遠く奥羽山脈で降る雪を運んでくる。風花《かざはな》だ。晴天の青空の下で風花が吹雪《ふぶ》く。薄氷の張った作業合羽で働く二人だった。

被災した二人は河北赤十字病院に搬送された。知らせを受けて浮津静子《うきつしずこ》は急行した。

病院は救急搬送された怪我人《けがにん》で溢れかえっていた。

一階エントランスの床に寝かされている夥《おびただ》しい怪我人の中に二人を見つけた。手当てを受けている気配がなかった。駆け寄って床に寝かされた二人の口元に耳をあてた。二人とも微かだが息があった。目を引《ひ》き攣《つ》らせて駆け回る看護師を呼び止めた。

「手当てをお願いします。まだ生きています」

必死で訴えた。

足を止めた看護師が二人に目をやった。射るような看護師の目線を追った。目線は二人の左手首を凝視していた。黒いテープが巻かれていた。それを確認した看護師が険《けわ》しい顔で首を横に振った。そのまま走り去ってしまった。

『トリアージタグ』

呼び名と使用目的を知ったのはずいぶん後になってからだ。災害や戦争で大量の患者が搬入された時に使われるタグだった。治療の優先順位を選別するため使われる。横たわっている他の人たちの手首にも巻かれていた。

緑、黄、赤、黒があった。

これも後で知ったことだが、タグにはそれぞれ意味がある。

緑は軽症、黄は命には関わらないが処置が必要、赤は命に関わる重症で一刻も早い処置が必要、そして黒は死亡、または救命不可能を意味する。

二人はまだ息をしていた。細い息だったが死んではいなかった。しかし手首に巻かれているのは黒色のタグだった。

首を振って走り去った看護師の様子に静子は覚悟した。

諦観が全身を脱力させた。薄暗い病院の床に尻をついて二人の手を握って命を見送った。

涙は出なかった。魚のアラの臭気を放つ凍えた身体を温かい湯に浸したタオルで拭いてやりたい。そんなことを考えたりした。

海から離れた自宅は無事だった。三人で暮らしていた一軒家でのひとり暮らしが始まった。ただただ喪失感を持て余しながら、明かりも点けない部屋で二人を想って暮らした。

時間が止まった。

薄暗い部屋で二人を想って過ごした。アルバムをぼんやりと眺めたりもした。喉が渇けば水道の水を飲んだ。空腹を覚えたら食パンを齧《かじ》ったりした。

静子を心配する地区の民生委員が訪ねてくるようになった。その民生委員に促されるまま市役所を訪れた。罹災《りさい》証明を受けて見舞金の受領手続きをするためだった。義捐金《ぎえんきん》の分配手続きもあった。どうでもよかったが背中を押された。

「あんたは生きていかなくちゃなんねぇんだから、ひとつひとつ片付けようよ」

そんな風に言われた。

市役所通いが始まった。

季節は夏を過ぎて三陸の早い秋が訪れる頃だった。

市役所通いが重なると今度は家にひとりでいるのが耐え難くなってきた。毎日のように市役所に通った。手続きだけでなく相談コーナーにも赴いた。何を相談してよいのか分からなかったが、相談員は気長に相手をしてくれた。

帰りに喫茶店に寄るのが習慣になった。市役所の裏玄関の路地で古くから営業する店だった。店名を『すぎ』というその店の経営者は、六十絡みの北海道旭川出身の女性だった。杉《すぎ》千鶴《ちづる》と名乗って「震災の前の年に膵臓癌《すいぞうがん》でね」と夫のことを語った。

「子供もいなかったし、旭川に帰ろうかと思ったんだけど、三十年暮らした河北がこんなになって、帰るに帰れなくてね」と言った。

河北の復興を見届けるまで動けない。でも自分が生きているうちにはどうかしら、と溜息交じりに微苦笑した。

コーヒー一杯で閉店の二十時まで粘っても何も言われなかった。空いたコーヒーカップを下げて、昆布茶を淹《い》れてくれたりした。客が少ない時には何かと話しかけてくれる千鶴ママだった。相槌を打つくらいしか反応できなかったが、夫のことも息子のことも知らない相手と、取り留めのない会話を交わせることに慰められた。

「また冬が来るのね」

その日も千鶴ママに話しかけられた。

「河北は旭川より寒いの。冬は憂鬱《ゆううつ》ね」

千鶴ママが愚痴を零《こぼ》した。

「部屋の中がね。旭川だったら、冬でも部屋の中ではシャツ一枚よ」と微笑んだ。

厳寒の風に曝されて、高圧洗浄機の飛沫を浴びながら仕事をする夫と息子のことが思い出された。今年の冬も、と考えて二人がいないことを不思議に思った。

お風呂を沸かして、温かい晩御飯を用意して。

昔日の想いが止めどなく溢れた。

他の客が来て千鶴ママがカウンターの中に戻った。中年の女性だった。千鶴ママとのやり取りで、自分と同じく市役所の帰りだと知れた。明るい声で話す女性だった。

ブックスタンドに立て掛けてあった婦人雑誌を手に取った。まだ本格的な冬にもなっていないというのに春物のファッション特集が組まれていた。

春色のページを捲っているうちに紙面にポトリと水滴が落ちた。最初は自分の涙だとは気付かなかった。涙腺が壊れたようにどんどん溢れ出た。

どうしたんだろう？

「千鶴ママ……」

呼びかけるとカウンターの中から視線が向けられた。

「どうしちゃったんだろ。涙が止まらないよ」

作り笑顔で言った。千鶴ママも笑顔になった。

「ずっと泣いてなかったんでしょ。この店のお客さんにも、そんな人たくさんいるよ。半年くらい涙が出なくて、でも、ある日突然、溜まってた涙が溢れ出すの。その日以来、テレビを見ても雑誌を読んでも、悲しい場面じゃないのに、涙が止まらなくなるの」

「私もそうでしたよ」

女性客が明るく言った。

「心が動き始めたんですね」

短い言葉だったが、そういうことなのかと納得した。

そしてその日以来、何もしていないことを苦痛に感じ始めた。以前は夫と息子のために使っていた時間で、何か他のことをやりたいと思った。それを千鶴ママに相談した。

「働きたいってことね」

うちはそんな余裕ないからと、千鶴ママが探してきてくれた仕事は復興マルシェの店員だった。マルシェはフランス語で市場を意味するらしい。被災地を訪れる観光客相手に海鮮丼を提供する店だった。

仮設店舗だったが会議テーブルとパイプ椅子の席数は七十席あった。調理場に三人、ホールに五人が働く店だった。『三陸の海の幸丼』と銘打った商品が売れ筋だった。アオサ海苔《のり》の味噌汁《みそしる》付きで二千五百円だ。

静子は注文を受けるたび胸が痛んだ。高過ぎると感じた。丼に盛られた鮭《さけ》やイクラやイカは三陸で獲れるものではなかった。三陸の水産業は壊滅的な打撃を受けていた。魚ではなく海に流れ込んだ瓦礫の回収をするのが漁師たちの仕事だった。

店で提供される海産物は北海道の問屋から直送されるものだ。

旭川出身の千鶴ママが手配した問屋だった。

「北海道の真ん中で海のない旭川の魚介問屋なの。でも品は確かよ。旭川はね、道北や道東の海産物の集積地なの」

そう説明してくれた。

それにしても丼一杯に二千五百円は高過ぎるのではないかと疑問を口にした。

「いいのよ。マルシェを利用するお客さんたちは、被災地にお金を落としたくて来ているんだから、気にすることはないわよ」

確かに高過ぎるという苦情を耳にすることはなかった。口をそろえて美味しいと言ってくれた。千円札三枚で勘定を済ませ、お釣りの五百円を募金箱に投げ込む人がほとんどだった。募金箱には『津波で店が流されました。復興にご協力ください』と書かれてあった。

店主の佐藤実《さとうみのる》は河北漁港で水産加工業の作業員を相手に定食屋を営んでいた男だった。愛想は悪いが、賄《まかな》いで出してくれる料理はどれも無骨で美味しかった。夫と息子も食べに行ったことがあるのかしらと思ったりしたが、店主にそれを訊くことはなかった。

『三陸の海の幸丼』以上に、静子の胸を痛めたのが『復興二色丼』だった。ウニとイクラが惜しげもなく盛られてはいるが価格も三千二百円だった。ウニもイクラも旭川から直送されたものだ。最初はそれに触るのも嫌だった。

東日本大震災以来、河北の住民は魚を食べなくなっていた。震災から半年以上が経過し、なおも五百人近い住民が行方不明のままなのだ。その五百人のほとんどが引き波で海に流されたのは疑いようもない。水死体はやがて浮かぶ。発酵してガスが溜まって浮かび上がる。しかし瓦礫などで損傷を受けた死体はガスが漏れるので浮かばない。冷たい海の底で魚のエサになる。自分の身内や知人を食ったかもしれない魚を、河北の住民は食べることができないでいた。

死体を食すのは魚だけではない。

むしろウニだと聞いた。海上保安庁の潜水士が海中の遺体捜索をしていた時、黒い大きな塊を見つけた。近づいて見ると、それは水死体に群がった夥しい数のウニだった。

そんな話を市役所の相談コーナーの待合室で耳にした。

暗い海の底で死体に群がるウニを想像した。不気味に思えた。たとえ北海道産とはいえ、そんなウニを山盛りにした丼に気持ちが臆した。こんなものを客に食べさせていいのかと罪悪感を覚えた。

震災から三年が過ぎたある日、復興マルシェの店先に観光バスが止まった。観光バスが止まるのは珍しいことではなかったが事前連絡がなかった。スケジュールを狂わせないために、遅くとも到着の一時間以上前に、客数を含めた到着時間の連絡があるのが普通だった。その時間に合わせて店はテーブルのセッティングを終わらせておく。

関西からの観光客だった。

たちまち満席になった。

注文取りや配膳に五人のホール係は走り回った。ビールが次々に注文された。グラスを洗う手間を考えて、ビールは缶ビールを直接配膳していた。発泡酒だった。『がんばれ東北』という見飽きた文字が印刷されていた。コンビニで買っても二百円もしない発泡酒を五百円で出していた。

「ウニイクラ丼と発泡酒三本でおおかた五千円かいな」

赤ら顔の客が、関西弁で揶揄《やゆ》するように言った。

「ええ商売しとるやないか」

酔いも手伝って遠慮のない大声だった。

「焼け太りやな」とも言った。

向けられた言葉に店主の佐藤実が反応した。

「いつまでもやってられる商売じゃないですっちゃ。店の再建費用も稼がないとだめだから」

無愛想に言った。

「最近、お客さんが減っているんですよ」

フォローしたのはホールリーダーの阿古島美根子《あこじまみねこ》だった。

「だんだん風化するっていうんですかね。いつまでも、被災地のことを覚えていてくれたらいいですけど」

阿古島美根子の言葉に客が口を歪《ゆが》めて苦笑した。そして言った。

「二十年間、逃げ回っていたあの女、先週捕まったやろ」

客が話題にしたのは東京の地下鉄に毒ガスを散布したカルト教団の幹部のひとりだった。

「えらい騒ぎになった事件やけど、同じ年に、もうひとつ大きな出来事あったん覚えてるか？」

阿古島美根子が首を傾げた。静子も考えたが、あれ以上の出来事があった記憶がなかった。

「店長、分かります？」

阿古島美根子が佐藤実に下駄を預けた。佐藤実も首を傾げただけだった。客が愉快そうに答えを明かした。

「阪神・淡路大震災や」

いったん言葉を区切った。苦々しげな口調に変わった。

「わいの五歳の孫は家の下敷きになって、焼け死んだわ」

男が発泡酒をさらに一缶注文した。「サービスだ」と店長の佐藤実が自ら客のテーブルに缶を置いた。「おおきに」と小声で受け取った客はプルトップを開けて発泡酒を喉に流し込んだ。

「気にせんといてや。何もあんたらに難癖つけてるんと違うで。そやけどな、人の痛みは他人様には分からへんのや。あんたらにはあんたらの痛みがあるやろうけど、それはあんたらで受け止めなあかん痛みなんや。焼け太り、大いに結構やないか。それだけの痛みを背負うとるんやから、誰にも文句は言えるかいな」

そうだと静子は思った。

罪悪感など覚える必要はない。

自分がウニに感じている嫌悪感を客に重ねる必要はない。

どうせ共有できない感情なのだ。

胸を衝かれてすがすがしい気持ちになった。

帰り際、草臥《くたび》れた募金箱に客は一万円札を入れた。

「あほらし。しょうもない説教してしもうたわ。おかげでえらい散財や」

客が愚痴を口にした。照れ隠しの愚痴だった。

「ありがとうございました」

いつにも増して張り上げた声で静子は客の背中を見送った。

「またお越しください」

客の背中が小さく笑った。


金華《きんか》倉庫は二十七万トンの冷凍冷蔵能力を誇る日本有数の貯蔵施設だ。河北漁港の復興を象徴する施設として五十億円の巨費を投じて建設された。三階建てだが、その高さは通常のビルの七階にも匹敵する。一階は荷捌《にさば》き場、二階は冷凍冷蔵施設、三階には事務所、会議室、休憩所、売店、食堂などが設置され、災害の折には避難所にもなる。

災害は当然のこととして津波を想定している。そのため一階の壁面は、津波によってあえて破壊されやすく造られている。壁面が破壊されることで建物にかかる津波の波力を減じる狙いだ。

壁面が破壊された金華倉庫は八本の太い円柱に支えられた高床構造になる。東日本大震災から八年が経過しての完成だった。復興が成ったと河北漁港は喜びに沸いた。

佐藤実は三階に店を構えた。以前に佐藤が営んでいた定食屋の固定客だった水産加工業の従業員たちの強い推薦があっての入居だった。

これだけの施設なのだから観光施設としても期待される、復興マルシェをそのまま続けないかという提案もあった。いつまでも復興ではないでしょう、それに自分の店の入居を推してくれた加工業で働く皆さんのためにも、もう一度定食屋をやりたいと佐藤実はマルシェの継続を固辞した。

その言葉は多くの漁港関係者に支持された。『関係者以外の入店をお断りしています』という貼紙にも拘《かか》わらず、定食屋は開店以来盛況だった。浮津静子も佐藤実の考えに共感して、定食屋となってからも勤務を続けた。夫や息子が労働の疲れを癒し、冷えた身体を温めた場所であろうという思いもあって定食屋の仕事に遣り甲斐を覚えた。

朝の早い水産関係者に朝食を提供するため、定食屋は午前四時に店を開ける。それから昼食の時間まで営業し、閉店は午後二時だ。片付けと翌日の準備作業で従業員の退勤は午後三時を回る。

そんな勤務時間に対応できず、マルシェの仲間は辞めてしまった。静子だけが残った。それもこれも夫と息子に対する想いがあってのことだったが、佐藤は静子が残った理由を、どうやら勘違いしているようだった。

「身体が言うことを聞く限り、この店で働かせてください。ここが私の最後の居場所です」

そんな言葉が佐藤を勘違いさせてしまった。料理を作ること以外に能がなく、五十を過ぎても独身の店主だった。

佐藤の勘違いに静子は困惑したが、具体的な行動に出るわけでもない相手に、その困惑を伝えることはできなかった。それに勘違いとは別に佐藤を尊敬している部分もあった。

朝食の用意のために佐藤が出勤するのは午前二時だ。閉店後は仕込みで日が暮れるまで厨房に籠っている。店内での仕事とは別に仕入れもある。寝る時間以外は仕事しかしていない男だった。

金華倉庫で営業を再開して三ヶ月後、佐藤実は品書きに魚を加えた。それまではトンカツとかハンバーグとかオムライスが売れ筋だった。そこにあえて魚を加えた。

「おれたちが、いつまでも魚が食えないんじゃ、格好がつかないだろう」

営業終了後の賄いに鯖《さば》の味噌煮が出された。浮津静子は戸惑いを覚えたが、箸をつけてその美味しさに目を見張った。脂の乗った鯖の身の甘さと味噌の辛味が混然となった絶品だった。針生姜《はりしょうが》もただの飾りではなく食を進めた。

「美味しいです」

上目遣いで言った。

目が潤んだ。

そうなんだ、あんたもあなたも、こんな美味しいものを食べていたのね。

病院の床で体温を失っていった二人を思い出した。辛い仕事だっただろうけど、こんな美味しいものを食べられたんだと佐藤実に感謝した。

「シズちゃんにそう言われるとやる気が出るな」

佐藤実が照れて言った。

そのやる気はすぐに形になった。夏だったので鰹《かつお》がメニューに加わった。定番の鰹のたたきはもとより、鰹のなめろう、鰹の南蛮漬け、鰹の大根煮、鰹の韮《にら》醤油漬丼、鰹の一口カツ、どれも凝った料理ではないが、鯖の味噌煮と併《あわ》せて、たちまち人気メニューになった。最初は静子同様に戸惑っていた漁港関係者らも、佐藤実の魚料理を口にして絶賛した。

「懐かしいよぉ、この味だっちゃ」

涙ぐむ者さえいた。

そんな姿を生前の夫と息子に重ねて、たびたび静子も目を潤ませた。

秋になって鰹が秋刀魚《さんま》に替わった。秋刀魚の塩焼き、秋刀魚の刺身、秋刀魚の蒲焼、秋刀魚の有馬煮《ありまに》、秋刀魚の水煮、秋刀魚の牛蒡巻《ごぼうまき》、佐藤実の引き出しの多さに静子は改めて驚かされた。

「料理屋とかで修業したんですか」

世辞ではなく本心で訊いた。

「客に教えてもらったんだよ」

言葉少なに店主は答えた。

かつては日本三大漁港に数えられた河北漁港だ。全国の漁師が集まり、その舌に応えてきた佐藤実の腕は確かなものだった。切り身をご飯に載せて提供するだけのマルシェを継続する気持ちになれなかったのも肯けた。

冬はどうするのかと期待半ば心配半ばで静子はその季節を待った。十二月になって仕入れてきた魚を見て、やっぱりと自分の心配が当たってしまったことを知った。

　佐藤実が仕入れてきたのはキチジだった。

　鰹や鯖や秋刀魚などの回遊魚と違いキチジは海底に棲息する底魚だ。キンキとも呼ばれ、見た目が高級魚の金目鯛《きんめだい》に似ている。見た目だけでなく、味のほうも金目鯛に勝るとも劣らない。しかし底魚は屍肉を食っているのではないかと連想させる。上層を泳ぐ回遊魚とは違う。河北漁港の住民が箸を伸ばすだろうかと静子は懸念した。

　その懸念は当たった。

　キチジの美味しさを熟知しているはずの漁港の住民たちだが、売れ行きは思わしくなかった。

　年が替わって一月になった。佐藤実が選んだのはスケソウダラだった。最悪の選択に思えた。

　タラは悪食《あくじき》で知られる。現に東日本大震災後に捕獲されたタラの腹から、遺品が発見されたという報道もあった。厳冬の季節に合わせて、醤油味の一人鍋を佐藤は用意したが、ほとんど注文されることはなかった。

　店主の試みに苦言を呈する客はひとりとしていなかった。佐藤の気概は静子にも痛いほど分かった。魚に対して前を向きたいという気持ちが伝わった。自分でさえそうなのだから、漁港で働く人たちに分からないはずがない。そうは思うものの、再開の折の活気が徐々に失われることに、妙な胸騒ぎを覚えるのを抑えられなかった。

静子の胸騒ぎは思ってもみなかったかたちで、それも最悪のかたちで現実のものとなった。

その朝も静子は定食屋に出勤していた。

開店準備をしていた時、建物の屋上に備えられた防災無線がけたたましいサイレンを発した。出勤時にスイッチを入れていたテレビに条件反射で目がいった。画面に東北太平洋岸の地図が現れた。『大津波警報発令』という赤の文字が点滅していた。

「店長！」

佐藤実を呼んだ。悲鳴だった。厨房から姿を現した佐藤はいつもの作務衣《さむえ》姿だった。静子は左手を口に当てて右手でテレビ画面を指差した。佐藤の顔が強張った。

「逃げなくちゃ」

静子が辛うじて吐き出した。

「シズちゃん、落ち着けよ」

テレビ画面にくぎ付けになったまま佐藤が言った。

「逃げるって、どごさ逃げるんだっちゃ。ここは避難所でねぁーが」

無理に微笑もうとしていた。

揺れが来た。しばらく間をおいて【震度5強】と画面に表示された。

「ダメだよ、店長。ここだって安全とは言い切れないじゃない」

金華倉庫のパンフレットを思い出した。そこには「東日本大震災級の津波にも耐える」と書かれてあった。しかしテレビのアナウンサーは、東日本大震災を上回る津波が襲来すると告げている。津波を相手に人間の絶対などあり得ないのだ。

「今なら間に合うよ。逃げようよ」

再度佐藤を促した。

「頼むから逃げようよ」

縋《すが》り付くように繰り返した。佐藤の顔に困惑の色が浮かんだ。そしてしんみりとした声で言った。

「もう、ほいな気力がねぁーんだ」

弱々しく首を振った。

客用の椅子に腰を下ろした佐藤が作務衣のポケットからハイライトを取り出した。抜き取った一本を口に咥《くわ》えて火を点けた。溜息を吐くように煙を吐いた。

「もし、この津波で店がどうにがなるようだったら、おらも店さ付ぎ合うよ。もう、一からやり直す気力なんてねぁーんだ」と言った。

「復興マルシェ……あいな辛《つれ》えものはながった。納得でぎねぁーものを客さ出して、法外な金をどってだ。それもこれも、もう一度定食屋をやりだいど思ったがらだ。んだがら自分を曲げだ。我慢もした。でもあいなこど、もう二度どやる気にはなれねぁー」

そう続けて肩を落とした。

「何を言っているんですか」

テレビのアナウンサーが避難を呼びかける声を聞きながら、静子は佐藤実に歩み寄った。肩に手を置いた。

「いいじゃないですか。その時はまたやりましょうよ。私も手伝いますから。このお店が流されると決まったわけでもないし、とりあえず、今は逃げることが先決ですッ」

横目でテレビの画面を確認した。河北港の津波到達予想時刻は午前六時八分だった。画面左隅の時刻は五時二十三分を示している。まだ間に合う。今なら間に合う。

「シズちゃんは逃げでればいいさ」

ぽつりと佐藤が呟いた。

「おらは店ど付ぎ合うがら」

さっき言った言葉を繰り返した。

「勝手なことを言わないでください」

静子は金切り声をあげた。

「もし、この店が津波に呑まれたら、店長が犠牲になったら、私は……私は、どうなるんですか。何を頼りにこの先を生きていけばいいんですか」

溢れる涙も拭《ぬぐ》わずに迫った。

「シズちゃん……」

椅子に座ったまま静子を見上げる佐藤実の目にみるみる光が宿った。

勘違いしている、と静子は思った。

夫と息子を身近に感じられるこの場所を失いたくない、たとえこの場所が津波に呑まれても、佐藤が生き残ってさえいれば、また得られる。そう思って吐いた言葉でまた相手を勘違いさせてしまった。それでも構わない。構っている場合ではない。

「さあ、立ち上がってください」

佐藤実を促して店を出た。

地震を感知して停止しているエレベータを諦めて七階分の階段を駆け下りた。駐車場に止めてあった中古のアルトに乗り込んだ。明るいクリームイエローの車体が気に入っていた。

「大街道は渋滞しているでしょうから、新道を抜けます」

佐藤に告げて愛車を急発進させた。

東日本大震災の記憶がそうさせた。漁港から蛇田地区に抜ける大街道は避難車で大渋滞した。そこに津波に押された海水が押し寄せて多くの避難民が溺死した。その記憶があったので大街道と並行して新設された新道を選んだ。

「んでも、新道はまだ工事終わっていねぁーんじゃ……」

佐藤が気弱な声で言った。

「大丈夫です。一部の舗装がまだなだけで、通れるはずです」

確信を持って答えた。

店への通勤には大街道を使っていた。並行して走る新道の工事を毎日目にしていた。舗装は八割方終わっていた。未舗装の部分も工事車両が通行していた。新道が大街道と合流する地点、そこまで行けば津波からは逃れられる。合流地点にあるコンビニに、工事関係者が新道を通って車で弁当を買いに来ていた。まだ工事中だという頭があるから、避難路に選ぶ人間は少ないだろう。未舗装で走りにくいかもしれないが、渋滞に巻き込まれることを考えればはるかにましだ。

新道の入り口に至った。バリケードフェンスが行く手を塞いでいた。『工事中』の表示があった。

「やっぱりダメでねぁーが」

再度気弱な声で佐藤が言った。

「逆です。あのフェンスがあるということは、まだ誰も通っていないということです」

フェンスは織り込み済みだった。

フェンスとフェンスの間、二十センチほどの間隔に向けてアルトのアクセルを踏んだ。アルトがフェンスを左右に弾き飛ばして新道に進入した。衝撃で左右のヘッドライトが潰れた。一瞬前方が暗くなったが、目を凝らせば、ぼんやりと景色が確認できるくらいの早暁の空だった。

「車の修理代は払ってもらいますよ」

軽口を叩けるくらいの余裕が生まれていた。

「ああ、新車を買うべ」

まるで二人の新生活が始まるような期待を込めた声で佐藤が応えた。逃げ延びたら誤解を解かなくちゃと思った。

アルトが未舗装の道に差し掛かった。砂利道だった。バウンドにハンドルを取られた。前方に黒い大きな塊が現れた。舗装工事の前に砂利道を締め固めるローラー車だった。躱そうとしたがハンドルを取られて接触した。アルトがエンストを起こし停車した。イグニッションキーを回してエンジンを再起動させた。再起動はしたがプスプスと頼りない排気音がした。

「シズちゃん……」

佐藤が不安げに静子の顔を覗き見た。

「大丈夫です。ここまで来たら、あとは徐行でも逃げられます」

佐藤を励ます言葉は自分に向けられたものだった。

車を捨てるべきではないか？

そんな想いがあった。津波が来たら車で逃げない。自分の足で高台に駆け登る。

幾度も耳にした教訓だった。

東日本大震災の翌々年に住民説明会があった。防災についての説明会で、そのような集まりはそれまでもたびたび持たれていた。

説明に立ったのは大柄で温厚そうな白髪の男性だった。防災企画室の室長、双海と名乗るその男性は河北市民にとってお馴染みの人物だった。東日本大震災後、たびたびテレビのインタビューを受けていた。標準語で喋るが訛《なま》りを隠し切れない、いかにも東北人らしい朴訥《ぼくとつ》な話しぶりに静子は好感を覚えていた。高台移転、津波避難タワー、防災無線の整備など、防災の新企画が打ち出されるごとに開催される住民説明会だった。その日の会合のテーマは車避難についてだった。

「市の防災企画室は日頃の皆さんの声に応えて、津波発生時の車避難についてシミュレーションを行いました」

　そう言って双海は説明を始めた。

シミュレーションは中央の専門機関に依頼して行ったもので、それは群集行動心理学に基づく権威あるものだと前置きがあった。会場に設えられたスクリーンに河北市の地図が何パターンも映し出された。その説明に一時間ほどを要した後で双海が言った。

「このように必ずしも車避難が危険だというわけではありませんが、やはり確実なのは徒歩で高台に逃げることです」

　ここまで説明をしてきて結論がそれかと静子は落胆した。どうすれば安全に車で避難できるのかという説明があるものだとばかり思っていたのに、肩透かしを食わされた気持ちになった。参加していた他の市民も同じ思いのようだった。

「それじゃ、ダメですよ」

　いきなり双海の隣に座っていた若い職員が割って入った。説明会の冒頭で東京から応援に来ていると紹介のあった職員だった。

「いいですか、皆さん」

若い職員は上司であるはずの双海の許可も得ずに喋り始めた。

「皆さんが車避難を考えていることは百も承知しています。皆さんの多くが災害時の非常持ち出し袋や毛布類を車のトランクに用意していることも聞き及んでいます。でも、それは自殺行為です。先ほどの説明で車避難が可能なケースも紹介されましたが、あんなものはまったく意味がありません。だいたい、津波が襲って来ようという緊急時に、その時点での自分の状況が、先ほど紹介されたどのケースに該当するのか、冷静に判断できるわけがないじゃないですか。とにかく逃げること。車を捨てて徒歩で高台に向かうこと。皆さんが助かる途《みち》はそれしかないのです」

双海とは違い歯切れよく言った。参加していた市民の反発する気配が会場を覆った。

「おめえ東京の人だろ」

ひとりの男性が声を上げた。

「おめにゃ分がらんじゃろうが、車なぐしてここでは生活できんのじゃ。仕事さ行ぐにも、買い物さ行ぐにも、車がねぁーど話にならん土地なんじゃ」

どこの家にも二台三台と車があるのが当たり前の土地だった。東日本大震災で車を失った市民は不便な生活を強いられた。日本全国から被災地に中古車が掻き集められたが足りる数ではなかった。みるみる高騰し、東北では軽の中古車は他県の新車よりも高値になった。

「いくら不便になっても、死ぬよりはましでしょ」

事もなげに若い職員が言った。

「生き残った後の不便さを考える前に生き残ることを考えたらどうですか」

叱責する口調だった。

「赤峯くん。言葉が過ぎないか」

諫《いさ》める双海にも食ってかかった。

「こんな説明会はすべきじゃないんですよ。車避難でも助かる場合があるという都合のいいイメージが残るだけです」

反論してから小声で吐き捨てた。

「こんな役にも立たないシミュレーションに二千万円も掛けるなんて。ドブに捨てたほうがいくらかましだ」

その一言で説明会が紛糾した。

そんな金があるなら避難道路を整備しろと声を荒らげる市民がいた。道路の新設は用地買収から始めなければならないので、と生真面目に双海が応えたりした。

エンジンに負担をかけないよう、静子はアルトをゆっくりと走らせた。ジョギングするくらいの速度だった。三百メートルほど先にコンビニの看板が見えた。もうすぐだ。

突然アルトが横に滑り始めた。逆にハンドルを切った。滑りが収まらなかった。

「どうして、どうしてなの。しっかりしてよ」

愛車を一喝した。

しかしハンドルの手応えがどんどん軽くなってしまう。

バックミラーに後続車のヘッドライトが見えた。かなり大きい。大型のダンプかトラックだ。後続車がどんどん近づき、そのヘッドライトがアルトの前方を照らした。

「水？」

静子の唇から驚きの声が漏れた。

辺り一面が冠水していた。

津波に押された海水だった。

アルトは滑っているのではなかった。浮かんでいるのだ。

確かテレビでどこかの誰かがそんなことを言っていた。

「車は四つの浮き輪を履いているようなものです」

「五十センチの冠水があれば、車は浮かんで制御不能になります」とも言っていた。

だから車避難は危険だという指摘だった。忘れていた。自分たちは漂流している。あのコンビニにさえ辿り着ければと臍《ほぞ》を噛《か》んだ。

漂流しながらアルトはどんどんルートから外れていく。

このまま水深が増せば、大街道と同じ運命が待っているかもしれない。

運転席と助手席の窓を開けた。

一面が海水だった。

どんどん流されていく。

窓から上半身を突き出した姿勢でクラクションを鳴らした。後続車は大型ダンプだった。まだ浮いていないように見えた。

「助けてぇ」

声を張り上げてクラクションを鳴らした。

アルトはルートからも後続車からも何かに曳《ひ》かれるように距離が開いていく。

海水面が眼下に迫った。

沈み始めている。

背中に悪寒《おかん》が走った。

沈みながら深みに誘導されている。

「助けてぇ」

声の限りに叫んだ。

電気系統がショートしたのだろう、ホーンスイッチに触れていないのに、クラクションが鳴りやまない。ハザードランプが意味もなく点滅する。

「誰か、助けてぇ」

叫ぶ静子の声をクラクションの甲高い音が掻き消した。

アルトは流され続けた。徐々に車内に海水が充《み》ちてきた。このまま流されて、冠水していない場所に流れ着いたら助かるかもしれない。

そんなことを思ったりもした。

しかしその考えは甘かった。大きな渦、小さな渦に曳かれながらアルトは無作為に流されているように思えたが、やがてひとつの意思に導かれていることに静子は気付いた。

水の意思だ。

ゆっくりと右往左往しながら、水は北上川《きたかみがわ》の河口に向かっていた。

もともとは海水だった水が、海に還《かえ》ろうとしていた。

その出口が北上川河口だ。

このままでは海に連れて行かれる。いやその前に……

車内への浸水が止まらない。海に出る前に車内が海水で充たされる。このままでは溺死だ。

慌ててシートベルトを外した。窓から這い出てアルトの屋根に上った。佐藤のことを忘れていた。屋根から助手席の窓の中を覗き込んだ。胸まで海水に浸かった佐藤が合掌していた。

「何、やってんですか、店長。早く車の外に出てください」

呼びかけたが佐藤はピクリともしない。

「店長、何を諦めているんですかッ。まだ助かる可能性はあります。津波に呑まれたわけじゃないんです。押し水に流されているだけなんです。早く車の外に出てください」

しかし佐藤は反応しない。

助手席の窓に手を入れて佐藤の髪の毛を摑んだ。腕に力を入れて顔を上に向けさせた。瞳に焦点がなかった。唇がかすかに微笑んでいた。

「しっかりしてください。こんな風に死んでいいわけないじゃないですか」

必死で佐藤に語りかけた。その間も車内の海水は水位を上げていた。

佐藤の肩が海水に浸かった。髪の毛を摑んだままもう一方の手の拳を固めて、アルトの屋根を力任せに叩いた。

ダンダン、ダンダン、ダンダンと叩き続けた。

小指の爪が剝《は》がれた。

それでも叩き続けた。

静子は怒りに支配されていた。生を諦めた相手にではなく、再びの災禍にでもなく、自分の無力にでもなく、それは得体のしれない根っからの怒りだった。

佐藤の上体がずれた。摑んだ毛髪が指の間からすり抜けた。海水に浸かった佐藤の口元からブクブクと泡が漏れた。再び手を伸ばしたが届かなかった。

「店長！」

絶叫した。佐藤は深く項垂《うなだ》れたままだった。

「結婚しましょう。二人で店をやりましょう」

自分でも何を言っているのか分からなかった。とっさに出た言葉だった。水中で佐藤の肩が微かに動いた。力を得て声の限りに叫んだ。

「結婚してあげます。店長の嫁にしてください」

佐藤の左手が、ゆっくりと水中から上がってきた。俯いたままだった。その手をしっかりと握り締めた。佐藤が強く握り返してきた。右手でシートベルトを外していた。

渾身の力を込めて佐藤を引っ張り上げた。佐藤の顔が水面に露出した。口を全開にして空気を吸ったが、それ以上動こうとする気配がなかった。

「甘えてんじゃないですよ。自分で車から出なさいッ」

怒鳴りつけた。

佐藤の左手が窓枠を掴んだ。するりと車窓から身体が滑り出た。そのまま車外の水に浮かんだ佐藤を車の屋根に引き上げた。

「冷だがった」

車の屋根に正座した佐藤が呟いた。「水が」と付け加えた。それからおずおずと訊ねた。

「結婚してぐれんだっちゃ」

仔犬みたいな目をしていた。なんだか無性に腹が立った。手加減せずに平手打ちを食らわせた。叩かれた頬に手を当てた佐藤が驚いた顔を静子に向けた。

「痛えでねぁーの」

抗議めいた口をきいた。甘える口調だった。もう一発はり倒した。佐藤がアルトの屋根から転がり落ちた。助けなかった。自分で何とかしろと思った。静子の眼差しは遠くに向けられていた。

朝陽の中、波飛沫を上げて真っ直ぐに向かってくるゴムボートを見つめていた。アルトは静子を乗せたスペースを残して水没していた。

黒巣幽冥／ライター

黒巣《くろす》幽冥《ゆうめい》はペンネームだ。黒一色の地に金文字で書かれた名刺には『怪奇蒐集家《しゅうしゅうか》』と書かれてある。実際の怪談体験を取材し、それを雑誌に投稿することで稿料を得ているライターだ。

出入りさせてもらっている怪談雑誌主催の怪談会などがあると無償で手伝いに赴く。

生来のオタク気質で、パソコンの扱いには慣れているので、チラシの作成や心霊写真の編集など、それなりに重宝はされている。原稿の掲載はその見返りで貰えるようなところがある。もちろんそれだけでは生活できないのでアルバイトは欠かせない。収入の多寡《たか》でいうなら、むしろアルバイトが本業というべきだろう。

そんな幽冥に転機が訪れたのは三十一歳の夏だった。

東日本大震災だ。

東京都台東区浅草のアパートに暮らしていた幽冥は、その大災害に、当初さほど興味を抱かなかった。しかし震災の二ヶ月後あたりから、被災地で幽霊を見たとか、怪奇現象に出くわしたとか、そんな話がネット上で散見されるようになった。

それを見て幽冥は思った。

これはチャンスではないか。

もともと定職を持たない身軽な身の上だったので、よく考えもせず被災地に乗り込んでボランティアに応募した。ボランティアに選んだ先は最大の被災地といわれる河北市で、そこで二十人近くの同世代か年下の連中と、共同生活をしながら瓦礫の片づけなどをする毎日が始まった。

さして覚悟もなかった決断は、思った以上に幽冥の人生の風向きを変えた。追い風だった。被災地に住んでいる、ボランティアをしている、そんな幽冥が被災地から実話怪談を発信する。細々と続けていたブログの訪問者数が跳ね上がった。雑誌社からも注文が来るようになった。

幽冥が書く実話怪談は、被災者に取材したものということになっていたが、実際はネットで拾ったものをアレンジしているだけだった。最初からそうしたわけではない。何人かに取材を試みた。しかし相手は、幽冥の物欲しげな取材態度に、不機嫌に口を閉ざすか怒り出すかで、早々に取材による蒐集を投げ出した幽冥が選んだのが、ネットで拾った怪談話を焼き直すという方法だった。それでも被災地に身を置いているというアドバンテージは絶大だった。

女性との出会いもあった。彼女はボランティア仲間だった。波切《なきり》美由紀《みゆき》は東北福祉学院大学で社会学を学ぶ二十一歳の大学生だった。彼女が卒論のテーマに選んだのは、どうして被災地では幽霊譚が多く語られるのかというものだった。当初は自宅のある仙台から河北に通っていたのだが、そのうちに大学を休学し、ボランティアとして河北に移り住むほどのめり込んでいた。

彼女との出会いが僥倖《ぎょうこう》だったのは、清楚《せいそ》で可愛らしい美由紀が、幽冥に尊敬の念を寄せてくれたからだ。それを幽冥は好意と受け取った。小学生の時からの肥満体質で、動作も鈍く、勉強も苦手だった幽冥が女子大生に思いを寄せられるなど望外の出来事だ。

ボランティア団体が受け持っていた瓦礫の片づけは、すぐに専門の土木作業員たちの業務になった。処理能力が違うのと、怪我や事故に対する構えの違いで、ボランティアは次第にその領域から遠ざけられた。代わりに増えた仕事が仮設住宅で暮らす独居老人の訪問ボランティアだった。その仕事で美由紀とペアを組んだのが切っ掛けで、親しく話をするようになったのだ。

「東京の出版社からの依頼を受けてここに来たんだ」

幽冥は話を膨らませた。

「自分が生きている時代にこんな大災害が起こった。それを文字に書き留めるのが、ぼくの使命だと考えたんだ。今までは文筆一筋に生きてきた。しかし被災地の現実を目の当たりにして、書くだけでは足りない、身体を使って役に立ちたい。そう思ってボランティア団体に登録した」

自分に都合よく脚色した身の上を語る幽冥に、純朴そのものの美由紀はいたく感じ入ってくれた。

「私なんかと全然違う世界の人なんですね」

「まあ、ものを書くというのは特殊な仕事だからね」

被災地に移り住むことで注文が増えたとはいえ、稿料は多くても一ヶ月に十五万円ほどでしかない。ボランティア団体が提供してくれる住居と賄いがあるから何とか生活していける身で、幽冥は嘯いた。

「何て言うかな、こんなこと言うと他のボランティア仲間に申し訳ないけど、ぼくは彼らのように、自分探し半分で来ているんじゃないんだよね。使命なんだよね。ぼくでなくちゃできないという使命感がここに来させたんだよね」

「私もそれは感じています」

美由紀はあっさりと同意してくれた。

作業が休みの日にビーチベッドに水着姿で寝そべって肌を焼いたり、大音量でラジカセを鳴らし、バーベキューでビールを呷《あお》ったりする彼らの神経を疑うと控えめに非難した。

ボランティアの傍ら卒論の制作だけは続けている美由紀だった。休みの日にはフィールドワークに出かけていた。かたや幽冥は、ネットカフェに赴き、ネットでネタを探しては焼き直しをしていた。

震災の翌年の正月明けに、幽冥に出版の話が持ち込まれた。発災一年後の需要を見込んだスポーツ新聞社からの依頼だった。いわゆる震災本だ。

「連載していたコラムを出版しないかって話が来ちゃってさ」

寝る時間を削るしかないんだけど、と幽冥は困惑を装って美由紀に打ち明けた。

内心では小躍りするくらい喜んでいた。

共著の文庫本は三冊あったが、共著といっても十数人のうちのひとりで、数ページほどの割り当てしかない著書だった。それが四六判のソフトカバーで単著という依頼だった。

「実は私も」

美由紀が幽冥の出鼻を挫《くじ》くようなことを言った。

「出版のお話をいただいているんです」

同様に一年目の区切りを当て込んで、震災本の出版を目論《もくろ》んでいた東京の大手出版社から相談を受けた美由紀の担当教授が、美由紀の卒論の下書きを見せたことが切っ掛けだった。地道なフィールドワークが評価された。

当時は書店に同じような震災本が多く並んだ。書店入り口の平積みコーナーを埋め尽くした。

そのほとんどは、すぐに平積みコーナーから消え、また違う震災本が並べられた。幽冥の初めての単著も二週間で消えた。しかし美由紀の著書は一ヶ月を過ぎても並んでいた。四月には重版までされた。

「ぼくの本はマニア向けだからね」美由紀に無用な言い訳をして「こんな出会いがしらみたいな出版経験で有頂天になったらだめだよ」と助言までした。

「有頂天になんかなりませんよ。素人の文章ですし、この先、幽冥さんみたいに文筆で身を立てていこうなんて考えてもいませんし」

美由紀は謙虚だった。

「でも今回の卒論の執筆を通じて、自分の進路が見えたような気がするんです」

震災体験、特に家族を失った被災者に話を聞くという困難な取材を通じて、美由紀は多くの被災者と交流を持っていた。

「私、勉強して心理カウンセラーの資格を取ろうと思っています。フィールドワークや訪問ボランティアを通じて感じたんですけど、震災のＰＴＳＤが現実の問題になるのはこれからですよね。そんなトラウマで苦しむ人たちの助けになりたいんです」

真摯な眼差しで語る美由紀に戸惑いながら「それはいいんじゃないかな」と幽冥はよく分からないまま無責任に肯いた。このまま彼女と接点を持ち続け、いつかはと考えている幽冥だった。しかしある時を境に美由紀の態度がよそよそしくなった。

「なんか最近の美由紀ちゃん、ぼくに冷たくない？」

拗《す》ねた口調でそう問い質した。躊躇《ちゅうちょ》した後で美由紀は思ってもみなかったことを口にした。

「幽冥さんの本、読みました」

「ああ、そう」

幽冥の腋の下に冷たい汗が吹き出た。

「ごめんね、すっかり忘れていたけど、読むんだったら著者見本をプレゼントすればよかったね」

嘘を吐いた。

自著のプレゼントは真っ先に考えたことだったが、一週間先に書店に並んだ美由紀の本を購入し、それを読んで思い直した。同じ四六判でもハードカバーだった。自著との内容の落差に唖然とした。被災者を訪ね歩いた彼女と、ネットカフェに籠っていた自分との圧倒的な説得力の差があった。

「あの本、ネットで拾った話のリメイクですよね」

やはり美由紀はそのことに気付いていた。

「リメイクだけならまだしも、話の歪め方が酷すぎます。被災者感情をまったく斟酌《しんしゃく》していません。ただ面白おかしく書いてあるだけです」

美由紀がきつい眼差しで幽冥を睨《にら》んで言った。

「私、読んでいて吐き気がしました」

突き放す口調だった。

「美由紀ちゃん、それは違うよ。ぼくは読者の期待に応えなくちゃいけないプロ作家なんだ。美由紀ちゃんのように事実だけを書けばいいって立場じゃないんだ」

必死の言い訳だったが、美由紀から返ってきたのは軽蔑の眼差しだけだった。

美由紀がボランティア団体から姿を消した。ボランティア仲間の女性から聞いた話では、仙台の幼稚園の手伝いをしているとのことだった。手伝いの内容は知りようもなかったが、ちょうどそのころ、地方紙である河北新報のネット版に『顕在化し始めた子供たちのＰＴＳＤ』という記事がアップされていたので、そのあたりと関連しているのだろうと、幽冥は漠然と考えた。その後、美由紀は東京の企業に就職したという噂を耳にした。

美由紀への未練を捨てきれないまま幽冥は焼き直し作業を続けた。しかし震災から三年も経つと、出版社やスポーツ新聞社からの注文はほとんど入らなくなった。それを幽冥は風化と捉えた。

「あれだけ絆だなんだと言いながら、時間が経つと忘れちゃうんだね。哀しいね。でもぼくは忘れないよ。これからもずっと被災地に寄り添って執筆を続けていくからね」

残り少なくなったボランティア仲間に語ったりした。しかし活字を読まない彼らでさえ、幽冥が偽物だと気付いていた。そしてどうやら彼らに気付かれていることを、幽冥も気付いていた。

そろそろ東京に帰るかな。

自分の言葉とは裏腹に幽冥は考え始めていた。

稿料が激減し、月に一万円の収入を得ることさえ困難になっている状況で、頼りになるのはアルバイトなのだが、東京の時給と比べれば河北で得られるバイト料はたかが知れている。ボランティアの食費も自前になった状況で、穴の開いた靴下の替えさえ買えない生活状況になっていた。

何より幽冥のもっとも頼りにするネットカフェ代にも窮するようでは、執筆そのものが滞ってしまう。その点東京に戻れば、出版社の使い走りの見返りに掲載スペースが貰えるかもしれない。

とりあえずの住むところは、文学フリマ仲間の家を泊まり歩けば何とかなるだろう。出版社の担当者と仲間が自分を忘れないうちに帰るべきかもしれない。そんな風に幽冥は考え始めていた。正直なところ、美由紀のことがなければとっくに帰っていたのだが、ありもしない希望を捨てることができないでいただけだった。ぐずぐずしているうちに数年が経っていた。そんな幽冥を再び奮起させる事態が起こった。

その朝、東日本大震災からまもなく十一年目を迎えようという厳冬の未明に大津波警報が発令された。

朝が弱い幽冥は警報くらいでは目覚めない。

「起きろ。大津波が来るぞ」

ボランティア仲間に揺り起こされて、ようやく深い眠りから目覚めた。

「大津波？」

寝惚け眼《まなこ》で相手に確認した。

「そうだ。さっき警報が発令された」

なるほどけたたましいサイレンが鳴り響いていた。

「東日本大震災を上回る津波らしいぞ」

興奮はしているが、相手に切迫感はなかった。無理もない。ボランティア宿舎は日和山の中腹にある。どんな大津波であろうが被害を受けるような場所ではなかった。

「大津波、大津波、大津波」

三回復唱して幽冥は寝床から飛び起きた。

「もう来たのか」

相手の胸ぐらを摑んだ。

「いや、到達予想時刻までには、あと十分ほどある。さっきから大勢の市民が山を登ってきているような状況だ」

「あと十分！」

あたふたと幽冥は身支度を始めた。身支度といっても、幽冥は寝巻の代わりにジャージを着ているだけで、外出時はそのジャージの上からジャンパーを着ることで寒さを凌いでいた。二分もあれば終わる身支度だった。

「どこに行くんだ」

寒空の下に飛び出そうとする幽冥に仲間が声をかけた。

「取材だ」

言い残して幽冥は玄関脇に置いてある自転車に跨った。ボランティアの世話をするＮＰＯが所有し、共同で使っている自転車だ。ペダルを踏むまでもなく、坂道を自転車は疾走し始めた。向かう先は決まっていた。

『津波避難タワー』

河北市が逃げ遅れた市民のために設置した緊急避難施設だ。

幽冥は前々からそれに目を付けていた。

津波取材をするのにこれほどうってつけの施設はない。

遠く高台の上から眺めるのではなく、津波の真っただ中で足元に津波を見ながら取材できるのだ。タワーを見上げながら、あの場所で津波を取材できればと、不謹慎にも幽冥は、津波の再襲来を日頃から望んでいた。

津波を間近で見たライターとなれば、また注文が来るに違いない。津波の中に幽霊を見たとか、話の膨らませようはいくらでもあるだろう。

何よりツイッターで実況中継ができるではないか。八百人足らずのフォロワーを、一気に増やすチャンスだ。フォロワーの中には美由紀も含まれる。音信不通になってはいたが、美由紀は幽冥のフォローを外していない。

美由紀のタイムラインに自分の呟きが流れる。それを読んだ美由紀が自分のことを思い出してくれるかもしれない。疾走する自転車で坂道を下りながら胸を躍らせた。

目を付けていた津波避難タワーに至った。

誰もいなかった。

誤報かと訝った。

しかし防災無線からのサイレンと避難を促す声は鳴り響いている。自転車を乗り捨ててタワーの階段口に駆け寄った。階段口は遮蔽板で閉ざされていた。

遮蔽板に注意書きがあった。

『緊急の時はこの遮蔽板を蹴破ってください』

マンションのベランダにある仕切り板と同じだなと理解した。

躊躇なく蹴破った。三度蹴りを入れて身体を潜り込ませた。

階段を駆け上がった。息が上がった。思った以上の高さだった。

避難ステージに至りドアを開けた。淡いベージュのマットが敷き詰められたステージだった。

スマートフォンの画面を確認した。

警報画面を呼び出した。

現在地の津波到達予想時刻が表示されていた。午前六時七分だった。画面の右上に表示された現在時刻は午前六時六分だ。あと一分か。

ぎりぎり間に合った。

自身のツイッター画面を開いた。タイムラインが流れていた。幽冥がフォローしているアカウントが、津波の到来を呟いていた。呟きをアップした。

『津波避難タワー、なう』

避難ステージは四方を分厚いガラス窓で囲まれていた。海の見える側に走り寄った。早暁の薄暗い海を写真撮影した。添付して呟きをアップした。

『間もなく津波襲来。ここから実況します』

たちまち百人余りにリツイートされた。フォロワー数が増加し始めた。千を超え、二分間も経ずに千五百を超えた。

『大丈夫なのか？』

『実況頼む』

『幽冥さん、気を付けて！』

矢継ぎ早にリプライがタイムラインに流れた。

第一波が現れた。撮影した。添付してアップした。

『津波が襲来しました。向かってきます』

フォロワーが五千を超えた。まだまだ増え続けた。リツイートが三千を超えた。

津波がタワーの足元に至った。

鈍い振動がタワーを震わせた。

たちまち周囲が、泡立つ海水に埋め尽くされた。みるみる水位が上がってきた。

バキバキと耳障りな音がした。

タワーの階段が本体からもぎ取られる音だった。

撮影モードを動画に変えた。

タワーの下を流れながら水位を上げる津波を撮影した。もぎ取られる階段も映した。

『階段が飛んだ。孤立した。津波が水位を上げてくる』

動画を添付してアップロードした。

なかなか完了しなかった。ウエイト画面のままだった。焦《じ》れた。

通信が途絶するのか！

ようやくアップロードできた。

フォロワーは五万を超えていた。リプライが次々にタイムラインを流れた。動悸に胸が苦しくなった。今、自分は日本中から注目されている。歓喜の動悸だった。

着信があった。『波切美由紀』と表示された。通話ボタンをタップした。

「幽冥さん！」

懐かしい美由紀の声だった。

声の昂《たか》ぶりを抑えられなかった。

「やあ、美由紀ちゃん」

「やあじゃないですよ。何をしているんですか！」

美由紀の声に怒気が含まれていた。それも心地よかった。自分のことを心配してくれている。何か気の利いたことを言わなくてはと考えた。しかし通話が途絶えた。舌打ちをして画面を確認した。圏外の文字が表示されていた。

「えぇ、なんだよぉ」

これからという時に……

幽冥は激しく落胆した。しばらく呆然と立ち尽くしていた。そして漸《ようや》く自分の置かれている状況を考えた。階段が飛んだのでタワーからは降りられない。降りるも何も、辺り一帯は津波に呑まれている。海水だけではない。津波漂流物が海面を埋め尽くしている。

不安になった。

この先どうなるんだ？

今更ながらその想いに至った。

避難ステージの入り口にフックで吊るされたファイルに目が留まった。『避難された皆さんに』とタイトルが振られていた。歩み寄って手にした。ファイルの一ページ目には『七十二時間以内に救助します』と記されていた。

『タワーの階段は流されるように設計されています。タワーへの負荷を、少しでも軽減するための措置です。階段が流されてもパニックに陥らないでください。避難ステージの屋根は救助ヘリが着陸できる強度が確保されています』

安堵した。

ちゃんとこの後のことも考えてくれているんだ。屋上にはリチウム電池と太陽光発電パネルが設置されているとも書かれてあった。

リチウム電池は一般商業電力で常に充電されており、津波により電力の供給が途絶した場合も、七十二時間、タワーの照明を確保できる。それを太陽光発電が補完する。避難ステージ居室内に繋がっているコンセントから必要な充電も可能だった。

二ページ目を捲った。『ストックベンチについて』という記述だった。

ストックベンチの写真があった。

同じものが避難ステージの四辺に設置されていた。

説明書によるとベンチの座席は開閉式になっているらしい。百人分、三日間の飲料水、糧食《りょうしょく》が蓄えてある。毛布も百人分用意されている。飲料水、食糧、電力が確保されているのなら、当分ここに閉じ込められていても大丈夫だ。

幽冥の気持ちがますます前向きになった。

三ページ目は『トイレについて』だった。

記載通り避難ステージの隅にパーティションで仕切られただけの小部屋があった。ファイルを手にして小部屋のドアを開けた。小部屋には外部に向かって小窓が設けられていた。洋式の便器もあった。便意を催した。朝の排便は幽冥の健康のバロメータだ。『無臭・即凝固』と書かれた段ボールの箱があった。開けると青い袋がかなりの数入っていた。

簡易トイレの壁に貼られた説明書きに従って便器に青い袋をセットした。

ズボンとブリーフを下ろして便器に座った。快便だった。トイレットペーパーの代わりにウエットティッシュが備えられていた。使用後は青い袋を閉じて窓から屋外に投棄してくださいと書かれてあったのでそれに従った。

爽快だった。

投棄した小窓の下では津波が渦を巻いている。巨大な水洗トイレだなと考えた。思わず声に出して笑った。これをツイッターにアップしたら、たくさんのリツイートを貰えるのに。

四ページ目を捲った。幽冥がもっとも欲しいものがあった。

『衛星携帯電話』

入り口の対角線上にあるストックベンチに収められていると書かれてあった。

急いで確認した。

黒い頑丈な箱に取扱説明書とともに収められていた。

電源ケーブルをコンセントに繋ぎオンにした。画面が現れた。取扱説明書を見ながら、付属のコネクタ付ケーブルを自分のスマートフォンに繋いだ。圏外の文字が消えた。ツイッター画面を呼び出した。フォロワー数に表示された桁を数えた。二十万件を超えていた。ありえない数のツイッター利用者が自分をフォローしていた。

『幽冥、どうした?』

『情報求める』

『通信が途絶えたのか』

『生きているのか!』

『幽冥死ぬな』

自分に呼びかけるメッセージが次々とタイムラインに流れた。

『衛星回線に切り替えた。大丈夫。通信復活です。中継を続けます』

再登場だ。たちまちフォロワーたちが反応した。

避難ステージの窓から辺りを見渡した。津波が渦を巻きながら陸を侵略していた。漁船や車が流されていた。

人は？

目を凝らした。津波漂流物は流れているが人間が流されている気配がない。これでは津波のど真ん中で取材をしている意味がない。

『津波の中に手が見える』

思いつくままツイートした。

『何本もの腕が海に向かって「おいで、おいで」している』

悪くない。調子が出てきた。

『人が流されている！』

勢いでツイートした。リツイートの数字がぐんぐん上がった。タイムラインにメッセージが奔流になって流れ始めた。

『うぉ〜　衛星通信だと！』

『幽冥、すご過ぎる』

『レジェンドの始まりだ』

『今年度のピューリッツァー賞決まりました』

何か新しい情報を伝えなくては。

この場にいる自分にしか伝えられない情報だ。

『ひとり、ふたり……いや、それどころじゃない。百人はいるだろう。逃げ遅れた人たちが流されている』

止まらなくなった。その惨劇が、まさに今、自分の目の前で繰り広げられているような気持ちにさえなってきた。

『助けを呼ぶ声が充ちている。耳を塞ぎたくなるような声だ。助けを呼びながら津波に呑み込まれていく。空《くう》を摑む手を水面に残して沈んでいく』

興奮していた。我を忘れてスマートフォンの画面に脳内映像を打ち込んでいた。

不意にガツンと激しい衝撃を受けてマットの床を転がった。転んだ拍子に手から離れたスマートフォンが部屋の隅に転がった。

呆気にとられて窓の外に目をやった。恐る恐るタワーの足下を覗き込んだ。漁船がタワーに突き刺さっていた。這ってスマートフォンを手にした。

これもツイートしなければ。

握ったスマートフォンが鳴動した。波切美由紀からの着信だった。

「大丈夫なの？」

「うん、さっき漁船がタワーに衝突してね」

あえて美由紀の心配を煽るようなことを言った。

「かなり強い衝撃を受けたけど、大丈夫みたい」

「みたいって何よ。そこから逃げられないの？」

「無理だよ。ぼくは今、津波の真っただ中にいるんだよ。それにもし逃げられたとしても、ぼくは逃げないね。ここに居合わせた者として、ぼくにはこの状況を伝える義務があると思うんだ。何しろこのタワーにいるのはぼくひとりなんだからね」

「ひとり？　あなたひとりなの？　どうして他の人は避難していないの？　おかしいじゃない。絶対おかしいわよ」

　確かにそうだ。

　説明書から推測すると、自治体は百人の市民の避難を想定していたと思われる。余裕の数字を見込んでだろうが、自分だけというのはどうしてなのか。

　また不安が幽冥の胸に忍び寄った。

　美由紀と自分を安心させる言葉を探している幽冥の目が、海の方向からタワーに迫ってくる黒い影を捉えた。また漁船だ。さっきより大きい。真っ直ぐに進んでくる。

　ぶつかる！

　目を固く閉じた。地の底から湧いたような衝撃音が幽冥を貫いた。とんでもない衝撃がタワーを揺らした。「わぁ」と思わず悲鳴を上げた。

「どうしたの？　何があったの」

　美由紀が絶叫した。

　それに応える間もなく、タワーがゆっくりと傾き始めた。

　さらに衝撃音と衝撃が重なった。タワーに突き刺さった二隻の漁船に、倒壊した家屋の残骸や、津波で流された車が次々に衝突し、堆積しつつあった。

タワーの傾く速度が速まった。

幽冥は転がされた。すぐ下に水面が迫ってきた。

照明が消えた。

オレンジ色の箱がタワー屋上から転がり落ちた。小型冷蔵庫の大きさだった。水飛沫があがった。蓄電池だった。タワーの傾きは止まらない。

バーン！

派手な音がして避難ステージの入り口ドアが弾け飛んだ。入り口から砂を巻き込んだ海水が流れ込んできた。避難ステージの床を高い方へと這い逃げる幽冥の目が、彼方から急行するヘリコプターを捉えた。

蟻坂亮一／河北市商工会議所会頭

かつて河北市は政争の町と呼ばれた。河北二十年戦争と揶揄されもした。政争を繰り広げた中心人物は十八代市長の石母田《いしもだ》善一郎《ぜんいちろう》とその後を引き継いだ土原《つちはら》三喜雄《みきお》、そしてついに市長職に就けなかった蟻坂《ありさか》亮一《りょういち》だ。石母田善一郎は三期十二年市長職を務め政治から身を引いた。土原三喜雄は二期を務め、現市長である瀬野尾晋一郎に再選を阻まれた。捲土重来《けんどちょうらい》を誓っていたが、東日本大震災による津波に巻き込まれ犠牲になった。

瀬野尾晋一郎は大学の学長まで務めた教育者で、政治の世界にはまったくの素人だった。それがむしろ幸いした。政争に辟易《へきえき》していた河北市民の支持を得て当選した。しかし支持母体である市民グループは、陰で蟻坂亮一が組織した団体で、いわば蟻坂の傀儡《かいらい》だった。その意味で、蟻坂亮一には政敵だった石母田と土原に負けたという意識はない。

もともと蟻坂、石母田、土原の三人は、河北青年会議所の中心メンバーとして活躍していた。河北の将来を真剣に議論する若者だった。三人がそれぞれに相譲らなかったのは、その基本政策の違いにあった。

商工会議所に深く関わっていた蟻坂は、河北の地場産業の徹底的な保護を主張した。商社マンとしての経歴を持つ石母田は、河北を世界に開けた都市にする夢を抱いていた。そして中央政界で与党に籍を置く代議士の地元秘書を務めた経歴がある土原は、そのパイプを活かし、県外、特に東京に本店を置く大企業の積極的な誘致を図った。

三人三様に河北市の発展を信じての着想だったが、微妙な点で相容れず、三人の誰かが頭角を現せば、他の二人がその行く手に立ち塞がるという図式を繰り広げてきた。

蟻坂亮一はその夜も、漁港に竣工した巨大冷凍冷蔵施設、金華倉庫の屋上執務室にいた。金華倉庫は公には三階までの施設であるが、七階建てのビルに匹敵するその屋上の片隅に、目立たない専用の執務室を蟻坂は確保していた。金華倉庫の建設費五十億円のうちの四十億円は中東の産油国からの支援で調達されたものだった。その調達窓口として敏腕を振るったのが蟻坂だった。金華倉庫だけではない。東日本大震災後、壊滅的なダメージを受けた漁業の復興資金百八十億円も蟻坂が中央政府に掛け合って調達した。現金を調達することが蟻坂のもっとも得手《えて》とする仕事だった。それに関しては、他の二人には真似のできない力を発揮できると自信を持っていた。その嗅覚と実行力こそが蟻坂の真骨頂だ。

しかしそれがために、蟻坂には常に金の臭いが付きまとった。三度出馬した市長選で常に次点に甘んじたのもそのせいだと自分では思っていた。しかし何をするにも金が必要なのだ。子供にでも分かる道理ではないか。

蟻坂が経営する会社はおもに小型船舶のエンジンの販売と、冷凍冷蔵設備の設置保守を業務としていた。どちらも漁業の町には欠かせないものだ。

東日本大震災で漁業関係者が壊滅的なダメージを受けた際、その復興に全力を傾けた。調達した百八十億円をばら撒いた。その金は蟻坂の会社に還流《かんりゅう》し、いつもの陰口を叩かれたりもしたが、二百人の社員に檄を飛ばし、わずか半年の期間に、漁業関連機能を九割方復旧させたのも蟻坂だった。

他の誰に成し遂げることができたなどと小さいことは言わない。

まだ自分にはやるべきことが残っている。石母田は市長退任後心臓を患《わずら》い、経営するガス会社の会長職に退いている。土原は津波の犠牲になった。宿敵二人を失った今、これからの河北市に道筋をつけるのは自分しかない。その青写真を描くために、その夜も金華倉庫の執務室で夜を徹した蟻坂だった。

「復興は元に戻すことじゃない」

蟻坂の持論だ。機会があるごとにそれを説いた。

「河北市は津波によって壊滅的なダメージを受けた。ゼロからの出発というが、ゼロどころかマイナスからの出発だ。だったら元に戻すことなど考えるべきじゃない。今までにない河北市を新しく築くんだ」

口角泡を飛ばして力説した。

河北市民病院の移転問題も蟻坂なりの深慮遠謀があってのことだった。裏で工作した。

市民病院は東日本大震災の津波ですべての機能を失った。立地が最悪だった。海に臨む南浜地区の海側、しかも東隣には北上川の河口があった。海からの津波に正面から襲われ、北上川を遡《そ》上《じょう》し引き波となった津波に背面を襲われた。四階建ての三階まで浸水し、一階に設備された自家発電は機能を失った。四階に避難した入院患者と病院関係者は、救援ヘリが来るまで、暖房も照明もない病室で、飢えと渇きと寒さに耐える四十八時間を余儀なくされた。

その市民病院の移転先に市は市役所横の公営駐車場を選定した。蟻坂が市長に働きかけたのだ。議会は紛糾した。市民の間からも疑問と反対の声が沸き起こった。

河北市役所はＪＲ河北駅前に立地する。河北市の中心部だ。しかしそれだけに旧街道の道幅は狭く、慢性的な渋滞に悩まされる場所だった。救急搬送に耐えられない、というのが反対派の主張だった。さらに河北市役所庁舎そのものが、東日本大震災の折に、一メートルを超える冠水被害を受けているのである。移転予定地も同じように冠水した場所だ。疑問と反対の声が上がるのは当然だった。移転に反対する議員連中が、石母田元市長のもとへ陳情に足を運んだ。引退した石母田に陳情してどうするのだと蟻坂は苦々しく噂を聞いた。

議会ではいったん移転計画が否決された。その後、専門部会に検討が引き継がれた。決定に至る前に市長選挙があった。健康に不安のある石母田の代わりに反市長派が担ぎ出したのが、石母田の長女だった。

それに対抗すべく蟻坂は奇策を講じた。自分が後援会長を務める市議会議長の郷家義嗣《ごうけよしつぐ》を反市長派の候補として立てたのだ。蟻坂の思惑通り反市長派の票は二つに割れた。その結果、復興事業の継続性を前面に出して選挙を戦った現職の瀬野尾晋一郎が再選を果たした。立候補するために議員の職を退いた郷家には次の市長の座が密約された。

市長選挙の結果を受け、紆余曲折した市民病院の移転は当初案で落ち着いた。その市民病院が二年前に落成した。一般の病院と同じ機能に加え、老人介護に重点を置いた地域包括ケアシステムが定着し結実し始めている。そろそろ次の矢を放つ時機だと蟻坂は考えていた。そのための徹夜の作業だった。金の算段が必要だった。二十戸の中層マンションの建設が蟻坂の課題だった。

津波の犠牲になった土原が市長時代、働きかけて河北市の郊外に誘致した巨大ショッピングモールの影響を受けて、市中心部はドーナツ化現象に晒《さら》されている。かつての商店も大半がシャッターを下ろしたままだ。日本各地、どこの地方都市に足を運んでも見られる光景だ。それが当たり前になっている。

　おかしいではないか。

　蟻坂は憤慨する。

　中央の巨大資本が地方の景色を変えるさまを、指を咥《くわ》えて見ていることに忸怩《じくじ》たる想いでいた。商工会議所の会頭として、旧来の商店を含め、地場産業を守らなければならない立場だった。しかし時代の流れには抗えなかった。そんな自分に契機が訪れた。東日本大震災だ。ゼロからの出発ではない。マイナスからの出直しだ。今度こそは間違わない。

　蟻坂の脳裏にショッピングモールの開店挨拶に訪れた男の顔が浮かんだ。商工会議所の会頭として会った。役員の名刺を差し出したダークスーツの男は表情のない男だった。名前は忘れた。

「会社の仕事で気仙沼まで行ったんだが」

　蟻坂は切り出した。

「おたくさんの看板が東北自動車道にかけられていた」

　近日オープンを告知する巨大看板だった。看板には太い矢印があった。その矢印の下に『ここから五〇キロ』と記されていた。

「あんな遠くまで看板を出すのかね」と問いかけた。男は悪びれもせず言った。

「ええ、モールを中心に七十キロ圏内を商圏と考えていますので」

開いた口が塞がらなかった。

その半径に、どれだけの町があるというのだ。それぞれの町にはそれぞれの色というものがあるだろう。それぞれの暮らしがあり、それぞれの歴史があるだろう。それを無視して、一色に塗りつぶそうというのか。

執務室の時計の針は午前五時を回っていた。仮眠するかと椅子を立った。会社の代表者として、また商工会議所の会頭として、日中は分刻みの予定が入っている蟻坂だった。ソファーに横たわって目を閉じた。眠気に身を任せようと思った時、デスクの横に設置したジェイ・アラート端末がけたたましく鳴った。

飛び起きた。駆け寄ってディスプレーを凝視した。

大津波警報発令／波高10ｍ超／到達時刻5：59

我が目を疑った。声にならない呻きが漏れた。テレビのスイッチを入れた。東北太平洋岸の地図が映し出された。海岸線が赤く点滅していた。アナウンサーの声が伝える。

『先ほど午前五時十一分、東北太平洋岸に大津波警報が発令されました。周辺の皆さんは直ちに避難を開始してください。気象庁によりますと、今回の津波は東日本大震災を超える規模になる模様です。高台に避難してください』

天を仰《あお》いだ。

超える規模になるだと！

漁港はようやく復興した。

これまでの道のりを思った。決して平坦な道のりではなかった。廃業を決めた水産加工業者のもとに足を運んで説得した。「おれが責任を持って復興させるから」と頭を下げて事業の継続を頼み込んだ。漁村にも足を運んだ。漁師をやめないでくれ、この地を支えてきたのはあなたたちなのだ、水産業が廃《すた》れてしまえば河北は終わる。そこでも頭を下げた。

宮城県庁に怒鳴り込んだりもした。

県は国の指導で県内に漁業特区を設けた。

漁業を法人化する。漁師を会社員として雇う。生活が安定する。漁船も特区優遇を受けた会社が手当てする。バラ色の計画だと担当部長がふざけたことを言った。

「何がバラ色だ。おめえらは漁業を分かっちゃいねえ。海は繋がっているんだ」

特区に乗り込んだ企業が資本力を背景に乱獲をしたらどうなるのか。

漁民は暗黙の了解のもとに漁をする。漁場を荒らさない、それが彼らの決め事だ。海の掟だ。漁民は愚直にそれを厳守する。自主規制を漁師の信念が厳守させる。その概念が中央の資本を背景にした奴らに分かるのか。海にも自治はあるのだ。

漁民にも働きかけた。多くの漁民が同調して反旗を翻《ひるがえ》してくれた。その結果、特区の指定は一部の地区に限られたものになった。中央資本を招き入れる愚を犯さず、漁民だけで運営される法人が設立された。その後、特区制度に新たな展開は見られない。このまま尻すぼみに終わってしまうだろうというのが大方の観測だ。水産業の復興は成った。

いよいよこれから町場の復興にかかろうという時に！

歯軋りをした。奥歯が欠けるほどの歯軋りだった。堪《たま》らなくなって執務室を出た。金華倉庫の屋上に立った。海側の手摺を両手で握りしめて身を乗り出した。早暁の海は穏やかだった。祈りを込めて海を見つめた。やめてくれと祈った。

復興したこの河北漁港を、東日本大震災を超える津波が襲ったら、すべてが振出しに戻ってしまう。河北漁港だけではない。三陸海岸には数多《あまた》の漁港がある。それらもようやく復興した。漁港さえ復興すれば、三陸海岸沖はノルウェイ沖、カナダ・ニューファンドランド島沖と並んで世界三大漁場に数えられる漁場なのだ。

一陣の風が蟻坂の首筋を撫でた。海が立ち上がった。津波だ。祈りは届かなかった。巨大な津波が向かってくる。

「どうしてなんだ！」

咆哮《ほうこう》だった。唇が震え頬が引き攣った。

来るなら来い。何度でも立ち上がってやる！

想いを込めて海を睨みつけた。津波が岸壁を乗り越えた。抗うすべもない何隻もの漁船が翻弄されながら漁港内部に流され始めた。ドシンと重たい振動がした。金華倉庫がまともに津波を受け止めた。津波は避難所であるはずの三階部分の窓を打ち砕いた。蟻坂のすぐ足元まで濁流が迫《せ》り上がってきた。大量の飛沫を浴びた。臆せずに手摺を掴んだままの姿勢で蟻坂が吠えた。

「おだつなぁ（ふざけるな）」

大量の飛沫が蟻坂の全身を包んだ。

双海洋介／河北市防災企画室室長

市長応接室に赤峯静也が姿を現した。二人の隊員を伴っていた。市役所職員幹部連中の雑談する声が止んだ。

「皆さん、用意が整いましたので移動をお願いします」

赤峯が言った。張りのあるよく通る声だった。応接室の壁にかけられた時計は午後一時を指している。

「移動？　どこに移動するというのだ」

双海洋介が質した。災害が起これば父は市役所庁舎に駆けつけ、混乱が収まるまで戻らないと子供たちに諭《さと》していた洋介だった。自分たちの身は自分たちで守れと突き放していた。

市長を本部長に置く災害対策本部の実質的な責任者は自分だという自負があった。

しかしその災害対策本部は赤峯らに占拠されている。このうえ市役所庁舎からも移動しろというのか。耐え難い憤りが洋介の胸中で膨らんだ。

「日和山中学に移動して頂きます」

赤峯が答えた。日和山中学は日和山の中腹にあり、災害時の避難所に指定されている。

「我々に避難所に行けと言うのか」

洋介が気色ばんだ。宥《なだ》めるように赤峯が応じた。

「お気持ちは分かります。これだけの災害が発生しているさなか、市長をはじめとする市役所幹部の皆さんが避難所に避難されたのでは、市民の方々に面目が立たないでしょう。ご心配なく。皆さんの避難は極秘裏に行われます。市民の方々とは別に部屋を用意しております」

「日和山までどうやって行けと言うんだ」

総務部長の安海が質した。

「そうだ、我々に泳げとでもいうのか。さっき窓から見たが、市役所周辺は完全に冠水しているじゃないか」

復興企画部長の汐見が同調した。東日本大震災の折にも市役所庁舎は冠水により孤立した。一メートル二十センチの冠水だった。被災二日後、水が引いたところで、職員が会議テーブルを持ち出し、間に合わせの橋を作って外部との行き来を確保した。

「現在市役所周辺は三メートルの水深で冠水しています」

三メートル！

市長応接室にどよめきが広がった。東日本大震災時の冠水よりも深い。だとしたら市街地の状況はどうなっているのか。幹部らのどよめきは動揺の表れだった。構わずに赤峯が言葉を続けた。

「ご心配なく。施設部隊を待機させておきました。会議テーブルを並べるなどという危うい方法ではなく、皆さんが安全に渡れる仮設橋を日和山まで設置しています」

施設部隊は自衛隊にあって橋や道路を設置する専門部隊だ。東日本大震災の折には、驚異的な速さで東北道を普及させた部隊として洋介も記憶していた。

バイクで立体駐車場を駆け上がった時の記憶が洋介の脳裏に浮かんだ。

幌《ほろ》を被《かぶ》せたトラックが何台か止まっていた。あの中に施設部隊が紛れていたのか。それにしても準備が周到すぎる。赤峯らは現在の事態を想定して、我々を避難させるために部隊を待機させていたのか。いや、避難ではない。少なくともここにいる人間で、避難したいと考えている人間などひとりもいないはずだ。これは避難ではなく追い出しだ。

「すでに各指定避難所では炊き出しが行われています。夕方には入浴の準備も整うはずです。明日にはご希望に応じ、皆さんを避難所から自宅なりにお送りすることも可能です。一部ゴムボートでの移動になりますが、その点はご容赦ください」

再びどよめきが広がった。

自衛隊が野外入浴セットを装備していることは全員の知識にあった。一日千二百人の入浴が可能なセットだ。それがすべての指定避難所で夕方までに使用可能になるというのか。

「昼食のメニューは何だ」

赤峯が傍らの自衛官に声をかけた。

「はっ、カレーであります」

自衛官の畏《かしこ》まった返答に赤峯が苦笑して言った。

「皆さん、お聞きの通りです。早朝の警報でしたからお腹も空いておられるでしょう。自衛隊カレーを召し上がってお疲れを癒してください」

「おだつな！」

　怒声を発して立ち上がったのは土木部長の星崎《ほしざき》だった。

「何がカレーだ。我々がそんなものを食ってのんびりできる立場かどうか、分からんわけでもないだろう。どうして貴様らは市役所を占拠し、あまつさえ我々に出て行けと言うのだ。クーデターでもやっているつもりなのか」

　そうだそうだと同調する声がいくつかした。しかし洋介は諦観に支配されていた。赤峯らは、施設部隊を用意し市役所庁舎から仮設の橋を架けている。避難所では入浴の準備まで進められている。もはやこれまでという思いに囚われていた。自衛隊ではない、もっと大きな意思が働いていると直感した。

「分かった。移動しよう」

　赤峯に告げた。

「双海くん。何を言っているんだ」

　目を剝いた星崎を手で制して、市長に目をやった。

「よろしいですね」と確認した。

「ああ」

　視線を泳がせて市長の瀬野尾が肯いた。

「ありがとうございます」

赤峯が上目遣いのまま頭を軽く下げた。

「しかしその前に確認しておきたいことがある」

洋介が言った。

「なんでしょうか」

「被害程度はどうなんだ」

「それはこれからの調査となります」

「推定でも構わん。どれだけの市民の方が犠牲になったのか、せめてそれだけは知りたい」

「なるほど」と赤峯が首肯した。「室長らしいご質問です」

微笑んでから続けた。

「現時点で我々が把握している犠牲者数はゼロです。ただし目撃情報などから、残念ながら数名の市民の方が犠牲になられている可能性があります」

ゼロ？

数名？

あり得ない！

東日本大震災では三千九百七十五名の市民が犠牲になっているのだ。ゼロということはあり得ない。情報が錯綜しているのか。

六千四百名を超える被害者を出した阪神・淡路大震災発災直後、ＮＨＫは第一報で『数名の死者が出ている模様』と伝えた。逆に東日本大震災においては、完全に通信が途絶えた南三陸町の犠牲者を一万人近くと報じたマスコミもあった。実際の犠牲者は六百二十名だった。それと同じことなのだろうか。

いや、そんなはずはない。

洋介は内心で否定した。これだけ整然と用意周到に物事を進めている赤峯のグループが、情報収集においてそんな脆弱《ぜいじゃく》さを露呈するわけがない。

「それは河北市全域の数字か」

重ねて問い質した。河北市は平成の大合併で一市六町が合併した市だ。旧河北市の一部だけしか把握できていないのか。それにしてもゼロはあるまいが。

「いいえ、違います。河北市全域ではありません」

それに続く赤峯の言葉が応接室を凍らせた。

「東北全域です」

凜とした声だった。

「東北地方全域において、今回の震災で犠牲になられた方は、現時点でゼロ。目撃情報などから数名の方が犠牲になられた可能性があります」

赤峯の重々しい言葉に洋介は悟った。

河北市だけではない。この市役所庁舎で起こっている異常事態が東北地方全域で起こっている。

河北市日和山

ソファーに深く身を沈めた老人が報告を聞き終えて細い息を吐いた。対面に浅く腰を下ろした青年が項垂れて言葉を発した。

「申し訳ございません。奇跡を起こせませんでした」

老人が首を横に振った。

「自分を責めることはない。犠牲者が六名に止まったのであれば奇跡と言えるだろう」

「しかしゼロではありませんでした」

「ゼロは神のみが起こし得る奇跡だ。人の成し得る奇跡を君たちは成した」

老人の言葉に青年がさらに項垂れた。

老人がソファーから立ち上がった。青年も立ち上がって直立不動の姿勢になった。老人が執務机に歩み寄って電話の受話器を上げた。青年の理解できない言葉で電話の向こうの相手と話し始めた。やがて通話を終えた老人が青年に向かって言った。

「相手は納得してくれたよ。ただし条件が付けられた」

「どのような条件でしょうか」

「住民の三分の二の賛同を得ること、そして世界世論の過半数の賛同を得ること。それが彼らの条件だ」

直立不動の姿勢のまま青年が視線を足元に落とした。

「申し訳ございません。自分たちが不甲斐ないばかりに」

「おそらく犠牲者がゼロであったとしても、彼らは同じ条件を突き付けてきただろう。気に病むことはない」

柔和な声だった。

「それより犠牲になった方々のご冥福を祈ろうじゃないか」

老人が窓に歩み寄った。青年がその背中に従った。三歩距離を置いて姿勢を正した。

老人がカーテンを開けた。冬の陽射しを受け、眼下には輝く北上川河口があった。老人が両の掌を合わせて黙禱《もくとう》した。青年も拳を固めた手を体側に置いて黙禱した。

長い黙禱だった。

黙禱を終えた老人が窓越しに空を見上げた。雲一つない晴天だった。老人が口を開いた。

「赤峯くん」

青年に呼びかけた。

「まだ終わったわけじゃないんだ。分かっているとは思うが、むしろこれからだ」

「はっ！」

赤峯静也が口を引き締めた。

「狼煙《のろし》を上げよう」

老人が言った。間を置いて指示した。

「一週間後、住民投票の告知を行う旨を東北県知事会に伝えてくれ。国連監視団の受け入れも必要だろうから投票は一ヶ月後だ」

「はっ！」

赤峯静也が身を硬くした。

「狼煙を上げるんだ」

まるでその狼煙が見えているかのように老人が空を見上げた。そして自らに言い聞かせるように言い放った。

「東北独立だ」

第二章　開国

西新宿バスターミナル

十五台のバスが整然と並んでいた。ハイブリッドの高速長距離仕様のバスだ。超高層ビルの谷間に設けられた西新宿バスターミナルは新宿駅南口のバスタ開業以来、細々と営業を続けていた。ただしその日に限り普段にない乗客でごった返していた。

集合しているのは五百人余りのマスコミ関係者だった。臨時に設けられた五つのゲートに列を作り、九月の高い青空のもとで手続きを行っていた。

「なんで出国審査が必要なんだよ」

不満げな声に青木《あおき》清純《きよずみ》は振り向いた。声を発したのは東亜テレビの土井《どい》保《たもつ》だった。背後に若い男を従えていた。土井が黒い革のロングコートを着ているのに対し、若い男は薄汚れた厚手のダウンジャケットに身を包み、目の下に隈《くま》が浮き出ていた。

「カメラだ。体力だけは保証する」

そう土井に紹介された。

「仕方ないじゃないですか、外国に行くんですから」

青木の隣に並んでいた古川《ふるかわ》紀子《のりこ》が愉快げな口調で土井を宥めた。

ベリーショートでナチュラルメイク、知性と生来の幼さが他人を惹きつける三十四歳のライターだ。発行部数六十万部の週刊ニュースウェイブの専属ライターを務め、今回のツアーに会社推薦で選ばれた。

「東北が外国かよ。どうもいまだになじめないね」

土井が鼻を鳴らした。

「陸続きだから海外というのとは違いますよね」

紀子が追従した。

確かに今までの日本人は、外国に旅行することを海外旅行と言っていたなと青木は思った。しかしこれからは変わる。変わらざるを得ない。陸続きとはいえ東北は独立した外国なのだ。

独立後東北は鎖国政策を布《し》いた。国としての実態が整うまでという期限付きの鎖国だった。その期限が、独立から三年後だった。

期限の到来を半年後に控え、いよいよ開国という段階に至り、東北国は日本に呼びかけた。五百人規模のマスコミ団を招待するという呼びかけだった。新しい東北国を一切の制限を付けずに取材し世界に発信して欲しいという。

「青木さんは取材地の申し込みを済ませているんですか」

古川紀子が無邪気に訊ねてきた。

この子はいつも微笑んでいるなと青木は思った。同じ系列会社で月刊ニュースウェイブの主筆を務める青木は、幾度か紀子と取材ソースの交換をしたことがあった。今回の取材にあたっては、一週間という取材期間の制約もあり、東北地方のどこを取材したいか、事前に申し出ることになっていた。

「河北市を申請した」

正直に答えた。

「のりちゃんは？」

逆に問いかけると紀子が小さな舌を出して肩を竦《すく》めた。

「まだなんです。明日のオリエンテーションの終了後に申請しようと思っています」

そう考えている記者は少なくないようだった。何しろ三年近いブランクがあるのだ。特にここ二年余り、新しい東北の情報はまったく入ってきていない。いきなり取材地を決めろと言われて戸惑う記者が多いのも仕方がないことだった。

「でも……」

紀子が続けた。

「青木さんが河北市に行くんだったら、それなりの理由があってのことなんですよね。私も河北市にしようかな」

甘えるように言った。

「それいいね」

土井が割り込んできた。

「おれもそうしようかな。青木ちゃんともあろう者がネタなしで行くわけないもんね」

土井は大学で同期だった。同じマスコミ業界に進んだ。報道という分野も同じだった。しかし出版社に所属する自分と、テレビ局に勤務する土井とでは、ずいぶん隔たったという意識が青木にはあった。

「便乗って言うよりハイエナじゃないんですか」

青木の気持ちを紀子が代弁してくれた。土井が手掛けている番組は報道番組とはいえ、かなり扇情的なテーマを選んで取り上げる番組だった。ネタの裏取りも甘い。常に二、三の訴訟を抱えている番組だ。

「青木ちゃんはどうして河北市を選んだのよ」

紀子を無視して土井が言った。

「死者行方不明者三千九百七十五名。河北市は東日本大震災の最大の被災地だからな」

青木は濁した。河北市を選んだ理由は他にあった。

「なるほどね」

肯いて土井が言った。

「おれも付き合うよ。今の青木ちゃんの理由は方便だね。方便を言わなくちゃいけないほど、確かなネタがあるわけだ。こりゃ付き合うしかないね」

下卑《げび》た笑いを浮かべた。

「だっておかしいじゃない」

真顔になった。

「河北市が最大の被災地というのは犠牲者の絶対数だよね。でも対人口比率で見たら、必ずしもそうは言えないでしょ。河北市は三パーセント未満だ。例えば岩手県の大槌町《おおつちちょう》は八パーセントを超える住民が犠牲になっている。河北市の隣の女川町も八パーセントを超えていたよね。町自体が消滅するような被害を受けていた。本当の意味で最大の被災地というのはそっちじゃないかな」

なるほど土井が指摘する通りだった。大槌町も女川町も被災直後に訪れたが、壊滅的な被害を受けていた。津波と、その後の津波火災により、町役場が跡形もなく破壊され、町長まで犠牲になった大槌町では、取材した町職員の瞳に光がなく、大丈夫なのかと心配させられたほどだった。

女川町は女川町で、震災後県会議員から無投票で就任した青年町長と面会したが、「町が破壊され、必要な仮設住宅さえ十分に確保する土地がありません。住民もどんどん流出しています。何から手を付けていいのやら」と頭を抱えていたほどだった。

「勝手にすればいいさ」

言って青木は土井に背を向けた。ジャケットの内ポケットからパスポートを取り出した。出国審査の順番が回ってきていた。紀子に続いて出国審査を終え、係員の誘導でバスに乗り込んだ。土井も同じバスに乗り込んできた。すぐにバスは満席になり、東北国に向かって走り出した。

国道六号

あれから二年七ヶ月……

車窓に流れる景色にぼんやりと目をやりながら青木の想いは自然とあの頃に向けられる。

東日本大震災で甚大な被害を受けた東北太平洋沿岸が、そのわずか十年後に再びの災禍に見舞われた。アウターライズだ。

東日本大震災は逆断層型地震で、アウターライズは正断層型地震だった。

本来アウターライズとは海溝の陸側から見て外側、すなわちアウターにある隆起した海底の地形を意味する。プレートが下方向に曲がろうとして盛り上がった地形だ。そこを震源とする地震は遠方沖で発生するため、陸地で感じる揺れは小さいが津波が巨大化する。

東日本大震災はプレートの沈み込み部分で発生する逆断層型地震だった。それに誘発されて正断層型地震が発生した。この二つの関連から、当初気象庁は、アウターライズを第二次東日本大震災と命名した。しかしその仕組みが喧伝《けんでん》されるに伴って、アウターライズという言葉が蔓延《まんえん》し、いつの間にかマスコミも一般人も、あの災禍をアウターライズと呼称するようになった。

アウターライズ発生の報を受けて世界中が反応した。マスコミに限らずネット上にＴＳＵＮＡＭＩの文字が溢れかえった。

『再び巨大な津波が日本を襲った。神はどこまで残酷なのだ』

　そんな悲嘆の声が世界中から寄せられるなか日本を応援する声も多く見られた。

『日本のために祈ります。私たちは知っています。日本人は何度でも立ち上がる。決して諦めることがない不屈の人たちだと知っています。私たちにできることは日本のために祈ることです』

　そんな声を一変させたのが、被災三日後に行われた宮城県知事の記者会見だった。宮城県知事根元《ねもと》恵美子《えみこ》は、東北県知事会の代表としてテレビカメラの前に現れた。そして次のように語った。

「最初に、世界各国から寄せられた哀悼の意とご声援に深く感謝申し上げます」

　型通りの挨拶の後で被災状況について報告した。それが世界を驚愕させた。震源地が遠方沖であったため、建物や道路などの構造物の被害はごく軽微であったことが紹介された。そして人的被害が公表された。

「現時点で判明している犠牲者数は六名です。残念ながら、すべての住民の方をお守りすることはできませんでした。犠牲になられた六名の方のご冥福を心からお祈り申し上げます」

　青木はその放送を社の自席で視聴していた。

　犠牲者六名！

　その発表に青木が執務する編集部もざわめきたった。「馬鹿な」と声を発した者もいた。犠牲者数を発表し、黙禱した後で顔を上げた根元恵美子は、カメラを真っ直ぐに見つめて高らかに言い放った。

「東北は大丈夫です」

それが記者会見の最後の言葉だった。

根元恵美子の発表に再び世界が反応した。それはアウターライズ発生に対する反応よりもはるかに大きな反応だった。文字通り沸き立った。

『六名だって。何てことだ。日本人は津波を克服したのか。信じられない。同じ地球に生きる人類として誇りに思う。ありがとう、日本』

『日本人。すご過ぎる。たったの六人だって。その人たちには同情するが、あれだけの災害に見舞われて、たったの六人って。完璧という言葉以外に思いつかないじゃないか』

『奇跡だ。人類の歴史に刻まれるべき奇跡だ。世界は永遠にこの奇跡を語り継ぐだろう。日本人は世界の歴史に忘れられない奇跡を残した』

ほとんどが日本と日本人を称賛する声だったが、しかしさらにその五日後に行われた宮城県知事根元恵美子の発表はそれらの称賛に冷水を浴びせかけるものだった。

「このたび東北県知事会は、アウターライズにより甚大な被害を受けた東北地方の完全なる復興を主眼とし、日本からの独立を視野に入れた復興計画を策定することを決議いたしました。復興財源は五十兆円を用意しました。この財源を原資に東北は新たな国として生まれ変わります。なお、独立の是非については、一ヶ月の猶予を設け住民投票で決定いたします」

この声明を受けた世界の反応は冷ややかなものだった。

『五十兆円だって！　東日本大震災の倍以上じゃないか。どうやってこれだけの財源を調達したんだろう』

『完全なる復興？　それと独立がどう結び付くのか説明してほしい』

『巨額の復興財源と合わせて、なんか陰謀のにおいがする。住民投票が正しく行われるのか、それも心配だな』

　東北に対する否定的なコメントが並んだ。この流れを変えたのがひとつのコラムだった。筆者は日本に永年居住する自称英国籍のジャーナリストだった。Lonely Dragon と署名されたコラムのタイトルは『日本人と東北人』だった。

　青木もその英文コラムに目を通したが疑問点の多いコラムだった。東北がいかに日本に搾取されてきたか、その一点に絞り込んで綴られていた。

「東北地方は日本のエンジンと呼ばれてきた」

　そんな一文から始まるコラムが最初に紹介しているのは戦後の集団就職だった。

「中学を卒業したばかりの東北の少年少女らは、集団就職列車に乗せられ東京に送られた。その規模は百万人にものぼった。東京の上野駅で彼らを待ち受けていたのは、町工場を経営する社長連中だった。二人、三人単位で引き取られた少年少女らは、町工場の職工として過酷な労働条件のもとで働き故郷の家族に仕送りをした。東北出身の彼らは辛抱強く、勤勉で、しかも手先が器用だったため『金の卵』と呼ばれた。第二次世界大戦で焦土と化した東京を復興させ、世界でも類を見ない日本の経済成長の牽引役となったのが、まさに彼ら東北の少年少女たちなのである」

　そんな論調で書かれたコラムは徹底して日本人を搾取者、東北人を被搾取者として描いていた。コラムは東日本大震災にも触れていた。

「事故を起こした福島第一原発は東京電力が所有する発電施設だった。ここで発電された電気はすべて東京に送電されていた。それにもかかわらず、東京都民は、東北の被災地で発生した津波瓦礫の受け入れ処理を拒否した。原発周辺の瓦礫ではない。遠く離れ放射性物質の汚染を免れた瓦礫でさえ受け入れなかった。これに類する不愉快な事件としては、京都の大文字焼きの送り火が思い出される。大文字焼きとは日本の古都京都で行われる死者を悼《いた》む行事である。大文字焼きに際しては、護摩木《ごまぎ》と呼ばれる木の札が供養の願いを込めて燃やされる。震災の夏、陸前高田市から四百本の護摩木を奉納したいとの申し出が大文字保存会に寄せられた。陸前高田市は人口二万三千人の小さな地方自治体だが、その七%を超える千八百七名もの市民が津波の犠牲になった。東日本大震災における激甚な被害を受けた地方自治体のひとつだ。大文字保存会はいったんは護摩木の受け入れを受諾するが、放射能汚染を懸念する京都市民からの抗議に受け入れを撤回した。護摩木には犠牲者の氏名や祈りが記されていた。検査により護摩木から放射線は検出されなかった。陸前高田市と福島第一原発は百七十九キロも離れている。それでもなお、陸前高田市市民の、古都で供養してほしいという願いを京都市民と保存会は踏みにじったのである」

　このあたりの記述はかなり感情的だった。陸前高田の護摩木に記されたメッセージや犠牲者の氏名を、大文字保存会が別の護摩木に書き写して供養したというような点には一言も触れていなかった。当時の風評被害のありさまも無視していた。

最後にコラムは東北独立に触れていた。

「上野駅で身柄を引き渡される『金の卵』たちの姿が見受けられなくなった現代、東北の被搾取の歴史は過去のものとなったのか。残念ながら否と言わざるを得ない。少年少女たちが東京に送られる代わりに、東京の工場が、優秀な、そして何より低賃金で使役できる労働力を求め東北に進出してきたのだ。東北と首都圏を結ぶ国道六号は、別名シリコンロードと呼ばれる。集積回路の一大生産地が東北なのである。東日本大震災によって集積回路は不足し、世界のＩＴ業界が一時的な麻痺に陥ったほどこの地の生産力は高い。しかしそれが東北人に還元されることはない。低賃金に甘んじる彼らに恩恵はないのだ。東北の独立に疑念を持つ人たちに物申したい。完全なる復興とは東北人の未来に光をもたらすものでなければならない。搾取の歴史を繰り返すものであってはならないのである。あえて言えば、東日本大震災において成されたのは復興ではない。復旧だ。再びの搾取を可能にするために、日本国は東北を復旧したのだ」

コラムは東日本大震災後日本各地で口にされた「絆」にも触れていた。

「東北を支援する人たちはＫＩＺＵＮＡという言葉を口にした。この言葉が人と人との繋がり、あるいは助け合いを意味するようになったのはつい最近のことだ。もともとの意味は違った。ＫＩＺＵＮＡは木の綱を意味する言葉だった。すなわち家畜や犬を通りがかりの立ち木に繋いでおく綱《つな》がＫＩＺＵＮＡなのである。東日本大震災においてこの言葉が多用されたことに私は深読みを禁じ得ない。彼ら日本人は、被搾取の歴史を歩んできた東北や東北人を、家畜や犬のように感じているのか、というのは言いがかりだろうか？」

　コラムの筆者が疑問符で閉じているように、それこそ言いがかりだとしか思えなかった。そして最後をこう締めくくっていた。

「東日本大震災を上回る巨大津波の襲来を受け犠牲者は六名。この事実に世界は驚愕したが、忘れないでほしい。それを成し遂げたのは日本人ではないのだ。忍耐の奥底に不屈の魂を宿した東北人なのだ」

　コラムは各国語に翻訳されネットの海で世界中に拡散された。そして潮目が変わった。

『奇跡を起こしたのは、東北人だったのか。日本さよなら。ぼくたちは東北人を応援するよ。東北人、頑張れ』

『憧れの京都でそんなことがあっただなんて。今年の夏休みは京都観光の予定だったけど、東北に行くことにした。でも独立しちゃったらどうなるんだろう』

『東北の独立を支持する。東日本大震災で彼らが見せた忍耐、礼節、不屈、連帯、寛容、威厳、そんな人たちが築く国を見てみたい』

『間違いなく言えるだろう。東北国は世界でいちばん強くて美しい国になる』

　国連が派遣した監視団の下、住民投票は滞りなく行われた。多くの市民が避難所生活をおくる状況の中で、投票率は九十パーセントを上回り、賛成八十五パーセントという予想しない結果が出た。慌てた日本政府は住民投票の無効を世界に訴えたが、投票の七日後、まず中華人民共和国が東北の独立を承認した。さらに中華人民共和国と関係の深いアフリカ諸国が独立を承認し、それに東欧諸国が続いた。

東南アジア諸国、南米諸国も次々に承認を表明した。ここまでの流れは中華人民共和国の影響があったものと思われるが、日本国内でも政府が予期しなかった動きがあった。日本最大の都市である東京都が、都議会において東北独立を承認する決議を行ったのだ。それに続き、革新系の自治体が次々に東北国承認を決議した。

決定的だったのは米国が承認したことだった。中華人民共和国との覇権争いに疲弊していた米国が、孤立政策に傾く米国住民感情に押されての承認だった。米国の承認を受けて西側諸国の承認にドミノ現象が起こった。

そして二〇二三年六月、遂に日本政府も東北国の独立を承認した。日本の承認を待って、根元恵美子が高らかに独立を宣言した。

独立記念日は三月十一日と制定された。

六号をひた走るバスの車窓を眺める青木の脳裏にある男の姿が浮かんだ。

昆布谷《こぶや》克徳《かつのり》。

東北国独立前に河北市で一度、独立後に茨城県土浦《つちうら》市で一度取材した男だ。初めて会ったのは昆布谷が五十歳の時だった。脂ぎった粘着質な男だったと思い出される。それでいて小心者だった。運送会社の代表者だったが組織を率いている度量というものを感じなかった。

　東日本大震災半年後の取材だった。昆布谷を紹介してくれたのは河北市商工会議所会頭の蟻坂亮一だ。蟻坂への取材の折、当時週刊誌などで騒がれていた復興バブルに話が及んだ。青木にとってそれほど食指が動くネタではなかったが、「それなら打って付けの男がいるぞ。復興バブルの典型だな」と言われた。典型と言われて少し興味を持った。その後の予定もなかったので、時間潰しのつもりで会った相手が昆布谷克徳だった。

昆布谷克徳／運送会社社長、棄国者

　昆布谷が経営する運送会社は北上川のほとりにあった。青木が訪れたとき、昆布谷は若い社員と二人でトラックから浴槽を降ろしていた。

「いやあ、宿舎が足りなくてね」と笑顔で言った。

　災害復旧の仕事は山ほどあるのに、ダンプと運転手の手配がつかず、ダンプ持ちの運転手五人を秋田から新たに採用したのだと言う。しかし震災の爪痕が生々しい河北市で宿舎を求めることは難しい。そのため昆布谷の会社では、事務所の駐車場にユニットハウスを並べて宿舎にしていた。青木はユニットハウスというものをはじめて見たが、小さな物置に窓がついたくらいのものにしか見えなかった。室内の大きさは五個ある一人用で一畳半くらいか。七個並んだ二人用でも三畳がやっとという狭さだった。家具らしい家具はなかった。

「これでもましなほうなんですよ」

室内を覗き込む青木の背後から昆布谷が言った。

「やっと手配できたユニットハウスがこれだけで、他のドライバー連中は今度来る五人も含めて、泊まるところがありませんからね。当分の間はダンプで寝泊まりしてもらうことになります」

特に恐縮している口調でもなかった。

「あれだってドライバーのためを思って拾ってきたんですからね」

トラックから降ろしていた浴槽に目をやって言った。

「拾ってきたんですか？」

「うちは瓦礫の収集運搬以外にも、被災した民家の解体もやっていましてね。そこで使えそうな浴槽があったので貰ってきたんですよ」

社員がそれを駐車場の脇にある倉庫に運び込もうとしていた。苦心はしているがひとりで動かせるほどの小さな浴槽だった。

「今夜からは内風呂ですよ。毎日銭湯に行かせるのは不経済ですから」

「どう見てもひとりしか入れないバスタブですよね」

ユニットハウスだけで十九人が駐車場に暮らしている。他にダンプで寝泊まりするドライバーがいると言った。そのドライバーたち全員の入浴をあんな小さなバスタブで間に合わせるのか。ついつい非難めいた口調になってしまった。

「あのね、青木さん」

昆布谷が敏感に反応した。

「河北市では二万二千人以上の市民がいまだに避難所生活を送っているんですよ。体育館で雑魚寝しているんだ。被災した市民がそんな思いをしているのに、余所《よそ》から金を稼ぎに来た連中が文句なんか言える筋合いではないでしょ。連中にはダンプの損料も含めて四万円の日当を支払っているんですからね」

昆布谷に案内されて事務所に足を踏み入れた。デスクが六つの小さな事務所だった。それが昆布谷の会社の本社だった。事務所にはドライバーのローテーション表が掲示されていた。週休一日のローテーション表だった。並んだドライバー数を目で数えた。六十名の氏名が並んでいた。

「すごい数ですね」

事務所の規模とドライバー数にアンバランスを覚えて言った。

「これでも全然足りないんですよ。なんせ河北市の瓦礫は六百万トンですからね。十トンダンプ六十万台分ですよ」

昆布谷が嬉しそうに言った。

「商工会議所の蟻坂会頭からうかがいましたが、事業のほうが順調らしいですね」

青木の問いに昆布谷がにんまりと笑って恵比須顔になった。

「そうでもないですよ。しょせん廃棄物の収集運搬ですからね、もっと儲けている奴らは他にいますよ」

否定した。

「うちだってもっとダンプと運転手がいれば荒稼ぎできるんですがね、地区割りされちゃって受け入れられるダンプはあと十台くらいですよ」

売上単価を聞いてみた。ダンプ一台で六万円という回答だった。ドライバーに支払われる四万円には日当や燃料費、ダンプの損料が含まれると確認した。

六十台が稼働しているわけだから一日の売り上げは三百六十万円かと頭の中ではじいた。月に二十五日の稼働として月間で九千万円、そのうちダンプ持ち込みのドライバーに支払う賃金が一台四万円なので、一日の粗利益は百二十万円になる。月にすれば三千万円、年間で三億六千万円だ。他に経費といえばさっき見たユニットハウスのリース料に雑費くらいか。解体する民家からバスタブを拾ってくるくらいだから、それ以外に大した経費もかけていないだろう。なるほど復興バブルだなと思った。

しかしそれだけではなかった。昆布谷の会社は、市内に二十五ヶ所ある瓦礫仮置き場のひとつの管理を任されていた。その管理料が年間五億だと事もなげに言った。もちろんそれだけの仮置き場を管理するノウハウなど昆布谷の会社にはない。管理は河北市に出張所を置くゼネコンの子会社が下請していた。子会社といっても全国展開し、年間売り上げが八百億を超える会社だ。通常であれば昆布谷の会社クラスの下請に入るなど考えられない。「復興事業の発注は地元最優先」という当時の政府の方針が、そんな歪《いびつ》な受発注形態を生み出していた。

発注形態は丸投げ方式で昆布谷の会社は伝票を起票するだけだ。丸投げの金額は四億円、月に一度事務員が伝票を書くだけで、年間一億の利益が昆布谷の会社にもたらされる。瓦礫の収集運搬と合わせると四億六千万円の粗利益になる。

「震災前の年間売り上げはどうだったんですか」

興味本位で訊いてみた。

「一千万いかなかったんじゃないかな。社長のおれの給料だって三十万だったよ。それが時々遅配するありさまだった」

昆布谷があっさりと言った。東日本大震災前は、廃車寸前のダンプを二台保有しているだけの会社だったらしい。

「ダンプ持ち込みの単価が日に二万八千円だったからね」とうんざりした顔をした。「そんな仕事にしたって毎日あったわけじゃない」忌々《いまいま》しく付け加えた。

ちょうど夕食時だったので会社の近くの中華料理店に誘われた。テーブルに着くなり「何でも好きなもん食ってください」と愛想よく言った昆布谷が、作業ズボンのサイドポケットから財布を取り出してテーブルに置いた。ブランド物と思われるクロコダイルの財布は、札でパンパンに膨れていた。中華丼を頼んで、勧められたビールはまだ仕事があるからと固辞した。

苦いものが残る出会いだった。

週刊誌ネタにはなるかもしれないが、青木の月刊誌で取り上げるような話題ではなかった。

饒舌な昆布谷の語りに辟易させられただけだった。

昆布谷と次に会ったのは東北国が独立した半年後だった。交換した名刺を頼りに昆布谷から連絡があったのだ。

昆布谷は棄国者《きこくしゃ》になっていた。棄国者とは独立した東北国を見限って日本に居を移した東北民をいう。当初はいろいろな呼び方をされたが、半年も経つころには、その呼び名が定着していた。独立と同時に鎖国した東北国の情報は、主に彼ら棄国者によってもたらされた。

日本国と東北国は地続きのため、独立した当初はジャーナリストなどが侵入を試みた。しかし、地方社会の結びつきは強く、見知らぬ人間はすぐに通報され、逮捕されたようだ。特に福島と栃木など、東北と隣接する県の県境——いまや国境だが——近くの国道などには検問所がつくられ、警備も手厚くなった。そればかりか、数百機の赤外線カメラを搭載したドローンが、二十四時間体制で国境を空から警備するという徹底ぶりだった。不法入国のニュースはすぐに聞かれなくなった。

独立後、東北国はすべての資本や事業を国有化した。共産主義かと一時は騒然となったが、過去の共産主義国にありがちだった富裕層に対する弾圧や搾取は伝えられなかった。資本と事業の国有化にあたって東北国はそれらを買い上げた。その資金を東北国がどのように手当てしたのか、それは独立三年を半年後に控えても謎のままだったが、資本と事業の買い上げはフェアに行われた。前者は時価で、後者は収益還元法で算定された額が支払われた。

鎖国した東北国は鎖国後一年間、東北国民が日本へ移住することを制限しなかった。その逆は制限した。

日本は「人道的」というお決まりの言葉で移住を希望する東北国民を受け入れた。大量の移民があったらどうするのだという懸念の声もあがったが、少子化により海外からの労働力の受け入れにも積極的だった日本政府は、経済界からの要請もあり、東北からの移住民を無条件で受け入れた。新たなる『金の卵』が期待された。

しかし当てが外れた。東北国からの移住者は千人にも満たなかった。そして移住してきたのは期待された労働者ではなく、多くは資本、事業の買い上げを受けた富裕層だった。

昆布谷もそのひとりだ。

連絡があった時、昆布谷は土浦市に購入した新築マンションで暮らしていた。相談があると言われたので赴いた。復興バブルに酔っていた運送会社の社長にはそれほど興味がわかなかったが、棄国者となれば話は別だ。

それまでも何人かの棄国者への取材はしていたが、みんな口が重たかった。故郷を棄てた引け目が口を重たくしているように青木には感じられた。あの饒舌な昆布谷なら、あからさまに語ってくれるのではないかと考えた。河北市における取材時の印象が強かった。

思惑《おもわく》は外れた。昆布谷の相談事というのは、これから先の東北国と日本との関係がどうなるのかということだった。その口調から青木は、昆布谷が東北に帰りたがっていると察した。

「死ぬまで遊んで暮らすくらいの金はあるんだ」

六億円持っていると昆布谷は言った。

「でもね、金を使うだけの今の暮らしが耐えられないんだ」

それまでに取材した棄国者の多くが口にした言葉を昆布谷は吐いた。

「事業でもやればいいんだろうが、日本には知り合いも取引相手もいない。ゼロから事業を起こすなんて冒険はできないよ」

手持ちの金がなくなれば生活に窮する。必ず成功する事業ならやってもいいがと、昆布谷は虫のいいことを言った。当時は棄国者詐欺が横行していた。甘言《かんげん》を弄《ろう》して棄国者に近づき、虎の子の財産を掻っ攫っていく連中が多くいた。

「東北国は鎖国の期限を三年間と公表していますから、その期限が過ぎれば東北に帰れるんじゃないですか」

その場限りの慰めだと分かって言った。昆布谷は東北国民として戻りたいのだろうと理解していた。しかし一度は国を棄てると決めたのだ。

「手持ちの六億を全部吐き出したら戻れないだろうか」

昆布谷に訊かれた。東北に残ると決めた富裕層の多くは、その時点で資本、事業、貯蓄を東北国に寄付している。それが東北国に残る条件だったわけではない。自主的な寄付だと聞いている。昆布谷は金を選んで国を棄てたのだ。いまさら金を返すから東北国に戻りたいと言ったところで、それが受け入れられるかどうか青木には判断しかねた。

「金を選んだだけじゃないんだよ」

怖かったのだと、昆布谷が言った。

「今でも、時々、夢に見てうなされるんだ」

昆布谷の夢に出てくるのはクリームイエローのアルトだ。

アウターライズの朝の記憶だった。

前日に納品になったばかりのダンプがあった。一台千五百万円のダンプだ。発注して一年後にようやく納品になった。八台が納品され、うち七台は会社の駐車場に移動していたが、一台は河北工業港に駐車したままだった。

そのままだと間違いなく流される。津波警報が鳴るなか、昆布谷は軽自動車を工業港に走らせた。ダンプに乗り換え、間近の幹線道路である大街道に向かった。二キロも走れば安全圏までダンプを移動できる。

しかし大街道は封鎖されていた。封鎖しているのは自衛隊だった。大街道に向かったのは昆布谷だけではない。多くの車が止められていた。何人かが「どうして通さないんだ」と自衛官に詰め寄っていた。自衛官はすぐ近くにある日和山に徒歩で避難するよう説得していた。そのうちに興奮した若者が封鎖を実力で突破しようとした。車をバリケードに突っ込ませた。信じられないことが起こった。自衛官が発砲したのだ。車のタイヤを狙った発砲だった。興奮していた群衆が沈静化した。

昆布谷はダンプをＵターンさせた。発砲してまで大街道への進入を阻止しようとしている自衛官の決意の強さを感じた。とても突破できないと思った。

昆布谷のダンプの動きに気付いた自衛官が何やら叫びながら後を追ってきた。構わずにアクセルを踏み込んだ。そのまま大街道と並行して新設されている新道を目指した。新道の工事現場に昆布谷の会社はアスファルト合材を搬入していた。搬入は二日後に終わる予定だった。搬入した高温のアスファルトは冷めないうちに敷設《ふせつ》される。舗装工事はほぼ終了しているはずだった。

運転席のデジタル時計を確認した。五時五十六分を示していた。津波の到達予想時刻は五時五十九分だった。

あと三分……

イメージした。ぎりぎり新道の入り口に到着できる時間だった。

東日本大震災の津波は新道の計画地を襲っていない。家屋の解体現場を巡回した経験が活きた。防災マップよりはるかにリアルに、河北市のハザードマップを脳裏に描くことができた。ただの色分けされた地図ではない。津波の押し波の被害にあった家屋が浮かんだ。新道あたりの家屋の解体も請け負った。津波に直撃された家屋はなかった。押し波で浸水し、津波漂流物で破壊されたか、津波火災で類焼した家屋が並ぶ地区だった。

五時五十七分。津波襲来まで二分。

新道の入り口で、クリスマス・イルミネーションのように点滅する工事中看板の豆電球の並びが見えてきた。色とりどりの点滅ではない。どぎつい赤一色の点滅だ。

五時五十八分。後一分。

立ち上がった海の壁が目に浮かんだ。

大丈夫だと自らに言い聞かせた。

津波本体はここまで来ない……はずだ。押し波が来るだけだ。深度が五十センチを超えれば普通乗用車は制御を失う。流される。しかし自分が運転しているのは十トンダンプなのだ。重量が違う。タイヤの径も普通乗用車の比ではない。

新道の入り口に至った。

工事中バリケードのひとつが破壊されていた。自分と同じことを考え、大街道を避けて新道を選んだ人間がいたようだ。構わずにバリケードを弾き飛ばして新道に乗り入れた。ヘッドライトに浮かぶ範囲の舗装は出来上がっていた。

ゆっくり急げ。自分に言い聞かせた。

フェスティーナレンテ。

和訳すると「ゆっくり急げ」ということになるらしい。ローマ時代の諺《ことわざ》だと教えられた。もともとは河北市の一隅の弱小運送会社だった。東日本大震災で財を得て発災の二年後には本社社屋も手に入れた。被災した会社が放棄したビルを捨て値で手に入れて改装した。社員も三人から九人に増えた。個人事業主の扱いで雇用契約しているドライバーは三十人在籍している。震災直後の勢いはないが、それでも工事資材の運搬では河北市で五指に入る会社に成長した。

ゆっくり急げ。

フェスティーナレンテは仙台の大学を卒業したというダンプ販売会社の営業マンと相談し

て決めた社是だ。社是を持つにふさわしい会社にまで成長させたのだ。千五百万円の大型ダンプを八台、合計で一億二千万円の投資もした。

蓄えが目減りするのが嫌でずっと投資は避けてきた。投資には税理士の助言があった。税金をダダ漏れで支払うのは勿体《もったい》ない、投資は節税になる、自社でダンプを抱えれば利益幅が広がる、使うだけ使って、走らせるだけ走らせて、廃車手続きをしてからロシアに密売すればいい、密売した金は税金のかからない隠し金になる。助言をした税理士は裏の仕事にも長《た》けていた。それを見込んで顧問契約を結んだのだ。

フェスティーナレンテ。

ゆっくり急げ。

今こそ社是を活かす時だ。

慎重にダンプを走らせた。舗装が途切れた。その少し前に押し波の冠水が始まっていた。大した冠水ではなかった。このくらいの冠水は何度も経験していた。

ゆっくり急げ。

東日本大震災によって河北市は地盤が一メートル近く沈下した。三陸海岸そのものが八十センチ太平洋側に移動した。再び隆起が始まっているらしいが、震災直後は市内のいたるところが冠水した。特に震災の年の台風十五号による冠水は市内全域に及んだ。

そんななかでも昆布谷はダンプの運行を止めなかった。六十台を一日走らせれば百二十万円の儲けなのだ。止めることなどできるはずがなかった。どうせダンプはドライバーたちの持ち込みだという意識もあった。「被災地が復興に向けて頑張っているときに台風なんぞに負けてどうする」と他県から掻き集めたドライバーの尻を叩いた。

ゆっくり急げ。

行く手にノロノロ走る無灯火の軽自動車があった。

クリームイエローのアルトだった。

車輪がほとんど水に浸かっていた。危ないなと思う間もなくアルトは流され始めた。ドライバーが運転席の窓から半身を乗り出した。女だった。クラクションを鳴らしながら助けを求めていた。

一瞬逡巡した。ダンプを横に付けて救助するかと考えた。すぐに迷いを捨てた。自分がハンドルを握っているのは大枚千五百万円を支払った新車だという思いが勝った。自分のダンプも冠水の中にいる。他人を助けている場合ではない。千五百万円というのはそれほどの価値なのだ。

ゆっくり急げ！

軽自動車から目を背けてアクセルを踏み込んだ。やがて大街道との合流点に至った。大街道をさらに走らせて、絶対大丈夫だと思える場所に至った。ダンプを止めて自動販売機で温かい缶コーヒーを買った。微糖にした。健康のことを考えてずいぶん長い間控えてきた甘味だった。

温かみと甘味が身体を解《ほぐ》してくれた。新車のダンプを守り切ったという充足感に浸った。

「……あの時は自分の判断が間違っていないと思っていた」

昆布谷が言った。青木はその言葉に唖然とさせられた。人命より千五百万円の新車を救うことを優先したことを「間違っていない」と言える眼前の男をどう理解してよいのか分からなかった。

「でも、その後、テレビのニュースでアウターライズの犠牲者がたったの六人だと知って怖くなった。自分がスルーしたアルトには少なくとも二人の人間が乗っていた。六人の犠牲者のうちの二人を自分が助けなかったというのが公になったら、どんな罰を受けるのか、罰を受けないまでも周りから何を言われるのか、それが怖くなった」

昆布谷の吐露は止まらなかった。

「一万人、二万人、死んでいるんだったら二人くらいと思えるさ。でも六人なんだよ。だいたい何で六人なんだよ。もっと死んでいてもおかしくないじゃないか。嘘じゃないのか。東北国の新政府の捏造《ねつぞう》じゃないのかよ。あんた方、マスコミはそこのところちゃんと調べているのかよ。なぁ、裏はとれてなくても、実際の犠牲者は発表の何倍、何十倍、何百倍ってところが真相なんだろ」

身勝手な理屈を並べる昆布谷の言葉に青木は首を振って否定した。人命の重たさを数で薄めようとしている相手に吐き気を覚えた。確かに六人という被害者数が捏造ではないかという憶測が流れた時期もあった。未だにそれを疑う向きもある。しかし東北独立後だけでも千人近い棄国民がいるのだ。彼らが目撃したこと、彼らが耳にしたこと、そのすべてを封じられるわけがない。それにもかかわらず実際の犠牲者数が発表より多いはずだと疑わせる証言は得られてない。

「私に何か相談があるということでしたが？」

青木は先を促した。訪ねたことを後悔していた。早く終わらせたかった。

「手持ちの六億円を返すから東北国に戻りたいんだ」

昆布谷が言った。

それを自分にどうしろというのか、青木は理解できなかった。それに六億円を返すと言うが、その金はもともと昆布谷のものだろう。寄付するというのなら分かるが、返すというのもおかしい。さらに言えば、他の棄国民らの証言によれば、東北国は資本、事業の売却で得た財産を東北国に寄付しろなどとは言っていない。日本、あるいはそれ以外の海外の預金口座に貯えたまま、東北国で暮らすことも認めている。制約されているのは東北国ではそれを使えないということだけだ。

「仲立ちしてもらえないか。マスメディアだったら東北国に裏の繋がりもあるだろう。六億円で東北国の国籍を買い戻したいんだ」

裏の繋がりなどあるはずがなかったが、そこまでして東北国に戻りたいという動機に違和感を覚えた。自分が二つの命を見殺しにしたことに怯えながらそれでも戻りたいという動機を知りたい衝動に駆られた。

「怖いんだよ」

また「怖い」を昆布谷が口にした。青木が考えもしなかった動機を昆布谷が語った。

「首都直下型の関東大震災はどうなっているんだ。もうすぐ来るんだろ。そしたらどうなるんだ。あたり一面焼け野原か」

確かに昆布谷が暮らす土浦も広い意味で関東地方には含まれるが、首都直下の震災とはあまり関係があるとは思えなかった。それをやんわりと指摘した。

「富士山が噴火したらどうなるんだ。火山灰が三メートルも積もるそうじゃないか。肺に入って呼吸困難で死人が出るそうじゃないか。いつ来てもおかしくないって言われている東海地震はどうなんだよ。南海トラフもそうだ。東海、西日本にも住めやしない。九州は火山と地震地帯だ。沖縄諸島だって過去にとてつもない津波に襲われているそうじゃないか。北海道も考えものだ。津波や火山もだが、真冬に被災なんかしたら低体温どころか凍死だろう。そんな風に考えたら、日本に安全な地域なんてないじゃないか」

再び唖然とさせられた。望郷の念ではないのか。そんな理由で東北国に戻りたいと言うのか。しかし反面考えさせられた。東日本、特に東北は、過去の記録を精査するまでもなくもっとも自然災害に見舞われた地域のひとつだ。その東北の防災に昆布谷は絶対の信頼を置いている。それにしても、自らが二つの命を見捨てておいて、防災に信を置くというのも理解できない感情だった。

東北国に戻るための仲介をしてくれという要請には応えられないことを告げて、青木は昆布谷のもとを辞した。その後も今までに取材した棄国民の何人かに連絡を取って追加の取材を行った。ほぼ全員が東北国への帰還を希望していた。そしてかなりの数の棄国者が、昆布谷と同じ、現在住む地域の防災に関して不安を抱きながら日々を暮らしていた。

郡山市／郡山アーバンホテル

十五台のバスの車列が東北国の首都郡山《こおりやま》市に到着したのは午後四時だった。車列は分散し、青木たちを乗せたバスと他の二台は郡山アーバンホテルに停車した。乗り込んできた若い女性は自衛官を思わせる制服制帽姿だった。「東北国国防隊、時任《ときとう》恵子《けいこ》です」と敬礼した。制帽を脱いで腋に挟んだ。

「ようこそ東北国に。この後レセプションで皆さんの入国手続きをさせていただきます。お疲れでしょうから簡単に済ませます。ホテルのチェックイン程度の手続きだとお考えください」

それだけ言ってにこりと微笑んだ。

確かに入国手続きは簡単だった。所持品の検査もなく、青木らはルームキーとクレジットカードを受け取った。

東北国には通貨はなく、すべての支払いはＩＣチップが埋め込まれたクレジットカードで行うと説明された。クレジットカードの所有者の掌紋が登録された。カードで支払った代金は、後日、明細を添えてそれぞれの所属会社に請求されると説明された。「一クレジットが日本円一円に換算されるとお考えください」という説明があった。

割り振られた部屋には『オリエンテーションのご案内』と記されたレジメが用意されていた。それによると翌日のオリエンテーションに東北国から出席する人物は次の三名だった。

東北国総理　根元恵美子
東北国官房長官　棚木《たなき》忠興《ただおき》
東北国国防隊司令　宮崎《みやざき》未夏《みか》

根元恵美子は前の宮城県知事だ。東北県知事会の代表としてアウターライズの被害者数を発表し、また独立の是非を問う住民投票の実施、独立宣言をした人物として、かなりの露出があったので青木も記憶している。二人目の棚木忠興という氏名にひっかかるが、思い出すことができなかった。しかし間違いなくジャーナリストとしての仕事がらみで関わった人物だという確信はあった。三人目の宮崎未夏はまったく記憶にない人物だった。

スーツケースから取り出したノートパソコンを起動した。

青木は衛星携帯電話を持ち込んでいた。東北国ではネットが使えないという予備知識があった。若い世代を中心に、それに反発を覚えた棄国民もいたようだが、東日本大震災、アウターライズと続いた災害後、しばらくネットが不通になったこともあり、意外なほど東北国では、それが自然のことと受け入れられたようだった。

衛星回線をノートパソコンに接続し、ネット画面を呼び出した。棚木忠興を検索した。いくつかのサイトがヒットした。サイトを開くまでもなく思い出した。

「……あの男か」

嘆息した。直接会ったことはない人物だったが、記憶回路が繋がった。ついでに宮崎未夏も検索した。情報は得られなかった。

ドアがノックされた。土井保だった。背後に古川紀子を従えていた。

「偶然出会ってね、じゃまするよ」

青木の返事も待たずに土井が入室した。

「入っても構いませんか」

紀子に訊かれたので「どうぞ」と招き入れた。部屋には簡素な二人用の応接セットがあった。一人掛けのソファーに悠然と腰を下ろした土井が言った。

「レジメ見たか？」

「ああ」と肯いた。「まだ途中だがな」

土井の向かいのソファーに腰を下ろした。紀子が立ったままだったので、ベッドに腰を下ろすよう勧めた。恐縮しながら紀子が浅くベッドに腰掛けた。

「根元恵美子は目新しくもないが、他の二人に心当たりはあるか？」

情報収集に訪れたことを取り繕うような土井ではなかった。

「ああ、一人は記憶にあった。棚木忠興という人物だ。おまえはどうなんだ」

「おれが目を付けたのは、宮崎未夏という国防隊司令だ。同一人物かどうか分からないが、もしおれが知っている宮崎未夏だったら、それだけで番組のコーナーができるな」

「有名人なのか？」

「有名ってわけじゃないが、ニュースにはなる人物だ」

言いながら青木のノートパソコンに土井が目を留めた。「ネットに繋がっているのか」と訊ねられたので肯いた。

「ちょっと貸してもらうぜ」

そう言って自分の手元に引き寄せた。

「うちの局のライブラリーに接続する。過去の取材ソースが保管されているクラウド上のライブラリーだ。もちろん部外者は閲覧できない」

説明しながら土井がファイルを呼び出した。「お蔵入りした映像だ」と青木の側に画面を向けた。紀子が立ち上がって青木の隣の床に正座の格好で並び、画面を覗き込んだ。

やがて画面に『牧山駐屯地祭り』というテロップが現れた。黒字に白い文字で書かれた手書きのテロップだった。

阪神淡路の少女

土井が言った。

「自衛隊の駐屯地で市民団体がデモをするっていう情報があって、取材に行ったうちのクルーが撮影してきたネタなんだ。おれは使いたかったんだが上に反対されてね」

画面の中でセーラー服姿の少女が暴れていた。棒切れを手にデモ集団に殴りかかっている。

よく見ると少女が殴りかかっている相手はデモ隊ではなく、デモ隊が手にしているプラカードだった。『憲法九条死守』『戦争反対』『基地はいらない』などと見慣れたフレーズが独特の字体で書かれたプラカードだ。やがて暴れ疲れた少女は手を止めた。両膝に手をついて肩で息をした。

「何なんだ、きみは」

デモ隊の男が少女に詰め寄った。別の男が言った。

「この駐屯地に身内でもいるのか」

少女が荒い息で答えた。

「身内なんかおれへん。ここだけやない。この世にうちの身内はおれへん。うちは、身内を見殺しにした人間なんや。婆ちゃんと両親と弟を見殺しにしたんや」

地面に向かって吐き捨てた。

「早朝の地震やった。一発で家が潰れた。うちと婆ちゃんは二階で寝てて、うちは窓から這い出した。婆ちゃんは潰れた屋根に足を挟まれて動けんかった」

デモ隊には目をやらず、膝に手をついたまま少女が続けた。

「すぐ近くで火事が起こった。燃え移った火がこっちに来た。婆ちゃんは自分を見捨てて逃げろて言うたけど、そんなことできるわけあらへんがな。必死で婆ちゃん引っ張り出そうとした。そやけどうちは火の熱さに負けた。うちは逃げてしもうた。潰れた家の下には一階で寝てたお父ちゃんもお母ちゃんも七歳になる弟もいた。全部見捨ててうちは逃げたんや」

少女は膝に手をついたままだった。その足元に水滴が落ちた。涙だった。追いかけるように鼻水が糸を引いて垂れた。肩が小刻みに震えていた。

「火事が収まって家に戻ったら丸焼けになってた。屋根の下敷きになったまま婆ちゃんは炭になっとった。うちはへたり込んだまま朝まで動けんかった」

少女が顔をあげた。涙と鼻水でぐちゃぐちゃになった顔をデモ隊に向けた。

「もうこのまま死にたいって思った。なんで逃げたんやと自分を呪った」

掌で涙と鼻水を乱暴に拭った。

「そんなうちに声をかけてくれたんが、この駐屯地の部隊の人やねん。避難所まで連れて行ってくれる言うたけど、うちはぐずった。家族を置いて、離れられへんて駄々をこねた。部隊の隊長さんが『家族と一緒に行こう』言うてくれはった。それから長い警棒しか持ってなかった部隊の人らは、手ぇだけで燃えた家の残骸をどけて家族を運び出してくれた。後で知ったことやけど、自衛隊の任務に遺体搬送は含まれてへん。人命救助が隊員さんらの任務や。そやけど隊長さんは言わはった。『ご遺体を生存者として扱え。間違っても損壊などするな』そう言うてくれはったんや」

少女が大きく息をして呼吸を整えた。

「瓦礫はまだ燻《くすぶ》ってた。ひとりの隊員さんが『熱っ』言うて持ち上げた家の梁《はり》を落としたんや。そしたら隊長さんが怒鳴りはった。『ご遺体を損ねたらどうするんだ。しっかり確保しないか』言うてな。『すみません』って謝りはった隊員さんは、梁に肩を入れて持ち上げた。その下に別の隊員さんらがもぐり込んで手で瓦礫を除《の》けはった。梁を支えた隊員さんの服が焦げて煙が出た。髪の毛が燃えてちりちりになってはった。それでも隊員さんはびくとも動かんかった」

少女の声に再び涙が混じり始めた。

「家から運び出した家族を並べて、部隊の人らはみんなで黙禱してくれはった。隊長さんが言わはった。『お父さん、お母さん、お二人のお嬢さんは無事ですよ。良かったですね』『お婆ちゃん、お孫さんは、お婆ちゃんを助けられなかったと悔やんでおられますが、そんなことないですよね。お孫さんが助かったことが、お婆ちゃんには何より嬉しいですよね』『弟さん、お姉さんは大丈夫だからね。お父さんやお母さんと、これからのお姉さんを励ましてあげてくださいね』まるで生きている人間に言うように優しい声やった」

少女に正面から目を向けられ、デモ隊の何人かが俯き始めていた。

「うちは中学二年やった。今年中学を卒業して高校の進学が決まった。それをこの部隊の人に報告しに神戸から来たんや。分かるやろ。一年前の一月十七日、阪神・淡路大震災や。この部隊の人らのおかげで、うちはあの後も、生きていくことができたんや」

少女が涙を拭って鼻水を啜り上げた。

「帰ってください。今日は、ここの部隊の人のお祭りなんや。離れて暮らす家族も、お子さんらも来てはるんや。気持ちよう楽しませてあげてください」

深々と頭を下げた。

「お願いします」

涙声を張り上げた。喉を裂く絶叫だった。デモ隊が散開し、その場から無言で立ち去った。

少女がセーラー服の袖で涙を拭い駐屯地の門に足を向けた。

門にはいつの間にか十数人の自衛官が整列していた。

全員が少女に向かって一斉に敬礼した。

少女がはにかんだ。


「いい画《え》じゃないか」

青木は素直な感想を口にした。

「泣けますね」

紀子が鼻を鳴らして指で目を拭った。

「どうしてこの映像がお蔵入りしたんですか？」と訊ねた。

「自衛隊礼賛はまずいだろう」と土井が答えた。「おれたち仲間内じゃ、阪神淡路の少女と呼んでいる」と付け加えた。

「それが東北国国防隊司令の宮崎未夏なのか」

驚きを隠せないまま青木が訊ねた。

「少なくとも氏名は一致している。それから……」

土井が阪神淡路の少女の後日譚を語った。お蔵入りにはなったものの、いつか使えるかもしれないと秘蔵してきた映像だった。テレビ番組には右も左もない。大衆が心地よく感じる映像を届けるのが彼らの仕事だ。何かのはずみで自衛隊必要論が盛り上がれば、それに便乗しようと考えた。

東日本大震災の救援活動で自衛隊の活動がクローズアップされた。使えるのではないかと考えた土井はスタッフのひとりに、その後の阪神淡路の少女を調べさせた。孤児になった少女が、不良にでもなっていたのでは話の収まりが悪くなる。

「不良どころかとんでもないことになっていた。阪神淡路の少女は東京大学に進み防衛省に入省していた。キャリアだ。その後、東日本大震災の災害派遣に自ら志願し東北に入っていた。これは使えると思ったんだがあの大震災だ、他のネタに追われて尻すぼみになってしまった。もし明日おれたちが会う東北国国防隊司令の宮崎未夏が阪神淡路の少女だったら、かなり美味しい話に調理できると思わんか」

調理するか。いかにもテレビ屋らしい発想だと青木は苦笑した。

「で、おまえの方はどうなんだ」

土井が訊ねてきた。

「官房長官の棚木忠興という男を知っているのか」

土井の問いに紀子が青木に目線を移した。

「こちらも氏名だけの一致だが、多分、前の南《みなみ》野《の》馬追《まおい》市の副市長だ」

南野馬追市は福島第一原発の北二十キロに位置する自治体だ。東日本大震災後、市の一部が居住制限区域に指定された。福島第一原発取材の前線基地だったので、土井も紀子も知っているはずだ。

「南野馬追の副市長が官房長官なのか。いくら新興国とはいえ、ずいぶんな出世だな」

「彼も東大卒のキャリアだった。出身は、確か会津若松市だ。東日本大震災直後に、総務省の官僚から南野馬追市の副市長に転身した人物だ」

「取材したことがあるんですか」

紀子が首を傾げて訊ねた。

「申し込んだが断られたよ。副市長は市政を陰で支える役職なので、とかいう理由でな」

「どうして副市長になんか取材しようと思ったんだよ」

土井が興味を露《あら》わにした。探る眼をしていた。このあたりの反応の速さはさすがだった。紀子とは嗅覚が違う。

「悪魔の復興計画、だ」

青木は言葉短く答えた。土井が身を乗り出した。話を続けた。

「東日本大震災後、おれは十七の市町を取材した。岩手県宮古《みやこ》市から三陸海岸を南下する取材だった。取材の前には、取材先の市町の復興計画すべてに目を通した。取材を続けるうちに、おれはある種の不満を覚えた。金太郎飴なんだ。確かに市町ごとに地域性を感じさせる計画にはなっていたが、基本的なところはまるでコピーしたみたいに同じなんだ」

青木はその不満を宮城県河北市でぶちまけた。相手は元市長の石母田善一郎だった。現職の市長には多忙を理由に取材を断られた。前市長は津波の犠牲になっていた。仕方なく元市長だった石母田の自宅を訪れたのだ。

「中央から復興予算を貰うためだよ」

青木の疑問に石母田は断じた。

「地方の自治体であれこれ考えても、中央の勘定科目にない計画は認可されない。そのため地方行政は中央の意に沿う復興計画を策定せざるを得なくなる。だからどこもかしこも、金太郎飴になってしまうんだ」

批判的ではない、柔和な声で石母田は言った。小樽商科大学卒業後、英国留学を経て商社に就職したという経歴の元市長は、知性を感じさせる紳士だった。

「東日本大震災後、初となる夏に宮城県が国に申請した予算の承認率を御存じかな？」青木の返答を待たずに石母田が言った。「四十九パーセントだよ」小さくため息をついて苦笑した。

「国の勘定科目にはまらない予算計画は全部却下された。地方の時代と言われて久しいが、国との力関係なんてそんなものなんだ」そして遠くを見る目をして言った。「そのあたりのコツどころが、まだ恵美子ちゃんには分かっていないんだなぁ。就任一年じゃ仕方ないか」

就任一年という言葉で、青木は、石母田が口にした「恵美子ちゃん」が、宮城県知事の根元恵美子だと理解した。

「地域性がふんだんに盛り込まれた復興計画が見たければ、南野馬追市の復興計画をご覧なさい。もっともあれは、南野馬追市の職員が策定したものではないだろうがな。これは私の憶測だがね。あれだけの復興計画を書けるのは、東大出の中央官僚くらいじゃないかな」

その日ホテルに戻った青木はネットで南野馬追市の復興計画を閲覧した。

「それが悪魔の復興計画だったのか？」

土井が目を輝かせた。

悪魔の復興計画。

いかにもテレビ受けしそうなフレーズではある。

「先に言っとくが、今ネットで閲覧できる復興計画はありきたりなものだ。震災の年の六月から策定が始まり十二月に発表された復興計画だ。おれがその時に閲覧した復興計画とは違う。しかし震災直後の夏前に紛れもなくその計画は存在していた」

計画のスローガンは『ピンチをチャンスに』だった。ピンチというのは、福島第一原発の事故で市の全域が汚染された状況を指すのは読むまでもなく理解できた。

「問題はチャンスの方だ」と青木は悪魔の復興計画の内容について語り始めた。

「汚染されたことをチャンスと考え、世界中から除染技術を研究する企業を誘致しようというのが計画の骨子だった」

計画では、二つ目の提案として、福島第一原発廃炉に関わるビジネスチャンスにも触れていた。廃炉には十年二十年単位の歳月と一兆円を超える予算が必要になる。事故を起こした原発の廃炉となると、それ以上の期間と予算を必要とする。さらに廃炉技術そのものが、まだ完全に確立されているわけではない。福島第一原発の廃炉事業の前線基地を南野馬追市に誘致し、そこで得られる廃炉技術や知見を市の財産にしようと計画は続く。

そして悪魔の計画の悪魔たるゆえんは三つ目の提案だった。低濃度の放射能汚染が長期にわたって人体に及ぼす影響を研究することを目的に、医療研究機関を誘致しようという、読みようによっては、人体実験と思われかねない計画まで盛り込まれていた。

「確かに悪魔の復興計画ですね」

呆れ声で紀子が言った。

「それを書いたのが副市長なのか。そして今は、東北国の官房長官なのか」

土井が勢い込んだ。

「いや、それは確かではない。憶測だ。だがその復興計画が公表されたのは震災の年の五月だった。東日本大震災後わずか二ヶ月足らずの期間で、しかも原発事故で大混乱に陥っている被災地で、それを書けるのは、よほどの秀才か……」

あとの言葉を青木は濁した。引き継いで土井が言った。

「狂人だな」

しばらく沈黙があった。沈黙を破ったのは土井だった。

「阪神淡路の少女に悪魔の復興計画の副市長か。しかも二人とも元は中央官僚のキャリアだ。それが東北国国防隊司令と東北国官房長官として、明日おれたちの前にお目見えするわけだな」

「涎《よだれ》が垂れているぞ」

　青木が苦笑交じりに土井をからかった。

「まだおれたちが知っている人物と同一人物だと決まったわけじゃないだろう」

「涎も垂れるさ。番組の摑みとしちゃ最高のキャストじゃないか」

「で、どうするんだ。郡山で取材を続けるか。なんせ二人とも東北国の中枢人物だろうから、首都の郡山に滞在しないと密着できないだろう」

　青木が土井に訊ねた。考え込んでから土井が席を立って言った。

「取材地にどこを希望するかは、もう少し考えるよ。とりあえず今は局に連絡して、二人のことを可能な限り調べさせる」

　言いながら土井がスラックスのポケットから取り出したのは衛星携帯電話だった。ボタンを弄《いじ》りながら土井が部屋を出て行った。

Lonely Dragon／独竜

「相変わらず慌ただしいやつだ」

言ってから青木は紀子に土井が座っていたソファーを勧めた。若い女性とホテルの部屋で二人きりという状況では、せめて応接テーブルでも挟んでおきたかった。

「取材地のことなんですけど」

ソファーに座るなり紀子が切り出した。

「青木さんに謝らなくちゃいけないことがあります」

神妙な顔で言った。

「謝るって？」

「ここに来る前に、青木さんに便乗して河北市に行こうかなんて言いましたが、実は私も最初から河北市で申請していたんです」

「そうなの」

「でも、あの時、土井さんがいたでしょ。どうして河北市に行くの、なんて探られるのが嫌であんなこと言いました」

「それはいいけど、おれでも訊きたくなるよ。どうして河北市に行くのか。お互いネタを追っかける仕事をしているわけだから、秘密にしたい気持ちも理解できるけどね」

「青木さんなら河北市に行く理由を言っても構いません。週刊誌と月刊誌、ライターと主筆という違いはありますけど、同じ会社ですし、青木さんが、私が追いかけてみようと思う小ネタに興味を覚えるはずがないですからね」

小さな舌をペロッと出して紀子がおどけた。

「私、Lonely Dragon を追いかけたいんです」

「例のコラムを書いた人物か？」

こくりと紀子が肯いた。東北独立に関わる世界世論を賛成に傾けたのは『日本人と東北人』と題されたコラムだった。

「Lonely Dragon の正体が取り沙汰されましたよね」

紀子に言われて青木は当時のことに想いを巡らせた。確かに東北独立に関わる世界世論を変えた人物として、青木のスタッフもコラムの執筆者との接触を試みた。しかし Lonely Dragon の正体は杳《よう》として知れなかった。

「あのコラムはたくさんの人の手で拡散されましたが、日本でその役割を担ったのが、ハンドルネーム独竜を名乗る人物でした。本家のコラムがネットにアップされた翌日には、それを和訳したサイトを立ち上げています」

「Lonely Dragon、すなわち独竜か。ということは同一人物なのか」

「いいえ、別人だと思います」紀子が断じた。「Lonely Dragon はともかく、私は独竜に心当りがあります」ただし、それも憶測の積み重ねですがと断って、紀子が語り始めた。

紀子には大学の文芸部で一緒だった中島《なかじま》智《とも》子《こ》という友人がいた。紀子はライターの道を選び、智子は出版社の編集の道を選んだ。

ある夜その友人と飲みに出かけた。東日本大震災翌年の二月末だった。自然の流れでお互いに近況を報告し合った。智子はつらつらと愚痴を並べた。

「うちの会社で出している季刊誌の担当やらされているんだけど、これがひどいのよ」

季刊誌は怪談専門雑誌だった。智子の担当は実話怪談だ。

「怪談なんて作り話でしょ。この世に幽霊がいるなんて、私は信じてないわ。ところが本気で信じている人たちがいるのよね。自分は霊感があって幽霊が視《み》えるっていう作家さんもいるの。作家さんというよりライターさんよね」

落ち合った場所は上野仲町通りの居酒屋だった。九州料理の店で鉄鍋餃子を突《つつ》きながら智子と生ジョッキを重ねた。

出版不況の時代にあって、あえて文芸書の出版に携わりたいと就職先を決めた智子だった。ファッション誌の編集部に配属が決まっていたのに、強硬に文芸編集部に行きたいと希望を述べた。

「新入社員の分際《ぶんざい》で会社の決定に逆らったのが悪かったのかな、文芸は文芸でも実話怪談だもんね」

「でも、それでも文芸なら良かったんじゃないの」

紀子は友人を慰めた。智子が鼻で笑った。デイパックから一冊の文庫本を取り出して言った。

「来週出版する実話怪談集よ。被災地の実話怪談が収録されているわ。いわゆる震災本ね。後で読んでみてよ。馬鹿馬鹿しくて涙が出るから」

もつ鍋の具を浚《さら》えてラーメンを一玉入れ、それを〆にして智子とは別れた。帰宅して、もらった文庫本のページを開いた。半分も読まないうちに疲れた。内容が薄かった。それに加えて文章が稚拙だった。怖い怖くないという以前の問題だった。これじゃ挫けるわねと友人に同情した。

著者は黒巣幽冥とあった。大仰でそれだけに薄っぺらいペンネームだと思った。虚仮《こけ》威《おど》しだと感じた。

「そのライターが独竜なのか」

青木が訊いた。

「自信はありませんが、コラムの和訳文とその後のネットの書き込みの文体が、智子に貰った文庫本の文体に酷似しているんです」

青木は英文のままのコラムを読んだ。和訳のほうは読んでいない。

「文体といえるほどのものでもないんです。語彙《ごい》の選択や文末の処理の稚拙さが同じなんです。そのことが気にかかって、過去に幽冥がネットに残した文章も読んでみました。その過程で、幽冥のツイッターに行き着きました。フォロワーが三十五万人を超えるツイッターでした。今は更新されていませんけど。そこで幽冥は『日本人と東北人』の和訳文を掲載したサイトを紹介していたんです。和訳文がネットにアップされた当日でした」

それだけで三十五万人のネット民に情報が拡散されたことになる。さらに幽冥の呟きは五万人以上にリツイートされていた。リツイートしたアカウントのフォロワーが平均百人としても、五百万人に再拡散された計算になる。東北国取材が決まった紀子は、智子に会って、独竜による和訳文を見てもらった。

「間違いないわ。これ幽冥だわ」

智子はうんざりした顔で太鼓判を押してくれた。

「漢字を開かないのが彼の流儀なの。仮令《たとえ》なんて普通は漢字で書かないでしょ。ペンで書いていたら彼も使わないと思うけど、キーボードだと勝手に変換してくれるからね。好んでこの手の漢字を乱用するライターだったわ。漢字で書けば偉いと思っているのよ」

暴走族が高速の柱に難しい漢字で落書きをするのと同じだとこき下ろした。

「で、その幽冥とやらが河北市にいると？」

「ええ、多分」

肯いて紀子がショルダーバッグから紙を取り出した。

「彼のツイッターのプリントアウトです」

青木は軽く目を通した。河北市にある津波避難タワーからの実況中継だった。

「彼の消息を追うとしたら河北市を起点にするしかありません」

「追ってどうするつもりなんだ？」

着眼点は悪くない。しかし幽冥が独竜だと分かった後にどうするか、仮に本人との接触が果たせたとして、その先にあるものは何か、もちろんそれは会ってみてのことだろうが、その後のビジョンがないのでは尻すぼみに終わってしまう。

「世界世論を誘導したのが『日本人と東北人』というコラムでした。そしてあのコラムにいち早く目を付けて、日本のネット民の目をコラムに向けさせたのは独竜です。もしここに第三者の作為があったとすれば、かなり興味深い記事が書けるのではないでしょうか」

勢い込んで紀子が言った。

「第三者の作為ではなく、Lonely Dragon 個人の判断で行われたことだとは考えないのか」

「いえ。幽冥と Lonely Dragon が同一人物だとは思えません。友人の智子の話から私の中で醸成された幽冥のイメージでは、そんなインテリジェントな人物に思えないんです」

そう言ってから眉間に不安の色を浮かべた。気持ちの動きが微笑ましいほど顔に出る紀子だった。

「私の印象だけで、このテーマに突っ込むのは軽率でしょうか?」

青木は考え込んだ。紀子は何かの尻尾を摑みかけているのかもしれない。細い糸だが手繰《たぐ》った先には、とんでもないネタがあるのかもしれない。青木の長考に、さらに紀子の顔が曇った。「やっぱりダメですかね」とベソをかくように言った。

「いや、そうじゃないんだ」

慌てて否定した。

青木は悩んでいた。自分が河北市を取材地に選んだ理由を紀子に打ち明けるべきかどうか。そんな青木の表情を紀子が覗き込んでいた。他意のない眼差しだった。その眼差しが迷いを吹っ切らせた。「分かったよ」苦笑して身を乗り出した。紀子もつられて同じように身を乗り出した。密談の格好になった。

「おれが河北市を取材地に選んだ理由なんだが……」

青木の抑えた口調に紀子が肯いた。

「東北独立に関してどうしても納得できないことがあるんだ。これだけの大事だというのに、それを画策した人物、あるいは組織というものがまったく見えない」

「東北県知事会じゃないんですか？」

「いや、それはないな。彼らにそれだけの胆力は期待できないよ」

「あるいはエリート官僚とか」

それは青木も考えたことだった。悪魔の復興計画を策定した棚木忠興なら、あり得るのではないかとレジメを見た時に考えた。さらに土井から聞いた宮崎未夏の経歴も、一筋縄ではいかない人物像を思わせた。

しかしエリート官僚は実務が担当だ。実務能力はあるかもしれないが、行動の起点とするにはイメージが合わない。仮に彼らが動いたとしても、必ず彼らを動かした人物なり組織があるはずだ。

「東日本大震災の後、東北太平洋沿岸を取材した。おそらく二百人を超える人間を取材したが、そのなかに二人だけ、異口同音《いくどうおん》に東北独立を口にした人物がいた。二人とも、それなりに影響力を持つ人物だ」

二人の面影を思い浮かべながら続けた。

「その二人とは河北市で出会った。さっきのりちゃんは、自分の印象だけで突っ込むのは軽率だろうかと言ったが、おれはそうは思わない。印象は大事にすべきだ。それがたぶん報道に携わる者の嗅覚とかいうものだ。おれも印象だけで突っ込もうとしている。あの二人が、何らかのかたちで東北独立に関わっていると、おれは直感で考えているんだ」

　ネット民に対して情報操作を行った人物が河北市にいるのであれば、二人に対する疑いはより強くなる。紀子の取材行為が蟻《あり》の一穴《いっけつ》になるかもしれない。

「土井さんがそれを知ったら、ハイエナどころじゃすみませんね」

　囁き声で紀子が言った。紀子の表情に笑いはなかった。懸念があった。スクープを横取りされる懸念ではない。掻き回されるという懸念だと分かった。テレビ屋は画になればそれでいい。青木と紀子のように活字を媒体にする人間とは違う。

「ああ、あいつが阪神淡路の少女に食いついてくれたらいいんだがな」

　自分で言っておいて、それは淡い期待だと青木は思った。話題としては面白いかもしれないが、阪神淡路の少女ネタは東北独立というフルコース料理の前菜にもならない。せいぜいガルニ、添え物レベルの話題だ。東北独立の真相、土井が狙っているのもそれに違いない。

　空腹を覚えて窓に目をやった。窓の外はすっかり暮れていた。こんな時間かと手首のグランドセイコーに目をやった。雫石高級時計工房の職人の手による逸品だ。多面体にカットされた文字盤がわずかな光も敏感に反射するので、薄暗い室内でも時刻を読み取りやすい。時計の針は二十時三十五分を指していた。

　ドアがノックされた。土井の再訪だった。カメラを引き連れていた。

「飯にしないか。せっかくだから街に出てみようぜ」と誘われた。

「フロントで聞いたら会津名産の桜肉の名店が近くにあるらしいんだ。馬刺しでも食って明日からの取材に備えようや」

土井が従えているカメラは今にも眠ってしまいそうな顔をしていた。

会津郷土料理店『白虎』

青木らは広い個室に案内された。掘りごたつの座敷だった。黒い作務衣を着た女性店員が『お品書き』を手に現れ、全員に渡して部屋の隅に控えた。

「細々《こまごま》注文するのも面倒だし、この鶴《つる》ヶ城《じょう》コースを四人前貰おうか」

他のメンバーに確かめもせず土井が注文した。鶴ヶ城コースは赤身極厚極上ヒレ刺しと桜肉のすき焼きのセットだった。価格は一二〇〇クレジットと記載されている。一クレジット一円で後日会社に請求されるので、名店にしてはかなり安いなと青木は思った。

「これって消費税込の値段なの？」

何の気なしに青木は女性店員に質した。ひょっとして消費税が八十パーセントなんてこともあるのではと思った。それにしても決して高くはないが。

「消費税？」

首を傾げた女性店員の顔色がみるみる変わった。

「少々お待ちください」と畳に手をついて頭を下げ、あたふたと席を後にした。

「何事？」

土井が怪訝な顔で言った。すぐに女性が姿を現した。三十前後か。作務衣ではなく品のある小紋をさりげなく着こなした女性だった。

「若女将の飯沼貞子《いいぬまさだこ》でございます」と挨拶した。

「まさか日本からのお客様とは存じ上げず、うちの者が失礼いたしました」

「消費税と聞いて慌てていたようだけど」

女性店員にそれを質問した青木が言った。

「はい、それで日本の方だと承知したような次第でございます。なにしろ東北国には消費税がございませんので」

「消費税が廃止になっているんですか」

紀子が驚いた声をあげた。紀子に視線を向けた若女将の飯沼貞子が目を細めて肯いた。そして紀子だけでなく、他のみんなを驚かすようなことをさらりと言った。

「消費税だけではございません。東北国には税金そのものがございません」

「税金がないだって？」

土井が素っ頓狂な声を上げた。

「国の財政はどうなるんだよ」

「そのご説明は、私の分かる範囲でさせていただきますので、先にお飲み物のご注文をいただけませんでしょうか」

　促されて土井が人数分のビールを注文した。

「ビールはチリンになりますが、それでよろしいですか」

　貞子が確認した。

「チリン？」

　響きの面白さに反応した土井が唇を歪めて問い返した。貞子が穏やかに微笑んだ。

「もともとは日本国の有名ビールメーカーさんのお品です。仙台に工場をお持ちでした。東北独立後、その工場を東北国に寄付して撤退されました。寄付の条件は従業員の皆さんの継続雇用と彼らによる味の継承でした。その意気に感じ、東北国ではもっとも人気の高いビールです」

「仙台工場ということは、ひょっとしてチではなくキじゃないんですか」

　カメラがおずおずと訊ねた。貞子が肯いた。

「チリンは東北弁ですの。独立前からチリン、チリンと親しんでいました」

「分かった。そのチリンビールを適当に持ってきてくれ」

「畏まりました。では大瓶でご用意いたします」

「……あのう」

　注文を取り終えて部屋を出ようとした若女将をカメラが呼び止めた。ぼさぼさの頭に無精ひげ、オーバーオールのデニムもかなり草臥《くたび》れている。

「先ほど飯沼貞子さんと名乗られましたが、ひょっとして飯沼貞吉《さだきち》さんの……。いえ、お店の名前が白虎なんで……」

それを訊くだけでカメラは眼の縁を赤くした。

「あら、よく御存じで。はい、貞吉の末裔《まつえい》でございます」

若女将が畳に座り直し手をついて頭を下げた。

「誰だよ、その人は」

土井がカメラに質した。

「会津白虎隊の死に損ないの……」

言いかけてカメラは自分の失言に気付いたのか、慌てて「いえ、生き残りの」と言い直した。顔が真っ赤に膨れ上がった。

「いいんですよ」

飯沼貞子が右手の揃えた指先を唇に添えて微笑みを見せた。

「死に損ないって、自分で言っていたようですから。それにしても驚きましたわ。店名と私の名前だけでお分かりになるなんて、初めてですよ」

「こいつは歴史オタクなんですよ。特に明治維新あたりにうるさくてね」

土井がフォローした。オタク呼ばわりされたカメラが、自分の失言を取り繕うためか、飯沼家のその後について披露した。

「維新後に貞雄と名を改めた貞吉は通信技師として日清戦争に従軍しています。階級は陸軍大尉でした。その後、札幌郵便局、仙台逓信《ていしん》管理局などで勤務し、晩年には日本の電信電話の発展に寄与した功績が認められて叙勲されています。孫には河北赤十字病院の院長や大学教授がおり、甥《おい》には内務官僚や貴族院議員を務めた人もいます。紛れもなく会津若松の名家です」

「まぁ、お褒め頂いて光栄です」

　笑顔で飯沼貞子が部屋を後にした。

　すぐに最初の女性店員がビールと突き出しを配膳した。皿を並べながら「会津名物の鰊《にしん》の山椒漬けです」と解説を加えた。

「鰊って北海道でしか獲れないんじゃないの。今はほとんど輸入ものだろうけど、東北国は鎖国しているでしょ。原材料はどうやって調達しているんだろう」

　何気ない土井の疑問に女性店員が警戒の色を浮かべて応えた。

「よくは知りませんが青森あたりでも獲れるみたいです」

「青森で獲れるという話は初耳だな。案外、海上取引の密輸があるんじゃないの」

　土井が混ぜ返した。その言葉が女性店員の態度を再び硬くしてしまった。

　一通りの料理が並んだところで若女将の飯沼貞子が再び姿を現した。貞子は見るからに料理人といった姿格好の中年男性を伴っていた。料理長の江南保鉄《えなみやすてつ》だと紹介した。

「私は郡山行政区の飲食ギルドの経営理事を務めさせて頂いております。江南は組合の技術理事です」

「ギルドかよ。またずいぶん古めかしい制度名だな」

　土井の皮肉を受け流して貞子が話を切り出した。

「先ほどの無税と国家財政の関連についてですが、東北国のあらゆる産業は国営化されています。そこであがった収益が国家の財源となりますので無税だから財政が破綻するということはないと思います」

「ずいぶんとあっさりした説明だな」

　そう言って土井が赤身極厚極上ヒレ刺しを口に放り込んだ。青木も同じ物に箸を伸ばした。極厚というだけあって、サイコロステーキのような馬刺しだった。しかし確かに極上だった。軟らかさが食べ辛《づら》さをまったく感じさせなかった。

「詳しいお話は政府の方からあると思いますのでご容赦ください。私は働く現場の人間としてご説明申し上げます。ちなみに鰊は青森で年間二トン、岩手で四トンの漁獲高がございます」

　土井に向かって嫣然《えんぜん》と微笑んだ。

「すべての産業が国営化されているということは、共産主義国家と同じ仕組みだと考えてよろしいのでしょうか。すなわち産業を経営しているのは国家ということになりますが、その仕組みは二十世紀でほとんど破綻しているというのが私の認識です」

　紀子の踏み込んだ質問に飯沼貞子がさらりと応えた。

「経営しているのはギルドです。職種ごとにギルドが設けられていて、かつての経営者を中心に理事会が運営しています。官僚の方の介入はほとんどありません。ギルドの基本方針は……」

言葉を切って飯沼貞子が料理長の江南保鉄に目をやった。

「生産活動が私的な利益追求の手段と化さないよう……」そこまで言って口ごもった。「難しくて忘れちゃった」と愛嬌のある笑顔を見せた。

「それを理性的な意思決定の下に統括する」

飯沼貞子の言葉を引き継いだのは料理長の江南ではなかった。土井保だった。

「そうそう、よく御存じで。さすがマスコミの方は違いますわね」

自分が経営理事を務めるギルドの基本方針を忘れていたことに悪びれるでもなく、飯沼貞子が感心の声をあげた。驚きの表情を浮かべたのは紀子だった。

「どうして土井さんが東北国のギルドの基本方針を御存じなんですか」

「そんなもの知るはずがないだろ」

ぶっきらぼうに土井が答えた。

「今のは創生当時からの社会主義の基本理念ですよね。ということはギルドはソビエトなんですね」

青木が飯沼貞子に訊ねた。

青木の指摘に再び紀子が「東北国はソ連の影響下にあるんですか」と目を丸くした。

「ソ連ってなんだよ。とっくに崩壊した国じゃないか」

土井が突っぱねるように言った。

「若いんだから仕方ないだろ」

青木は土井を宥めた。

ソビエトとは国名ではない。労働者の代表によって構成される評議会を意味する言葉だ。ロシア革命時に発足し、それがそのままソビエト連邦の国名として採用された。

「おれたちは最後の学生運動の世代なんだ。もっとも燃《も》え滓《かす》みたいな世代だがな。目立った闘争はやっていない。座学だけの世代だ」

青木はその勉強会で土井と知己《ちき》を得た。下宿で格安の焼酎を呷りながら、青臭い議論を闘わせた仲だった。

「へえー、お二人は学生運動家だったんですか。青木さんは分かるけど、土井さんはかなり意外ですね。ちょっとイメージできないな」

「むしろおれより土井のほうが熱心だった。今でこそブランド物をシックに決めて、ちょいワル親父を気取っているが、当時は……」と青木はカメラに目をやった。

「この人みたいに目の下に隈を作って、マルクスやエンゲルスを熱く語る青年だったんだ」

「もういいよ。昔の話はするな。あれはおれの汚点だ。そんなことより、ギルドの権限は絶対なんだろうね」

土井が飯沼貞子に確認した。

「はい、経営に関わることはすべて任されています。飲食ギルドの場合でご説明しますと、店舗の新規開店、そして閉店も私たちの裁量です」

「すなわち儲からない店は潰して、儲かる店だけを残す。国庫に十分な上納金を納められる店だけが生き残れるという仕組みか」

土井が斜に構えた意見を述べた。

「いいえ」

言下に飯沼貞子が否定した。

「本来はそうすべきなのかもしれませんが、同業者は言わば身内も同然ですから、軽々《けいけい》に閉店の判断などできません。むしろ救済することをギルドの理事会は考えます」

「潰した店もあります」

口を挟んだのは料理長の江南保鉄だった。

「特に全国チェーンのファミリーレストランは全滅でした」

「ファミレスのマニュアル調理が料理長の神経を逆なでしたのかな」

土井が言った。

「いいえ、そうではありません。味のことはお客様が決めることであって、他の料理人がとやかく言うことではないと心得ております。むしろ彼らのマニュアルに感心しました」

「そう、感心しましたよ」

貞子が追従した。

「入店して一週間で一通りの料理ができるようになっちゃうんですもの。あれは凄いと思いました。しかも……」

熱を帯びて続けた。

「料理の配膳時間も秒単位で決められているんです。ホールの人がキッチンの人から料理を受け取るときに、伝票をスキャンするんですね。そしたら経過時間が表示されます。その時間が決められた時間を経過しているとアラームが鳴るんです。提供率って言っていたかしら？」

貞子が江南に確認した。

「ええ、提供率です。時間内に提供できたかどうか、モーニング、ランチ、ディナーで集計されます。決められた時間内に提供できた率が九十三パーセントを切ると指導対象になります。すげえなと素直に感心しました。焼き物はコンベアオーブンてえのがあって、ベルトコンベアの端から端に流すんですが、その時間が百五十秒、流れてくる間に別の人間が付け合わせなんかの用意をしている。流れてきたら盛り付けてさっと出す。このあたりの呼吸は絶妙でした」

「でも、潰したんだろ？」

二人の熱弁にややうんざりした表情で土井が言った。

「それほど感心したんなら存続させればよかったじゃない」

「流通が私たちでは賄えなかったんです」

貞子が眉間に皺を寄せた。

「半調理された食材が五十種くらい。まぁこれくらいなら何とかなったかもしれませんが、薬味、ソース、調味料、それらがすべて加工されて毎日配送されるんです。それがファミレスの要《かなめ》だと思いました。とてもとても、私たちでは対応することができませんでした。それで潰すしかなかったんです。私たちが査定を担当したファミレスグループは日本と東北国で三千店舗を展開する会社でした。店舗で働いている人だけで八万人、そのうちの七万六千人がアルバイトです。熟練者は五パーセントもいない。そんな体制でマニュアルだけで店舗を動かせるのは、その後ろに絶対的な流通システムを構築しているからなんですね」

「では、東北国でも同じような流通が構築できれば、ファミレスの復活もあり得ると？」

そう訊ねた土井もファミレスの上得意客だろう。打ち合わせやなんだと、食事を兼ねた場面では、社内食堂を避けてテレビ局近くのファミレスに足を向ける。青木も同じようなものだ。収入を考えれば、毎日そこそこのレストランに通うこともできなくはないが、食事に時間をかけられない生活を送っている人間にとって、料理が出るまでに時間がかからず、深夜でも営業しているファミレスは欠かせない存在だった。

「ファミレスの復活はございません」

意外なほど強い口調で江南が言った。

「仮に復活できる環境が整っても、私は反対します」

「何だかんだと褒めても、やっぱりそれが料理人としての本音なんだ。料理に対する拘《こだわ》りは捨て切れないということかな。料理はマニュアルじゃねぇってね」

土井が言った。

「そうではありません」

江南が首を振った。

「所詮私らのやっている修業も、店ごとのマニュアルを教えていることに変わりはありません」

「だったらどうして、ファミレスの復活がないなんて言えるの？」

「バックヤードの狭い控室に社内報が置いてありました。それを読ませてもらいました。そこにＣＥＯだとかいう輩《やから》のメッセージがあったんです。それにはこう書いてありました。当社は洋食、和食、中華を中心に十五社による提供アンテナを整備している。あらゆる立地に対応できる店舗設営部隊も控えている。セントラルキッチンからの配送システムも網の目のように張り巡らせている。これらを武器に当社は全国の津々浦々まで店舗を展開する。そんなことをほざいていやがった」

「江南さん、言葉が過ぎますよ」

貞子が諫めた。そして青木らに真剣な目を向けて言った。

「食べ物はその土地、土地で育まれるものだと私たちは考えます。津々浦々までマニュアル化された同じ味で覆われたらどうなるでしょう。地方の個人経営の食堂にはファミレスの攻勢に太刀打ちできない店も多くあります。地方がなくなる。それを私たち東北国の飲食ギルドは恐れるのです」

貞子の言葉を聞きながら、青木は東日本大震災の折に取材した一人の男の顔を思い浮かべていた。河北市の商工会議所の会頭を務める蟻坂亮一だ。確か彼も同じようなことを言っていた。もっとも彼の場合はファミレスではなくショッピングモールに対する嫌悪だったが。

中央の巨大資本を背景にしたショッピングモールが地方の商店街を潰していく、町に特徴がなくなり一色に染められていく、そんな批判をしていた。

そして蟻坂は、東日本大震災の取材を通じ、東北独立を口にした二人の人物の一人だった。東北国飲食ギルドの郡山行政区理事の貞子が言っているのは、まさに蟻坂の思想だ。

女性店員が桜肉のすき焼きの用意を始めた。

「鶴ヶ城コースでは巻ロースを使っております。桜肉のすき焼きにはロース、ヒレ、バラ、霜降りなどが使用されるのが一般的ですが、巻ロースは希少部位ですのでお出しできる店は限られていると思います」

緊張もあるのだろう、棒読みの口上だった。

「それにこの赤身極厚極上ヒレ刺しがついて一人前千二百円なんですか」

紀子が馬刺しを箸で持ち上げて驚きの声をあげた。

「千二百円じゃなくて千二百クレジットだろ」

指摘したが値段の安さには青木も驚いていた。

桜肉の語源は肉の色が鮮やかな桜色だからだと聞いたことがある。しかし青木の知る馬肉は黒く変色したものが多い。『白虎』の馬肉は桜肉という呼称をなるほどと思わせる鮮やかな肉色をしていた。

「人件費もほとんどかかりませんし、仕入れ代も安いのでこれでも十分に採算が合う価格設定なんですよ」

貞子が紀子に微笑みかけた。

「人件費がほとんどかからないって、ちょっとブラックのにおいがするな」

土井が言った。

「東北国はベーシックインカム制度を採用していますから」

貞子がさらりと言ってのけた。

「……まさか」

青木が絶句した。ベーシックインカムは究極のばら撒き政策だ。国民に無条件で生活費を支給する。これまでも多くの国で議論されたが実現には至っていない。財源が確保できないのだ。

「ベーシックインカムの額はいくらなんですか」

紀子が貞子に質した。

「成人で二十五万クレジット。未成年には十万クレジットが毎月支給されます」

貞子が答えた。

「もっとも東北国では義務教育である高校卒業をもって成人と見做《みな》されますけど」

高校が義務教育？

「希少部位の桜肉すき焼きが千二百クレジットで、ベーシックインカムが二十五万クレジットなのかよ。よく財政破綻しないな」

土井が唸った。

「東北国国民であるだけで毎月二十五万円が貰えるんですか」

紀子が再び驚きの声をあげた。

「二十五万クレジットだろ」

土井がうんざりした声で訂正した。

「だったら働かなくても暮らしていけるじゃないですか」

土井の呆れ顔に頓着せず、どこまでも自分の感情に素直な紀子だった。

「大きな病気とかしたら不安かもしれないけど……」

紀子の言葉に貞子が微笑みを浮かべたまま首を振った。

「東北国では医療費がタダです。ついでに申し上げますと、住宅費、すなわち家賃も国が負担してくれます」

全員が一様に驚きの色を浮かべた。ひとりカメラだけが驚きの輪から外れていた。そのカメラが言った。

「料理長さん、ひょっとして料理長さんは、あの白虎隊士、江南哲夫さんの……慶應大学を出て、三菱の岩崎弥之助の側近だった」

「はい、私も死に損ないの末裔でございます」

江南が正座した腿に拳をのせて頭を下げた。カメラが顔を赤らめた。

郡山文化会館／オリエンテーション午前の部

定刻の十時になった。客席の照明が絞られた。代わりにステージ上が明るくなった。テーブルクロスがかけられた三つの席が用意されていた。

最初に小柄な女性がステージに現れた。黒いスーツ姿だった。ステージ中央に設置された大画面モニターに上半身が大写しにされた。テレビなどで顔を見知っている元宮城県知事根元恵美子だった。根元恵美子は下手から姿を現しステージの上手に向かって一礼した。

「おい」

青木は左隣に座った土井の二の腕を突いた。それまで気付かなかったのだが、ステージの上手には三メートルほどの旗竿が設置されていた。

「日章旗じゃないか」

確認した。旗は垂れ下がっていたが、白地に垣間見える赤色はどうみても日の丸だった。

「ああ、間違いないな」

土井の声に驚きの響きがあった。

「独立したはずの東北国総理が、日の丸に礼をするのは違和感を拭えないな」

根元恵美子が会場に礼をして三つ並んだ席の中央に腰を下ろした。

続いてステージに現れた二人目も女性だった。国防隊司令の宮崎未夏、糊《のり》の利いた皺ひとつない白い制服姿が大画面モニターに映し出された。

「若いな」

青木が小声で土井に告げた。

「きれいな人ですね」

紀子が女性らしい感想を口にした。

阪神・淡路大震災の時点で中学二年生だったのであれば四十歳を超えているはずだ。しかしモニターに映し出された宮崎未夏は三十歳前後にしか見えなかった。青木も美人だなと思ったが、それは口に出さなかった。

「どうだ。阪神淡路の少女か？」

「面影はあるような気がしないでもないが、断定はできないな」

食い入るようにモニターを見ながら土井が答えた。

宮崎未夏は拳を固めた両腕を体側において旗竿に頭を下げた。自衛隊式の無帽の敬礼だ。体軸にまったくぶれがない見事な敬礼だった。宮崎未夏は根元恵美子の右側に着席した。

最後に姿を現したのは男性だった。

官房長官の棚木忠興。中肉中背で、やや草臥れた感じのスーツを着ていた。髪も短く刈り揃えてはいるが、寝癖があった。ちょこんと旗に頭を下げて根元恵美子の左隣に着席した。

「悪魔の復興計画か？」

今度は土井が確認した。

「ああ、間違いない」

青木は正面を向いたまま首を縦に小さく振った。

根元恵美子が両側の二人に軽く肯いて卓上スタンドマイクを引き寄せた。ブーンとマイクにスイッチが入った音がした。

「お待たせしました。それではオリエンテーションを始めさせていただきますね」

高い声だった。「アニメ声だな」と土井が評した。

「最初に私からご挨拶を兼ねていくつかお話し申し上げます。そのあとで、未夏ちゃんから東北国国防隊の説明をしてもらいます」

「総理」右隣の宮崎未夏の小声の囁きをマイクが拾った。

「今日は、未夏ちゃんは拙《まず》いですよ」

「あら、私としたことが、ごめんなさい。国防隊の宮崎司令ね。で、その宮崎司令の後で棚木くんから……」

今度は左隣の棚木忠興がコホンと咳をした。

「東北国官房長官ね、その棚木忠興長官から東北国のあらましを説明してもらいます」

マイクを右手で軽く摑んで、根元恵美子が両隣の二人に確認した。

「こんなところでいいかしら？」

宮崎未夏が肩と眉を小さく上げた。その分口角を下げて意思表示した。棚木忠興は無視した。

「それから大切なことなので事前にお断りしておきますけど、本日のオリエンテーションは動画配信サイトで全世界に配信されます。このモニター画面に……」とステージ上のモニターを手で示した。

「映し出されている映像は、全世界にリアルタイムで配信されています。日本語だけじゃないの。英語、フランス語、中国語、スペイン語、アラビア語でも同時通訳で配信されています。せっかくの全世界配信なんですから、世界中の方に東北国をアピールさせて頂きますね。ちなみに……」

根元恵美子が声を潜める演技をした。

「東北国が誇るこの二人」と首を巡らせて両隣に視線をやった。「未夏ちゃんも棚木くんも独身なのよ。こんなに優秀で見た目も悪くないのに……」

「総理！」

官房長官の棚木がタンと平手でテーブルを叩いた。

「あら、また。ごめんなさい。宮崎司令と棚木官房長官ね。お二人は独身なの。世界の皆さーん。誰か良い方が……」

タンと、またテーブルを叩く音がした。棚木忠興が眉間に皺を寄せていた。

「役職とかそういうことじゃなくて、余計なことを言わないで進めてください」

「ヒャアッ、怒られちゃった」

根元恵美子が舌を出して目を見開いた。

「おい、大丈夫かよ」

土井が呟いた。

青木が何かを言う前に「ちょっと待ったぁ」と野太い声がホールに響き渡った。会場の観客席の最前列中央に手を挙げる者がいた。

「何かしら？　係の方、お願いします」

根元恵美子の要請に、会場の外周通路にいた係員が挙手をした人物に駆け寄った。ワイヤレスマイクを渡しているようだった。渡された人物が立ち上がった。モニター画面が切り替わり人物の上半身が大写しにされた。

「……おい、あいつ」

土井が言った。

「城田《しろた》だな」

青木が返した。

城田道真《みちざね》。ここ数年コメンテーターとして露出が目立つようになった男だった。主に防衛論、教育論で、歯に衣《きぬ》着せぬコメントが若い世代に受けていた。もともとは小説家だった。十五年ほど前に上梓した戦記物がベストセラーになった。以後その発言が政権与党に重宝され、現職の総理大臣と対談するなど、めきめきと存在感を高めた人物だ。

ただしその発言があまりに過激というか直截的《ちょくせつてき》過ぎるので、今では政権与党幹部も微妙に距離を置いている。放言というより失言の多いコメンテーターといえようか。その失言が若い世代に受けているのだが、いずれは飽きられるだろうというのが大方のマスコミ関係者の観測だった。

「説明を聞く前に、その壇上の旗について糺《ただ》したい」

明らかにカメラ映りを意識した動作でステージ右を指差した。

「それは日章旗ではないか。なぜ、我が国の国旗がそんなところに掲げられているんだ。しかも壇上のお三方は、登壇にあたって我が国旗に恭順の意を表された。何とも納得できないことではないか」

鼻息荒く言った。根元恵美子が首を横に振って笑みを浮かべた。

「これ、日章旗じゃありませんのよ」

スタンドから抜き取ったマイクを手に席を立って旗に歩み寄った。旗の端を摘《つま》んで広げた。旗は日章旗に見えたが、よく見ると違った。日の丸の一部が部分日食のように欠けていた。

「人口比で東北国が独立して日本から離れた分だけ残して削られているの」

「冒瀆だ！」

城田道真が吼《ほ》えた。

「万世一系《ばんせいいっけい》の由緒正しき我が国の国旗を、かように愚弄するなど許されるはずがないではないか」

恫喝《どうかつ》とも思える胴間声《どうまごえ》だった。

「あら、愚弄だなんて。これにはちゃんと意味があるの」

根元恵美子がまったく動じることなく返した。

「私たちは日本国から離れました。でもいつかは、また日本国と一緒になりたい。そんな願いが込められているのよ」

「何を勝手なことを。そっちが勝手に独立しておいて、そんな言い分が通用するとでも思っているのか！」

今度は金切り声だった。激昂していた。これも彼の持ち味だ。瞬間湯沸かし器という異名を持つ城田だった。

感情を露わにすることが恥のように思われる時代にあって、城田のそれは、特に若い世代に新鮮に思えるのだろう。髪の毛一本ない禿頭《とくとう》と毛虫を思わせる眉毛、赤く濡れたような分厚い唇が激昂にマッチしている。

それには答えず根元が続けた。

「でも、一緒になれる時はいつ来るのかしら」

アニメ声に哀愁を漂わせて言った。

「日本国の皆さんが東北国を理解して、東北国と同じ国になりたいと思った時、両国はひとつになれるのだけど……」

目を伏せた。

「それには時間がかかるでしょうね」

溜息を吐いた。なかなかの演技派だな、と青木は思った。

根元恵美子は仙台に拠点を置く地方局のフリーアナウンサーだった。記憶を頼りに彼女の来歴を辿った。

根元恵美子はインドの理系大学最高峰であるインド工科大学を卒業したという異色の経歴を持つ。インド工科大学は米国マサチューセッツ工科大学に比肩するほどの大学だ。アナウンサー業と並行して声優も務め、日本を代表するアニメでの声の出演も少なくない。

「暴言だ！　日本は世界の頂点に立つ国なんだぞ。なんで我が国が東北国ごとき新興国と同じ国になりたいなどと思うか。妄想もいい加減にしろ」

禿頭から湯気を出しそうな勢いで言った。

「あらっ」

根元恵美子が目を丸くした。

「東北国ごときって、東北国の何を御存じなのかしら、城田先生。私、ずっと先生の御著書の愛読者でしたのよ」

モニター画面に映る城田道真の目が少し柔らかくなった。おだてに弱い城田だった。

「先生が御存じなのは、東北国のホテルのテレビにアダルトチャンネルがないことくらいですわね」

とんでもないことを言い出した。

「昨夜の先生のツイートを拝見しました」

アニメ声が野太い声音《こわね》に変わった。

「なんだ、このホテルは。アダルトチャンネルもないのか。楽しみにしていたへんずりもできないではないか」

またアニメ声に戻った。

「って呟いていらしたわね。ごめんなさい。おもてなしが不十分で」

両手を前に揃えて慇懃《いんぎん》に頭を下げた。

「あいつも衛星回線を持ち込んでいるのか」

土井が言った。

そうでなければツイッターはできないだろう。

「それにしてもここまで来てツイッターとは相変わらずサービス精神旺盛な奴だな」

「へんずりは先生の十八番《おはこ》ですものね」

紀子が続いた。発言は無頼でも私生活は律している。そんなキャラをアピールしたいのか、城田は何かというとへんずり、すなわち自慰をアピールする人物だった。

「東北国民が衛星回線を私的に使用することは禁止されています」

感情のない声で割り込んできたのは官房長官の棚木忠興だった。どうやら総理がツイッターを閲覧していることを責めているらしい。ペコリと根元恵美子が頭を下げた。自分の頭をコツンと叩いて小さく舌を出した。テヘペロだ。

「ぶりっ子路線なんですね」

紀子が分析した。

　収まらないのは城田だった。ネット上とはいえ、世界同時配信の動画で自分のへんずりを声高に言いふらされたのでは堪らないだろう。青木は城田に同情した。

「なんだこの国は、招いた相手の通信を本人の知らないところで盗み見しているのか」

　声を戦慄《おのの》かせて言った。

　気持ちは分かるがそれはおかしい。ツイッターは自分の呟きが不特定多数に閲覧されることを承認して利用されているものだ。それが嫌なら鍵をかけるという機能もある。盗み見というのはまったく的外れな言い掛かりだろう。

「いい加減にしませんか」

　棚木忠興が辟易だという感情を隠さない声で言った。

「何のための催しなのか、二人とも冷静に考えてください」

　棚木が目配せをした。

　係員が頭を低くして城田のもとに駆け寄って城田の手からマイクに手を伸ばした。

　これ以上揉めても益はないと、それくらいのことは激昂している城田にも判断できたのだろう。素直に着席した。もっとも城田の激昂はコメンテーター芸のひとつで、実際のところは根が小心な男だというのが青木の見立てだ。

　根元恵美子が席に戻った。

「では、ご挨拶をさせていただきます」

殊勝に一礼した。アニメ声ではなかった。元アナウンサーらしい美しく響く澄んだ声だった。

「東北国総理大臣の根元恵美子です。総理大臣といっても政治家ではありません」

いきなり聴衆がキョトンとすることを口にした。

「私に限らず、県知事、市長、町長、村長とおりますが、この国に政治家はおりません。ちなみに国会議員も国会も存在しません」

それだけを言って会場の驚きを確かめるように「ウフッ」と笑った。

「びっくりしたでしょ」

会場に語りかけるように言った声がまたアニメ声に戻っていた。

「皆さんの頭の上にはてなマークがたくさん浮かんでいますね。二つのはてなマークかしら。ひとつは」

声色《こわいろ》が変わった。男性の声を模していた。腕組みをして斜め四十五度を睨んで言った。

「じゃあ、総理や首長は何をしているんだ？」

アニメ声に戻った。

「で、もうひとつのはてな」

人差し指を立てて首を傾げた。男性の声で言った。まったく忙しい。

「政治は誰がやっているんだ？」

首を傾げたままの姿勢でしばらく間を置いた。

「お答えします」

声が正常に戻った。

「今までの政治家が何をしているかというと、私の場合、東北絆まつりの実行委員長をやらせてもらっています。東北絆まつりのことはいまさら説明するまでもありませんよね」

「六魂祭《ろっこんさい》を受け継いだ祭りだな」

青木の声に紀子が反応する。

「ロックオンにかけたお祭りですよね」

「むしろ六根清浄《ろっこんしょうじょう》の六根が命名の根拠だろうな」

六根とは眼根、鼻根、耳根、舌根、身根の五感に第六感ともいえる意根を加えたものだ。六根清浄はそれらを清らかにする修行をいう。ただし東北六魂祭の場合は六根を解放して楽しめという呼びかけだったように青木は記憶している。

東北絆まつり。それは震災の年に仙台市で始まった六魂祭を受け継いだ祭りだ。

そもそもの六魂祭は、自粛ムードに沈滞する日本を被災地から元気にしようという趣旨で始められた。青森ねぶた祭、秋田竿燈《かんとう》まつり、盛岡さんさ踊り、山形花笠まつり、仙台七夕まつり、福島わらじまつり、東北六県の祭りが一堂に会し、以降六県持ち回りで続けられていたが、平成二十八年、六県を一巡したということで、それ以前からも撤退を匂わせていた実質的な運営者であった大手広告代理店が手を引き、平成二十九年以降は東北絆まつりとして継承されている。

その程度の知識はあったが、むしろアウターライズ後の東北で、それが今もなお継続されていることのほうが驚きだった。

「他の首長さんたちも同じです」

根元恵美子の説明が続いた。

「それぞれのお立場で、地方のお祭りの実行委員長を務めておられます。それによって地域住民の皆様との関係を密にして、国民の声に耳を傾けることが私たちの仕事です」

「政事ではなく祭事が政治家の仕事か。洒落《しゃれ》なのかよ」

土井が皮肉げな口調で言った。

青木はそうは思わなかった。今の根元恵美子の発言のポイントは、国民の声に耳を傾けるという部分だ。祭りの場でなら本音も聴けるのだろう。

「では政治は誰がやっているのか。それは棚木くんを頂点とする中央官僚や市町村のお役所のお役人の皆さんにお任せしています。だって皆さん、私たちなんかよりずっと勉強していらっしゃるし、お仕事にも熱心だし、棚木くんなんか毎晩深夜までお仕事漬けなんですよ。朝も早いし、いつ寝ているのか心配になるくらいだわ。ちゃんとご飯を食べているのかしら。早くいいお嫁さんを……」

パシンとテーブルを叩く音に続いて棚木が短く言った。

「国是」

「はいはい、それをご披露しなくちゃね」

棚木の叱責に動じることなく根元恵美子が言った。

「東北国の国是はひとつだけです」

ステージ中央に設置された大画面モニターに文字が浮き出た。

「万民の平和」

柔らかく目を閉じて、言葉を嚙みしめるように根元恵美子が言った。

「素敵な国是でしょ。でも実践は容易じゃないわ。私たち東北国民の日々の暮らしは、この国是を現実のものにするためにあります。万民の平和。これを国是とし、私たちはそれを具現化した国家を築きます」

根元恵美子が宣言するように言った。

オリエンテーションの説明者が、東北国国防隊司令の宮崎未夏に代わった。

「旧日本国時代の自衛隊、警察、消防を統合した組織が国防隊です」

涼やかな声だった。

「組織そのものは統合致しましたが、担当する職務は、旧日本国時代とほとんど変わりありません。大きな変更点といえば、旧日本国は憲法九条により戦争放棄を定めておりましたが、東北国はそれをさらに進め、武装放棄を国法で定めております」

会場がざわめいた。構わずに宮崎未夏が続けた。

「武装放棄の基準を決めるにあたって参考にしたのは、旧日本国自衛隊が平和維持活動で海外に派遣された時に許可された武装です。すなわち護身用拳銃とライフル、他に宿営地を防衛するために機関銃も許可されました。東北国においてはこれに倣い、これらの武器のみを保有し、その他の武装は一切放棄いたしました」

宮崎未夏の声に気負いはない。しかしその内容はとんでもないものだ。

「ちょっと待てぇ」

野太い声が会場に響き渡った。また城田だった。彼の日頃の言動からすると宮崎未夏の発言を許せるはずがなかった。核武装まで検討すべきだというのが城田の持論だ。

宮崎未夏が係員に目配せした。再びマイクが城田の手に渡された。わざとらしい咳をして城田が話し始めた。

「ただいま司令から武装放棄という発言があったが理解に苦しむ。そのようなことで他国からの侵略にどう備えるというのだ。それとも日本が日米安保条約を結んでいるように、東北国もどこやらと安全保障条約を結び、当該国の軍隊を駐留させるのかな」

なるほどそれも選択肢だなと青木は思った。

しかしその当該国が問題だ。東北国の独立を世界に先駆けて承認した国、米国に次ぐ世界第二位の軍事大国である中華人民共和国が自然に浮かんだ。しかし米中関係はけっして良好なものとは言えない。表立った軍事衝突など考えられないが、覇権争いは何年も続いている。もし中国軍が東北国に駐留すれば、日本列島は股裂き状態になってしまう。

「東北国は安全保障条約や軍事同盟を他国と締結する予定は一切ありません。いかなる国の軍隊も、東北国に駐留することを認めるような愚は犯しません」

強い口調で宮崎未夏が言った。

「この発言は拙いな。城田先生の逆鱗《げきりん》に触れるぞ」

土井が早口で呟いた。

「ああ、あの先生はアメリカ様様だからな」

青木も同意した。

米軍は今も沖縄をはじめとして日本全国に駐留している。基地反対運動も相変わらずだ。それに対し、近頃城田は米軍容認に傾いた発言をすることが目立つようになっていた。それが城田流なのだろうが、過去に米軍基地反対の社説を掲載した地方新聞社を潰せとまで口にして物議を醸している。他国の軍隊を駐留させることを「愚」と言われたのでは、到底聞き流すことはできないだろう。

「武装を放棄する、安全保障条約も結ばない、他国の軍の駐留を愚かなことだと言う」

ステージ上の宮崎未夏を城田が指差した。

「愚かなのはあんたらじゃないか。国防はどうするんだ。他国の侵略を受けたら、たちまち占領されてしまうじゃないか。あんたこそ愚の、愚の、愚だ。骨頂だ。武器を持っていなければ誰も攻めてこないとでも思っているのか。あんたの頭の中はお花畑か。平和ボケにも程がある」

宮崎未夏の眉間に皺が寄った。目が鋭く光った。

「私は国防隊の責任者として現状の説明をしているのです。その政策に及ぶ部分まで他国の人にとやかく言われる筋合いはありません」

「寝惚けるな。国が違うからとやかく言うなとはなんだ。わしは日本国を憂えて発言しているんだ。不幸なことにあんたの国と日本国は陸続きだ。あんたの国に他国が侵攻したら、日本の平和が脅かされるではないか。隣人としての責任感はないのか。日本国は太平洋戦争を乗り越え、世界で最も平和な国家を築き上げた。あんたらもその恩恵に浴している。かの大戦で自己を犠牲にし、平和の礎《いしずえ》となった英霊に恥ずかしいとは思わんのか」

　宮崎未夏に向けられたままだった城田の指が根元恵美子に向けられた。

「総理とやら。さっきあんたは、東北国の国是が万民の平和だと御大層なことをぬかしてくれたが、あれは空念仏じゃないか。あんたの頭の中もお花畑だ。あんたも平和ボケだ。その万民の平和とやらを、どう担保するというのだ」

　宮崎未夏が自分の前に置かれたマイクに手をのせた。額に青筋が浮かんでいた。

「ちょっと待って、未夏ちゃん」

　根元恵美子が宮崎未夏を制止した。

「私も平和ボケだと言われたのよ。それに国是を空念仏と言われたわ。ここは私に答えさせて」

　根元恵美子が語り始めた。ステージの大画面モニターに彼女の顔が映し出された。

「城田先生、ちょっと考えていただきたいの。平和ってなんでしょ。先ほどからの先生の話をうかがっていると、他国から侵略されないことが平和だと聞こえるけど、平和を乱すものは他国からの侵略だけなの」

相手に考えさせる間を置いた。

「たとえば貧困」

また間を置いた。

「たとえば疾病《しっぺい》」

根元恵美子の言葉が会場に静かに広がる。

「たとえば差別」

日本の今のありようが青木の脳裏に浮かんだ。ベーシックインカムが制度化され、医療費と住宅費が無料だという東北国と日本を嫌でも比べてしまった。

若年層の貧困率は悪化する一方で、街にはホームレスが溢れている。

日米貿易協定が持ち回り閣議で決定され、協定が締結されてからというもの、医療費は高騰の一途を辿っている。重篤《じゅうとく》な病気に罹《かか》った折に生死を分けるのはその病人の経済力だ。

それ以前に引き上げられた消費税率により多くの中小企業や個人事業主が破綻した。働き方改革とやらで、正規雇用社員の賃金は引き下げられ、今ではほとんどの被雇用者が非正規社員同然の扱いを受けている。

ぼんやりと考えを巡らす青木の耳に根元恵美子の声が届く。

「そして自然災害」

ハッと胸を衝かれた。昆布谷克徳の顔が浮かんだ。

「日本では東海地震、南海トラフ地震がずいぶん以前から問題視されているけど、備えはどうなのかしら。予測では三十二万人を超える方が犠牲になるのよね」

東日本大震災の十七倍の被害者予測だが、アウターライズほどではないにしろ、東南海地方を東日本大震災級の津波が襲えば、それでさえ控えめな予測に思える。

東日本大震災の三年後に中央防災会議が発表した想定によれば、南海トラフ地震では、四国沿岸に波高三十四メートルもの大津波が発災後数分で襲来するとされている。現実的に考えて、避難など絶対に不可能だ。

「東海地震、南海トラフ大地震だけじゃないわ。首都直下型地震が向こう三十年で七十パーセントだかの確率で起こるのよね。ただしその予測がされてからもう十数年以上は経っているかしら。都市直下の恐ろしさは、阪神・淡路大震災で経験済みよね。その後も新潟県中越地震、熊本地震があったわよね。でも東京の規模からすると被害は比較にもならないでしょうね」

脅かしているのではなく優しく諭す声だった。

「その備えはどうなっているのかしら？　城田先生に答えを求めているのじゃないのよ。ご専門外でしょうからね。でも、むしろそれらこそ、今の日本の皆さんの平和を脅かすものではないのかしら。それを横に置いておいて、武装だの安全保障条約だのを持ち出して、東北国を平和ボケだというのはどうかしら。私からすれば、あなたたちのほうが余程平和ボケだと思うけど」

言い終えて根元恵美子が宮崎未夏に目をやった。

「こんな回答でいいかしら。他に何か言いたいことがある？」

画面が宮崎未夏に切り替わった。まだ憮然とした面持ちのままだった。宮崎未夏が口を開いた。

「ひとつ加えさせていただきますと、これは東北国の軍事機密ですが、他国からの侵攻に対しては、武力に依《よ》らない国防策を用意しています」

挑むような口調だった。

「それはなんだね」

城田の声だ。画面はまだ宮崎未夏を捉えたままだった。

画面に映し出された宮崎未夏が目を丸くした。驚きの演技だった。声を潜めて根元恵美子に言った。マイクがようやく拾える声量だった。

「軍事機密だと断ったのに、なんだって質問されちゃいましたが？」

「平和ボケなのよ」

根元恵美子が囁き声で返した。

「ボケというより阿呆ですね」

城田の顔に画面が切り替わった。

会場のそこかしこから遠慮がちな失笑が起こった。

根元恵美子が厳かに言った。

「敬愛する山田洋次監督がこんなようなことを仰《おっしゃ》っていました。日本国憲法が施行されたのは僕が十六歳になった時だった。あの頃の日本人は住むところもなく、お腹は空いていて、ほぼ飢餓状態だった。でも、希望だけはあった。それは、この国が軍隊を持たない国になる、すごい変わり方をするんだという驚きと共にあったんです、と語っておられます。会場の皆さん、世界でこの放送をご覧になっている皆さんに、この言葉を噛み締めていただきたいと思います」

失笑していた会場がシーンとした。

そのままステージの二人は城田の質問を無視し、武装放棄の話題もうやむやになった。そのあと宮崎未夏が国防隊の陣容などにつき簡単な説明を加えた。

最後に「以上で終わりますが、ご質問などはよろしいでしょうか」と会場に問いかけた。

前列のほうで手が挙がった。すぐにマイクが運ばれた。マイクを手にした質問者が所属を名乗った。裸とスキャンダルと暴力団のいざこざをネタにする週刊誌だった。

「あんな週刊誌も招待されているのか」

青木が驚きの呻きを漏らした。

「発行部数だけでいえばおかしくはないだろう」

土井が嘆息を漏らした。

「さきのアウターライズについてなんですが、犠牲者がたった六人だったというのに、世界が驚かされました」

「たった？」

週刊誌記者の言葉を聞き咎《とが》めて宮崎未夏が眉を曇らせた。

「言葉に注意してよ」

口を挟んだのは根元恵美子だった。

「未夏ちゃんは城田先生どころじゃない瞬間湯沸かし器なんだから、怒らすと怖いわよ。あなたが怒られるのはどうでもいいけど、それで未夏ちゃんの縁談が遠退《とおの》いたらどうするのよ」

「総理、いい加減にしてください」

宮崎未夏が叱った。根元恵美子は首を竦めて唇にチャックをする仕草をした。

「六人という数字が納得できないんですよね。東日本大震災の犠牲者は……」

記者が胸ポケットから手帳を取り出して確認した。

「一万八千八百八十人ですよね。あれよりも大きな津波に襲われて、たった六人って、どう考えても不自然じゃないですか」

青木も当初その点には疑問を持った。発災の初期段階で集計が間に合っていないのではないかとも考えた。しかしその数字が訂正されることはなかった。

今では疑っていない。人の繋がりというものは網の目ほどに細かいものなのだ。身内の誰かが犠牲になったとか、近所の知り合いが津波に巻き込まれたとか、六人という数字に疑問があれば、まずは被災地から声があがるはずだ。

棄国者からも犠牲者数に対する疑問の声は聞こえていない。二万人の犠牲者数を一万人と偽ったのであれば、その数字の大きさに人の繋がりの目はごまかせたかもしれないが、六人ではごまかしようもないだろう。

「私たちは疑っているんです。東北国では厳重な言論統制が行われているのではないかとね。いや、言論弾圧かもしれない。犠牲者のことを口にするのは厳に慎むよう縛りがかけられているんじゃないんですか」

　モニターは記者を映し出していた。その顔が下卑た笑いで歪んでいた。

「あの週刊誌の発売日はいつだ。おまえよく読んでるだろ」

　土井がカメラに質問した。

「明後日ですけど」と答えた。

「狙っているな」

　土井の言葉に青木が肯いた。すでに憶測で予定稿も入れてあるのだろう。

『偽装が疑われるアウターライズの犠牲者数』

　そんな見出しが目に浮かぶようだ。憶測記事をぶつけておいて、その続報で読者を引っ張るつもりに違いない。ここで犠牲者数に対して責任を負う宮崎未夏なり根元恵美子の決定的な失言を押さえれば続報に弾みがつく。失言を押さえられないまでも、動揺する写真くらいは撮っておきたいに違いない。

「あなた本気で仰っているの？」

言葉を発したのは根元恵美子だった。

「未夏ちゃん、いえ、宮崎司令はね、自分の執務室にご遺族のご了解を得て、六名の方のご位牌と遺影を置かせていただいているのよ。毎朝それに黙禱して防災の誓いを新たにしているのよ」

刺すような激しい言葉だった。

「あなたは、たった六人だと言うけど、それだって彼女には耐えがたいことなの。彼女の気持ちは東北国国防隊隊員全員の血肉に染み込んでいるわ。たった六人？　見ていてご覧なさい。もし、不幸にして、同じような災害が再び東北を襲ったとき、今度こそ、国防隊は犠牲者をゼロに抑えるわ」

それを言う根元恵美子の目がうっすらと涙ぐんでいた。

「正解だったな」

土井が呟いた。

「動画配信していて正解だった。あの三流週刊誌より先にこの動画が配信されれば、週刊誌の憶測記事なんて吹っ飛んでしまう」

宮崎未夏の声がした。

「もういいですか」

氷のような声だった。モニターが宮崎未夏に切り替わった。白い能面を思わせる表情をしていた。激しい怒りが感じられた。係が記者からマイクを回収しようとした。マイクを通して記者の声が会場に響いた。

「ちょっと待ってくれ。おれの質問は終わっていない」

悪足《わるあ》掻《が》きを続けるようだった。

「では、司令にうかがいたい。六人が犠牲になった経緯を知りたい」

「どうしてお亡くなりになった方のことまで、あなたなんかにお話ししなくてはならないんですか」

宮崎未夏の頬に朱が差した。

「興味本位の質問に答える気はありません」

「失敬な。興味本位とはなんだ。犠牲になった経緯が分かれば、我が国の防災に役立てられるじゃないか」

記者の声も昂ぶっていた。何としてでも捏造の種を拾いたいのだろう。

「未夏ちゃん」

根元恵美子だった。

「教えて差し上げなさいよ。確かにこれからの防災のヒントになると思うわ。でも、教える相手はそこでマイクを握っている下衆《げす》な人じゃなくて、他の皆さんや配信動画をご覧になっている方々よ」

「はい、総理がそう仰るなら」

宮崎未夏が会場ではなく動画カメラに向かって喋り始めた。

「六人の方は、いずれもいったんは安全な場所まで避難されていました。しかし私たちの目が避難誘導に向けられている間に海岸のほうに戻られました。お亡くなりになっているので、その理由は推測するしかありませんが、大切なものを取りに戻られたとか、ご家族を心配されてのことのようです」

「それでは自己責任ということですね」

すかさず記者が言った。モニターの画面は宮崎未夏のままだった。

「一度は安全な場所まで避難していたのですから、避難誘導した皆さんには罪はない。こりゃ完全に死んだ人の自己責任ですよね」

強引な誘導だなと青木は呆れた。犠牲者に対して責任を感じていない東北国国防隊という構造を描きたいのだろうか。しかし記者の言葉が終わらないうちに宮崎未夏の目尻が険しく吊り上がった。

「自己責任ってなんやねん」

いきなりの関西弁だった。

「あんたら、まだそんな言葉使ってるんか。その言葉はな、立場の強いもんが弱いもんに、上のもんが下のもんに、自分の責任を擦《なす》り付ける時に使う言葉や。他人の難儀を傍観するもんが、ちょうどあんたらみたいなマスコミが、難儀している人を助けん時の言い訳に使う言葉や。アフガンの時もそうやった。イラクの時もそうやった。あんたらは人質になった人らの命を、自己責任の一言で片づけたんやないか」

「あらら、怒らしちゃった」

根元恵美子が呟いた。

「間違いない。阪神淡路の少女だ」

土井が生唾を呑み込む気配がした。

「いや……でも……自分の判断で戻ったんだから、やっぱり責任は本人にあるんじゃないかと。せっかく皆さんが助けたのに……」

記者の声にへつらいの響きが混じった。

「死んだ人に責任なんかあらへん」

宮崎未夏が一喝した。

「だったら誰の責任だというのですか」

詰め寄ろうとする記者の声が弱々しかった。

「うちらの責任に決まってるやろッ」

ダアンとテーブルを叩いた。

「うちらは国民の命を守るために志願して入隊してるんや。しかも今回は災後の救援やなかった。発災前、津波が襲来する前にうちらは展開していた。そやのに国民から犠牲者を出してしもた。どんな理由があろうが、誰が何と言おうが、国民を死なせてしもうたら、その責任は無条件でうちらがおぶらなあかんねん」

大画面モニターに映し出された宮崎未夏は怒《いか》らせた肩をブルブルと震わせていた。なるほど瞬間湯沸かし器だ。みるみるその目に大粒の涙が浮かび上がった。

「もういいでしょ」

根元恵美子がとりなすように言った。

「未夏さんにとって、犠牲者の方のお話はとても辛いお話なの。この辺で勘弁してあげてくださらないかしら」

腰を屈《かが》め、頭を低くした会場係が質問者のもとに走り寄った。質問者がマイクをその手に返した。

十二時五分前だった。

午前のオリエンテーションはそこで打ち切りとなった。

午後一時からの再開が告げられた。

郡山文化会館／オリエンテーション午後の部

昼食は近くのラーメン屋で済ませた。

同業者で溢れていたので、青木も土井もあまり会話は交わさなかった。昼食を終えて早めに会場に戻ると各席にファイルが配られていた。夥しい文字と図表で作成されたファイルは七百三十ページにも及ぶ分厚さだった。『東北国のあらまし』と題されていた。

定刻になって午前と同じ三人がステージに姿を現した。口火を切ったのは東北国官房長官の棚木忠興だった。

「オリエンテーションの予定は午後五時までです。お手元に東北国についてのサマリーを配布させていただいておりますので、それに目を通して質問のある方は随時質問してください。特別に質問の時間というのは設けません」

それだけ言って棚木が顔を伏せた。銀縁眼鏡のズレを調整し、卓上の書類を捲り始めた。

そのまま時間が経過した。

五分を過ぎたあたりで会場が微かにざわめき始めた。書類から顔を上げた棚木が「ん？」という表情を見せた。

「棚木くん、皆さん戸惑っていらっしゃるわよ」

声をかけたのは根元恵美子だった。

「あれで説明は終わりなの？」

「必要なことは全部言いましたが、何か？」

「何かじゃないわよ。オリエンテーションなんですから、あなたから説明があると皆さん思ってらっしゃるんじゃないかしら」

「説明の必要がありますか。読めば分かるように資料は作りました。一々説明するなんて、時間の無駄だと思いますが」

「棚木くんね。会場にお集まりの皆さんは、全員があなたみたいに頭が良いわけじゃないのよ」

聞きようによっては、かなり失礼なことを根元恵美子が口にした。会場全体にムッとした空気が澱《よど》んだ。構わずに根元が続けた。

「噛んで含めるようにとまでは言わないけど、少しは分かりやすく説明して差し上げなくちゃダメじゃないかしら」

「私が作った資料が分かりにくいとでも仰るのですか」

今度は棚木忠興がムッとした。

「はいはい、もういいわ。あなたはお勉強に戻りなさい」

根元恵美子が手をひらひらさせて棚木との会話を打ち切った。棚木は気にする素振りもなく、また銀縁眼鏡を調整して書類に目を落とした。そんな姿にホッと溜息を漏らした根元恵美子が会場に向かって言った。

「皆さん、ごめんなさい。いつもこんな調子なの。頭が良すぎるのも考えものね。でも、心配なさらないで。私も一国の総理を務める身です」

フンと鼻を鳴らした。

「私から、皆さんにでも分かるように説明させていただきますね」

「皆さんにでも、ってどういう意味だよ」

土井が会場の空気を代弁した。

「それじゃ資料をお開きになって」

会場の空気など頓着もせずに根元恵美子が説明を始めた。

「最初は東北国の社会制度についてね」

ぱらぱらと資料を捲った。

「あらあら、こんな簡単な説明に三十八ページも使っちゃって」

また溜息を漏らした。わざとらしい溜息だった。

「係の方、紙とマジックインキ頂けないかしら」

すぐに届けられた。キュッ、キュッ、キュッ、マジックインキを鳴らして書いた。それを立てる格好で卓上に示した。A4サイズの紙に書かれた文字は、会場から読み取れるサイズではなかったが、すぐにモニターに大写しにされた。

医食住

なかなかの達筆だった。

「これが東北国の社会保障の基本なの」

アニメ声だ。

「医療費と住宅費はタダね。ゼロよ」

会場の反応を確かめるように「ジーロ」と英語風の発音で強調した。

会場がどよめいた。満足そうに根元恵美子が肯いた。驚くのはこれからだ、と青木は思った。

「食に関してはベーシックインカム制度を取り入れています。成人で二十五万クレジット、十八歳未満の未成年には十万クレジットが毎月支給されるの。ゼロ歳の子供にも支給されるわ。食べていくのには困らないでしょ」

会場が驚きに波打った。前夜『白虎』であらましを聞いていた青木でさえ本当だったのか、と改めて驚いた。

「インパクト強いよなぁ」

土井が言った。

「東北国民の生活ぶりを取材するだけで、番組の二つや三つできちまうぜ」

「取材地は決めたのか」

青木は昨日から気になっていたことを質した。

「河北市を申請している」

土井が即答した。

やっぱりか。昨夜寝る前にあれこれと考えたが、自分に相乗りするという理由だけで取材地を決めるような土井ではない。東北国に乗り込む前に何らかの狙いを定めているに違いないのだ。狙いというより獲物か。紀子でさえ独竜の正体を突き止めるという目的を持っているのだ。

「取材相手は誰だ」

続けて質した。

「取引なのか？　だったら先に教えてほしいね」

土井が青木に横目で確認した。自分の取材相手を教える代わりにお前の取材相手も教えろということなのだろう。取材相手が分かれば取材内容も推測できなくはない。

「元河北市市長の石母田善一郎と河北市商工会議所会頭の蟻坂亮一だ」

青木は隠さずに言った。取材地が同じであれば隠しても仕方がない。

「おれはアウターライズ当時の河北市防災企画室室長の双海洋介だ」

土井も答えた。

「取材目的は？」

流れで訊いた。

「おれが言ったらおまえも言うか？」

土井が窺《うかが》う眼をした。

「言うわけないだろ」

青木は苦笑した。

「だろうな、右に同じだ」

土井も苦笑した。

根元恵美子の説明はベーシックインカムからギルド制に移るところだった。会場で手が挙がった。マイクが渡された。質問者は大手週刊誌の記者だった。

「少し戻って恐縮なのですが、ベーシックインカムについて質問します。それだけの金額を毎月支給されると、国民の勤労意欲の低下が懸念されますが」

棚木忠興が質問を無視する。その態度に再び会場がざわめき始める。

「質問よ」

会場のざわめきなど気にする風もなく、書類に目を通していた棚木忠興に根元恵美子が投げかけた。

「二五七ページ」

書類に目を落としたまま棚木が答えた。棚木が口にしたページを青木は捲ってみた。就労に関するページだった。そこを読めということか。

「まったく、もう」

根元恵美子が嘆息した。

「もう少し親切に答えられないの。相手は私たちがご招待したお客様なのよ」

抗議する声で言った。着席のまま書類に目を落とした棚木にモニター画面が切り替わった。棚木の手元にある書類は縦書きだった。会場に配布されている書類は横書きだ。オリエンテーションの席で棚木は違う書類に目を通していた。

棚木が顔をあげた。銀縁眼鏡を調整した。眼鏡の奥は冷たい目だった。

「あまりにありきたりな質問に驚きました」

質問者に向けて言われた言葉だった。

「では、逆に質問します。あなたがもし、ベーシックインカムだけで生活に困らないとしたら、あなたは仕事を辞めますか？　何もせずに日がな一日、ぶらぶらと暮らしますか？」

質問した記者にモニター画面が切り替わった。記者が言葉を詰まらせていた。

「それが答えです」

それだけ言って、棚木は手元の書類に再び目線を戻した。そして銀縁眼鏡を調整した。

「高級官僚なんだからフィットした眼鏡を買えよ」

土井が言った。

「それが答えです」

口真似して根元恵美子が言った。掛けてもいない眼鏡を直すふりをした。

「なんちゃって。ごめんなさいね、ほんとに愛想がないんだから」

質問者に向かって頭を下げた。

「では、私が解説を加えさせていただきます」

質問者が指摘するような問題は東北国では顕在化していないらしい。

「私見だけど」と断って、根元恵美子はその要因を二つ挙げた。

「ひとつは東北人の資質だと思うわ。根が貧乏性なのよ。働かないでいいなんて、そんな環境に耐えられないのよね」

ずいぶん簡単な見方だなと青木は呆れた。

「もうひとつは」と続けた。

「この国が、まだ始まったばかりの国だということね。国民が制度に慣れていないの。ベーシックインカムの二十五万クレジットに目を丸くしているのよ。それまでの、日本時代の東北人の平均的なお給料は正規雇用者で十六万円くらいだったかしら。それがいきなり二十五万でしょ。しかも子供の分も支給されるから、子供二人の夫婦の場合、七十万クレジットになるわけね。今まで旦那さんの給料が十六万円で、奥さんのパート代も含めて二十万円くらいで暮らしてきた人が、いきなり七十万円貰ったら、そりゃ目を丸くするわよ。感謝の気持ちも湧くわよね。働かないなんてすごくバチあたりに思えるんじゃないかしら」

考えをまとめるように小首を傾げて続けた。

「私は『モモ』を書かれたミヒャエル・エンデ先生の熱烈なファンです。先生はこう述べています。生涯を保証するだけの一定額が各人に与えられる。その上でね、もっと仕事をしたいかどうかは、自分で自由に選べるようにする。大抵の人は仕事をするだろう。それどころか、喜んで、自分から進んで仕事をするだろうってね。先ほど申し上げましたように私は絆まつりの実行委員長を務めているの。絆まつりは東北六県持ち回りで行われます。おかげで私は東北を毎年巡回することができます。お祭りの日だけじゃないのよ。準備のために開催のだいぶ以前から現地入りするの。そこでいろいろな人たちと触れ合い、お話を聞きますが、エンデ先生の仰る通りよ。皆さん喜んで仕事をしていらっしゃるわ」

その点日本はどうだ……

青木は自問する。せざるを得ない。おそらく会場にいる人間の大半が、同じように自問しているだろう。日本の職場環境のブラック化は末期症状と言える様相を呈している。

移民法の制定により多くの外国人労働者が流入した。その結果生じたのは職場内での苛《いじ》め構造だ。生活や仕事に不平不満を持つ人間は外国人労働者を苛め、事業主はそれを放置している。会社や世間に対する不平不満のガス抜きと考えて黙認しているのだ。それは保身目的だ。

あるいは移民の流入で職を失った人間が労働意欲をなくした結果ニート状態に陥るケースの増加も問題になっている。

年金の受給年齢の引き上げの検討は年ごとに行われる。白タクで生活費を稼いでいた高齢者が一斉逮捕され、その一方で、無謀運転で母子を轢《ひ》き殺《ころ》した上級国民とやらは書類送検されたのみで逮捕もされない。

「でも、何年かして、貰えるのが当たり前になったらどうなるのかしら。この国は徐々に腐ってしまうかもしれないわね」

根元恵美子の言葉にダンとテーブルを叩く音がした。その音で青木は現実に戻された。すごい形相で棚木忠興が根元恵美子を睨んでいた。

「そうならないようにするために、我々がいるんじゃないですか。まだ始まったばかりだというのに、総理がそんな後ろ向きの発言をしてどうするんですか」

「我々がいるって、ずっといるわけじゃないでしょ。いくら頭が良くても、人間は誰でも歳を取るのよ」

根元恵美子が言い返した。

「後進を育てます」

強い決意を言葉に込めて棚木忠興も言い返した。

「後進を育てるですって？　いないじゃないの。去年初めて募集した中央官僚の登用試験の合格者はたった一名でしょ。それもまだ十七歳の少年よ。他にも見込みのある人はたくさんいたわ。それをあなたが全部不合格にしちゃったのよ」

「量より質でしょう。年齢も関係ない」

「いくら質が良くたって、ひとりの人間ができることは限られているじゃない。もっと人材を集めなきゃダメでしょ。そんなことで国家百年の計が成ると思うの。だいたいあなたたち会津の人間はいつだって目先しか見ないのよ」

「薩長におもねって生きながらえた伊達《だて》の人間に言われたくありませんね」

「官房長官も短気みたいだな」

土井が呆れ声で言った。

「それにしてもこの席で会津と伊達の鍔迫《つばぜ》り合《あ》いとはな」

「お二人とも冷静になってください。今日は説明会なんですよ」

仲裁に入ったのは宮崎未夏だった。

「毎日のように喧嘩をして、まだ足りないんですか。この席にまで持ち込むことはないでしょ」

「毎日喧嘩しているのかよ」

ますます呆れた風に土井が言った。

「総理と官僚のトップが喧嘩するなんて、健全といえば健全なんじゃないか」

青木が冷静に言葉を返した。

荒い息を整えて根元恵美子が口を開いた。

「どこからだったかしら？」

自分自身に問いかける口調だった。

「ギルドの説明でしょ」

棚木忠興が応えた。

「ああ、そうね。ありがと」

根元恵美子が右の人差し指を立てて言った。

「ギルドの基本理念を出してちょうだい」

モニター画面に文字が現れた。

　生産活動が私的な利益追求の手段と化さないよう
　それを理性的な意思決定の下に統括する

前夜、白虎の飯沼貞子が口にし、土井が補足した字句の並びだった。

「小難しくて覚えにくいのでモニターに出せるよう用意していたの」

また小さな舌をペロリと出した。

それほどこの理念は軽いということなのかと青木は訝った。

「私たちの理想を語ったら、棚木くんがこんな言葉にしてくれたの。何でもドイツの偉い先生の言葉らしいけど」

土井が不満げに鼻を鳴らした。

「マルクスがドイツの偉い先生かよ。正確にはドイツじゃない。プロイセン王国だ。しかもその国籍も離脱し以降は無国籍だった。主な活動拠点はイギリスだ」

ブツブツと呟くように言った。

若き日の一時期、首まで浸かったマルクスの教条を軽く扱われている不満が露わだった。

同じような不満を抱えている者が、この会場には何人かいるはずだと青木は思った。

「で、この小難しい理念はどうでもいいとして」

根元恵美子の発言にギリッと土井の歯軋りが聞こえるようだった。

「東北国の産業は、同業で組織されたギルドで運営されています。ただしここが大切なんだけど、ギルドそのものは市町村単位で組織されていて、それを横断的に統括する全国的な機関はありません。だって組織というものは巨大化すると必ず腐敗しますでしょ」

なるほどと青木は内心で肯いた。

確かにそうだ。組織そのものの腐敗はともかく、労働者にせよ教職者にせよ、組合組織が肥大化すると、その頂点に立つ者は、勘違いしているとしか思えないような行動に出るものだ。

「東北国各地の産業の管理はすべてギルドに一任されています。理事はギルド内の選挙で選ばれます。ギルドの成立は……」

根元恵美子が言葉を切って溜息を吐いた。

「なんか面倒になっちゃいますね。棚木くんがこんな長い説明書を作っているから、それに合わせて説明しようと思ったけど、私じゃ無理だわ」

手元の資料を確認すると、ギルド制度の説明は百ページを超えるボリュームだった。東北国のあらましを明らかにするためには、それだけの量が必要ということなのだろう。無税にしろ、ベーシックインカムの成り立ちにしろ、ギルド制度の裏付けがなくては説明できないことなのに違いない。

「面倒なので大事なことだけ言いますね」

根元恵美子が手元の資料を閉じた。

「各ギルド単位の収益は、その九十パーセントが国庫に納められます。残り十パーセントはギルド内で分配してもらいます。その配分を決めるのはギルドの理事会です」

棒読みの説明だった。あまりに端折《はしょ》った説明に会場が微かにざわついた。

「資料では触れていないみたいだけど」

根元恵美子が言った。構えた口調だった。

「大切なことだからこの場を借りて申し上げるわ」

根元恵美子が、ギルドが国庫に納める収益に触れた。

「簡単に言えばこれって年貢みたいなものね」

ずいぶん雑な形容だった。

「今のところはギルドの自主性に任せて、年貢の高も国の運営に過不足がない額が納められているけど、その過不足のバランスが崩れた時のことを私は懸念しています」

棚木忠興が顔をあげた。モニターに映し出されているのは根元恵美子なので壇上の棚木忠興の表情までは読み取れなかったが、明らかに不満げな空気が棚木忠興の全身から漂っていた。

「私が懸念するのは、官僚組織が国の体裁を守るために、ギルドの運営に圧力をかけないかということです」

「そんなことはしません」

堪《たま》らずといった態《てい》で棚木忠興が口を挟んだ。銀縁眼鏡を調整して根元恵美子を睨んだ。

「棚木くんがしないのは理解しているわよ。でも繰り返すけど、国家はあなたが引退の歳を迎えた後も存続しなくてはならないのよ。もちろんその時には、私もお婆ちゃんになって隠居しているでしょうけど。皆さん」

根元恵美子が会場に語りかけた。

「棚木くんはとても素晴らしい人です。能力はもちろんだけど、人格的にも高潔よ」

優しい声だった。

「さっきギルドの収益の十パーセントはギルド内で分配されると言ったけど、それに加えてベーシックインカムがあるわけね。ちなみに私はお祭りギルドに所属しています。お祭りギルドは、県や市町村の職員の受け皿にもなっています。お祭りだって収益は上がりますからね。でもね、棚木くんや未夏ちゃんたち中央官僚の人たちは、どのギルドにも所属していないの。つまりベーシックインカム以外の収入はないんです。東北国で一番の低所得者は彼らなの。合わなくなった眼鏡さえ新調できないのよ」

ちょうどモニター画面が切り替わって、銀縁眼鏡を調整する棚木忠興が大写しになった。根元恵美子の説明の後では、その動作も好ましく感じられた。

自身の理想を追求するために収入に拘泥《こうでい》しないというのは理解できなくもない。しかしそれを部下の官僚全員に納得させるためには、余程の器量と人徳が必要なのだと根元恵美子の話は続いた。納得できなかった官僚は職を辞してギルドに参加するか、一部は棄国の道を選んだと付け加えた。棄国者となった官僚は日本国に保護され新たな官僚の職を得ているらしい。らしいとしか言いようがないのは、日本国がそれら棄民の存在の詳細を明らかにしないからだ。言い方を変えれば、隠匿《いんとく》しているようにさえ思える。

「もし東北国と日本国が再統合されるような事態に至れば、彼ら棄国官僚が東北国に乗り込んでくるんじゃないかしら」

根元恵美子が推測を述べた。そのために隠匿しているのであれば、取材対象の網から漏れたのも当然だろうと青木は納得した。

「でも彼らのことは、今は大きな問題じゃないの。棚木くんがいれば大丈夫だわ」

「話が長いです」

持ち上げられっぱなしの棚木が断じた。

「何が言いたいのか結論が分からないじゃないですか」

「さっき言ったじゃないの」

根元恵美子が不満げに反論した。

「国の体裁を守るために、官僚がギルドの運営に圧力をかけることを私は懸念しているのよ」

「だからそれはあり得ないと言ったじゃないですか」

「そうかしら」と根元恵美子が首を傾げた。そして「かつての会津藩の藩士は」とまた脱線かと思えるような話を始めた。

「とても高潔な侍揃いだったわ」

まるで自分が個人的に会津藩士を知っているかのような口ぶりで言った。

「でも彼らは藩の体裁を守るために過酷な年貢の取り立てを行ったの。自身の栄華のためではない。武士道の矜持《きょうじ》を守るためよ。でも……」

根元恵美子が目を伏せた。それだけの動作だったが、彼女を包む空気に変化があった。

「理想に溺れてしまったの」

哀しげに言った。その結果として会津藩では過酷な年貢の取り立てに農民が疲弊した。会津各地では規模の大小こそあれ一揆が頻発した。

「悲劇はそれだけじゃないわ」

いつの間にか会場は、水を打ったような静寂に包まれていた。静寂を生み出しているのは根元恵美子の語り口だった。

「女優だな」

土井が呟いた。

「政治家だ」

青木が返した。

「確かに。聴衆を先導する力を秘めた器だ」

土井が同意した。

十分に間をおいて、解き放つように根元恵美子が言った。

「白虎隊です」

戊辰《ぼしん》戦争の際、圧倒的な物量で迫る新政府軍に圧《お》された会津藩は、本来予備兵力であったはずの白虎隊を戦火に投入した。下は十三歳の少年兵が、旧軍備の更新もなく最新鋭の軍備を誇る新政府軍と戦ったのだ。それは今まで武士道の理想のために圧政を行ってきた武士階級にとって、戊辰戦争が引くに引けない戦いだったからに他ならないと説明した。

「少年たちは強制されたのではなく、自らの意思で死地に赴いたの。むしろその方が悲劇よね。せめて最後の最後は、自分たちの命や将来に思いを至らせて欲しかったわ」

根元恵美子が顔をあげて会場に真っ直ぐな目線を向けた。

「私たちは今、理想とする国家を築くために粉骨砕身しています。その筆頭が棚木官房長官です。彼と彼の部下たちは、私たちの求めに応じて、見事な国家体制を実現してくれています。ただ、その手際が鮮やか過ぎるのが私の不安です。私たちは彼らに理想を語りました。理想は、すべては叶わない地平にあるはずのものです。それが今、彼らのおかげで現実のものになっています。国民の建国の志も、理想の達成に忘れてはいけないことです。しかし……」

根元恵美子が言葉に力を込めた。

次の世代、そしてその次の世代はどうなるのか。理想が日常になってしまい、それを諦めなくてはならない事態が生じた時にどうなるのか。それが根元恵美子の懸念だった。

「理想が妥協を余儀なくされた時、それでも理想にしがみついていたら必ず悲劇は起こります。現実の根を持たない理想なんてないの」

棚木忠興は口を挟まない。手元の書類に書き込みをしている。

根元恵美子の話が続いた。

「お集まりのマスコミの皆さんにお願いがあります。今の東北国は、理想を実現した国家です。一切の取材制限をしませんので、直接国民に取材して、その実態を伝えてください。そして、もうひとつのお願いです。もし東北国の施政が理想に拘泥するようなことになれば、徹底的に糾弾してください」

立ち上がった。深々と頭を下げた。東北国の総理としての重責がにじみ出ている根元恵美子の姿だった。

「一息入れましょうか」

重たくなった会場の空気に東北国国防隊司令宮崎未夏の涼しげな声が響き渡った。

頭を下げたままの根元恵美子の肩を抱くようにして、宮崎未夏がステージの袖に消えた。

棚木忠興は書類に目を落としたままだった。ステージの照明が絞られ、客席の照明が明るくなった。明るくなってしばらくの間、青木も土井も席を立てないでいた。

「理想を実現している国家だと言いやがった」

天井を見上げる格好で椅子に深く腰を下ろした土井が言った。

「自画自賛だな」

しかし言葉とは裏腹に、その口調に揶揄は含まれていなかった。

「あそこまで言い切れるなんてすごいですよね」

紀子が同調した。

「まったくだ。おれは嫉妬を覚えたよ」

土井が言った。本心からの言葉だと青木は感じた。

学生時代の土井を思い浮かべた。

マルクスだのレーニンだの革命だのと、青臭いことを言っていた土井だった。しかしソ連の崩壊あたりを機に土井は変わった。理想主義を捨て現実主義に変節した。そしてテレビ業界に身を投じた。土井が手掛ける番組は報道番組とは名ばかりで、捏造すれすれのスキャンダル番組だ。しかしそこに青木は学生時代の土井を思い浮かべることがある。土井なりの革命をやっているのだと感じることがある。しかしそれは達成されない革命であり、理想の実現などははるか夢の彼方だ。

「おまえ、河北市で元河北市市長の石母田善一郎と河北市商工会議所会頭の蟻坂亮一に取材するって言っていたよな」

　土井が天井を向いたまま訊ねてきた。

「ああ。おまえはアウターライズ当時の河北市防災企画室室長の双海洋介への取材を申し込んでいるんだよな」

「おれはアウターライズの犠牲者が六人だったことを疑っている」

「しかしそれは、棄国民らの取材でも疑いのないことじゃないのか」

「数じゃない。どうしてそんなことが可能だったのか、その裏を疑っているんだ。河北市における東日本大震災の犠牲者は三千九百七十五名だった。それがアウターライズでは東北全体でゼロだ。あまりにも乖離《かいり》し過ぎる。その理由を現場の責任者に会って質したいんだ」

　取材の目的を土井があっさりと明かした。そして付け加えた。

「もしそこになんらかの裏があるとしたら、東北独立の意味がまったく変わってくる」

　確かにと青木は内心で肯いた。

　東北独立を世界が評価した大前提が驚くべき被害者の少なさだった。その奇跡ともいえる数字に世界が思考停止しているうちに独立が成されたのだ。

「おまえの目的はなんだ？」

土井の言葉を咀嚼《そしゃく》している青木に土井から質問が飛んだ。

「どうせおまえも独立絡みの取材なんだろう」

正鵠《せいこく》を射られた。

自分の取材目的を曝し、改めて取材目的を訊ねてくるということは、河北市において共闘しようという申し出だろうと青木は受け取った。

「独立の首謀者を明らかにしたいんだ。この独立の目的を知りたい。東北県知事会を代表して根元恵美子は独立の目的を完全な復興と説明したが、果たしてそれだけの理由で独立までするか、おれは疑っている」

「首謀者を突き止めれば独立の本当の目的が明らかになると？」

「できれば直接取材したい」

「河北市で会う二人のどちらかが、あるいは二人が、首謀者だと見込みをつけているのか？」

「見込みというほど確かなものじゃないが、東日本大震災の取材の折に、二人は異口同音に独立を口にした。それなりの影響力もある二人だ」

土井が考え込んだ。

「私は独竜を追いかけます」

いきなり紀子が割り込んできた。

「ほう」と土井が口を丸めた。

「それはそれで面白いかもしれないな」

土井には珍しく素直に評価した。

「どちらにしても三人のベクトルは一致しているようじゃないか。大ネタだ。ここはひとつ手を組むしかないな」

決定事項であるかのように言った。

客席の照明が絞られステージに動きがあった。明るくなった壇上に根元恵美子と宮崎未夏が姿を現した。棚木忠興は休憩前のままで書類に目を落としていた。着席して根元恵美子が口を開いた。

「ここまでで何かご質問はあるでしょうか」

会場の中央で手が挙がった。マイクが運ばれた。モニターに映し出されたのは、まだ若い男だった。マイクを握って「公論社の立木《たつき》と申します」と自己紹介した。

公論社は革新系の論評で売っている月刊誌だ。それほど部数を持っているわけではないが、根強い読者層を抱えている。

「根元総理に原則的なことをうかがいたい」と切り出した。

フンと青木の隣で土井が鼻を鳴らした。

「原則的ってなんだよ。大上段に振りかぶりやがって」

質問者が続けた。

「先ほどから拝聴していて、今ひとつ見えてこないのですが、いったい東北国は共産主義国家なのですか、それとも社会主義国家なのですか」

　予想された質問だった。しかし青木は、その質問にたいした意味を感じなかった。言葉で定義して理解しようとすることほど無意味なことはない。同じことを感じたのだろう、土井も「つまんねぇ質問しやがって」と、また鼻を鳴らした。

「ずいぶん難しい質問だわね」

　壇上の根元恵美子が困ったような視線を棚木忠興に投げた。棚木は無視したままだった。

「棚木くん、答えてよ」

　根元恵美子の哀願するような声に棚木忠興が顔をあげて銀縁眼鏡を調整した。

「なんでぼくが答えるんですか。ぼくは総理たちがこんな国を作りたいと言ったので、それをかたちにしただけなんですよ。共産主義であれ社会主義であれ、ぼくたちに主義なんかありません。むしろそんなもの、あってはならないでしょ。主義があるとすれば国民の代表である総理じゃないですか」

「またそういうことを言う」

　根元恵美子が拗ねた素振りで言った。

「私だって難しいことは分からないわよ」

「ぼくは分からないとは言っていません」

　憮然として棚木が言った。

「自分が主義者ではないと言っているだけです」

「だったら答えてよ」

おもねるように根元が返した。

仕方がないなという表情で棚木が会場に顔を向けた。

「質問者の人、あなたは共産主義と社会主義の違いを分かっているのですか」

また質問を質問で返した。このあたりの嫌味さが秀才タイプだ。

「それが分かっていない方に答えても意味がないと思いますが」

画面が質問者に替わった。マイクを持ったまま質問者が緊張していた。先ほど来《らい》、質問に立った者は手痛いしっぺ返しにあっている。そのことに思い至ったようだ。

「基本的な知識はあるつもりですが」

おずおずと答えた。革新系の論評を売りにしている公論社の記者が、今の質問に答えられないのでは拙いだろう。

「では、マルクスはどちらなんですか」

棚木が質した。

「もちろん社会主義です」

質問者が答えた。土井が舌を鳴らした。

「では、中華人民共和国はどっちですか」

重ねて棚木が質問した。

「共産党の一党独裁国家だから共産主義でしょ」

当たり前のことを訊くなというふうに質問者が答えた。

「会場の皆さんにうかがいます。今の回答に異論がある方は手を挙げてください」

棚木の呼びかけにぱらぱらと手が挙がった。二十人ほどか。そして土井もそのひとりだった。青木も肩の高さに手を挙げた。棚木が満足そうに肯いた。

「分かっている方もいらっしゃるので安心しました」

紀子が土井に言った。

「私は間違っていると思いませんでしたが……」

自信のない口ぶりだった。「どこが間違っているんですか」と訊ねた。土井は無視した。

棚木が姿勢を正して質問者に言った。

「あなたの質問に答えるとしたら、あなたの質問には意味がないということです。先ほどからの総理とのやりとりで、お分かりだと思うのですが、総理ご自身に主義があったわけではありません。こんな風にしてもらいたいという希望があっただけです。それをぼくたちが現実に落とし込んだのが今の東北国のありようです。そこに主義はありません。ただ、結果として共産主義なのか社会主義なのかという評価はできるでしょう。それをするのはあなた方です。しかしそのためには、共産主義と社会主義の線引きくらいはちゃんとしておいてください」

それだけ言って棚木は書類に目を落とした。銀縁眼鏡を調整した。

「今の回答でよろしいかしら」

根元恵美子が質問者に確認した。モニター画面に目の縁を赤くした質問者の顔が大写しになった。

「公論社の立木さんでしたっけ。この次はもう少しお勉強をなさってから質問してくださいね」

根元恵美子が優しい声で止《とど》めを刺すようなことを言った。

「あいつ社に戻れないな」

土井が愉《たの》しむように言った。

「私の質問に答えてください」

無視された紀子が頬を膨らませた。

「どだい共産主義と社会主義に明確な一線を引こうという発想が間違っているんだよ。後は、自分で勉強しろ」

そっけなく土井が答えた。紀子がしょんぼりした。青木は紀子が可哀想になって補足した。

「のりちゃん、共産主義と社会主義の区別なんて、歴史の上で語られるべきものなんだ。そのためには十九世紀まで遡って、産業革命による資本主義、自由主義の発生から理解する必要がある。東北国も歴史が評価してくれるさ」

言っているうちに、青木の胸のうちに熱い議論を戦わせた学生時代が微かに蘇った。自分ですらそうなのだから、はるかに熱心だった土井の心中は推して知るべしだと思った。先ほどの河北市における取材協力の申し出も、東北独立に真摯に向き合おうという土井の心情によるものではないかと思ったりもした。

「ひとつだけ補足させていただきます」

根元恵美子が言った。

「エンデ先生の言葉を引用させていただくわね。マルクスの最大の誤りは資本主義を変えようとしなかったことなの。マルクスがしようとしたのは資本主義を国家に委託することだったの。民間資本主義から国家資本主義への移行なのよね。結局どちらも資本主義であって、それ以外のシステムではなかったの。立木さん、私はエンデ先生のファンだけど、これは難しくて理解できませんでした。でも、あなたなら理解できるわよね」

にっこりと微笑んだ。どうやら質問者に心遣いした発言だったようだ。

「はい、理解できます」

質問者が答えて着席した。

「では、最後に」

壇上の根元恵美子が明るい声で言った。嬉々《きき》とした声だった。青木は手首のグランドセイコーに目をやった。終了時間までまだ一時間以上あった。

「私からのお知らせです」

その言葉を合図にステージのモニター画面に動画が流れ始めた。

「これは昨年、盛岡市で開催された東北絆まつりを撮影したものです。本来は夏祭りなのですが、今回は特別に皆さんのために、明日から六日間開催することにしました。ぜひご参加ください。会場は仙台になります。それに加えて……」

画面が変わった。

「芋煮会だ」

呟いたのは土井の連れのカメラだった。

「そうです。芋煮会です」

まるでカメラの呟きが耳に届いたかのように、根元恵美子が満足げに肯いた。

「絆まつりと並行して、これも特別サービスの芋煮会の開催も企画しています。さらに芋煮会の会場では、東北の各地を代表する特選グルメの屋台が出店されます」

画面に料理の画像が次々に流れ始めた。

「『白虎』だ！」

画像のひとつに反応してカメラが歓声を上げた。流れる画像は馬刺しと桜肉のすき焼きだった。

「出店を予定している屋台は二百を超えます。いずれも東北国の各地方が自信を持ってご紹介するものです。このような催しにありがちな、B級グルメではありません。開場は午前十一時、夜は十時まで営業します。お食事やお飲み物は正規のお値段を頂きます。それで東北国の物価の一端をご確認ください。でも、芋煮は無料のご提供となります。ご招待しているのですから、それくらいはサービスさせて頂きます。どうぞご堪能ください」

再び画面が芋煮会に戻った。

ショベルカーが大鍋の芋煮をかき混ぜる場面だった。

「あの鍋、直径が六メートルもあるんですよね」

カメラが言った。

「里芋が三トン、肉がその半分くらい、コンニャクは三千五百枚、ネギも三千五百本、醤油が七百リットル、日本酒が五十升……」

薀蓄《うんちく》が止まらない。「もういいよ」土井がカメラの後頭部を平手で叩いた。

「ちなみに」

根元恵美子の声のトーンが落ちた。

「万民の平和を国是とする我が国にも譲れない戦いがあります」

画面が静止してモノクロになった。そこに任侠映画に出てきそうなロゴで芋煮戦争という朱の文字が流れ込んできた。

「そう、芋煮戦争です。毎年秋になると、東北国では決着のつかない戦争が勃発《ぼっぱつ》します」

芋煮戦争の文字を取り囲むように、豚肉味噌仕立て、牛肉醤油仕立て、鶏肉醤油仕立て、の文字が浮かんだ。

「大鍋がひとつしかありませんので、日替わりで二日ずつご賞味頂くことになります。今回のお祭りが六日間の日程になっているのもこのためです」

根元恵美子が声を潜めた。

「ちなみに豚肉味噌仕立てはお祭りの五日目と六日目に予定されています。余所の人たちは豚汁だと陰口を叩きますが、私はこれこそが真の芋煮だと信念を持つものです」

確か根元が拠点とする仙台地区は豚肉の味噌仕立てだ。

「総理、個人的な発言は後々問題になりますよ」

宮崎未夏が諫めた。

「あら、未夏ちゃん。これは戦争なのよ。そんなことかまってられないわよ」

宮崎未夏がやれやれと言わんばかりに首を振った。モニター画面の根元恵美子がにっこりと微笑んで説明を続けた。

「会場では東北国各地、市町村の観光案内ブースも設営されます。実は今回、皆さんを東北国にご招待したのは、もちろんご案内の通り、東北国の今を取材して頂きたいという目的もございますが、それと同じくらい重要な目的は観光のご案内です」

独立から三年を経て、今後の東北国の重要な産業のひとつが観光業になる、外貨の獲得もそれで図れる、三ヶ月以内の滞在に関しては査証《ビザ》を免除する、初年度の観光収入は日本円で三兆円を見込んでいる、という根元恵美子の説明だった。

「三兆円か。ずいぶん大きく出たな」

土井が軽い驚きの声を上げた。

「東北国は世界で最も関心を持たれている国のひとつだ。法外な目標ではないと思うぜ」

三兆円でも控え目かもしれないと青木は感じた。日本の観光収入はピーク時で四兆円くらいだったはずだ。東北独立後はかなり落ち込んでいる。日本からの観光客の落とす金も外貨としてカウントされるのだから、むしろ控えめな数字のようにも思える。

「しかし、それにしても絆まつりと芋煮会の開催期間が六日間とは……」

土井が呆れた。

「取材日程が今日を入れて七日間なんだぜ。そっちに行ったら終わってしまうじゃないか」

「でも、かなりのやつが行くだろうな」

かなりどころか、ほとんどかもしれないと青木は思った。

「おまえも行きたいか？」

土井がカメラに訊ねた。

「えっ、いいんですか？」

カメラが顔を輝かせた。

「バァーカ。いいわけないだろ。観光に来てんじゃないぞ」

土井がカメラの後頭部を平手で打って、カメラが肩を落とした。

「これで本日のオリエンテーションを終了させていただきます。会場の外には受付ブースを設けております。それぞれ皆さんがご希望される取材地をお申し込みください。事前にお申し込みがあった方は不要ですが、この時点での変更も受け付けております。皆様のご来場をお待ち申し上げております」

ステージのモニター画面に次々と笑顔の男女が映し出された。素朴だが、粒揃いの美男美女が微笑で誘っていた。

「一日だけでも」

カメラが未練がましく口にした。土井の平手がカメラの後頭部ではなく額に飛んだ。

北へ／東北道

オリエンテーションの翌日、青木ら四人は宮城県河北市を目指して郡山を後にした。案内役は東北国国防隊の時任恵子、前々日郡山入りをした青木らのバスを迎えた女性国防隊員だ。三列シートのミニバンが用意され、国防隊の制服に身を包んだ恵子がハンドルを握った。助手席に紀子が、二列目に青木と土井が、カメラは三列目に座った。郡山インターから東北自動車道に乗り、仙台南部道路、仙台東部道路を経て三陸自動車道を北上するルートだった。

二時間少々で到着しますと説明された。

「お昼に松島の牡蠣《かき》小屋はいかがでしょうか」

恵子に勧められたが、青木も土井もそして紀子も、少しでも早く河北市に入りたいと断った。カメラだけが絆まつりが開催される仙台を素通りすることを残念がった。せめて松島の牡蠣をと遠慮がちに手を挙げたが、他の三人に無視された。

東北自動車道に車を走らせながら、幼顔の恵子が今年二十一歳になったと自身のことを語った。

「東日本大震災の時は秋田の小学生でした。東北国が独立した年に高校を卒業しました。国防隊を選んだのは警察官だった父の勧めです」

警察官だった恵子の父は、東日本大震災発災後一年間、単身で宮城県南三陸町に赴任した。月に一度の休暇で帰省するたびに、恵子は被災地の惨状と力強く生きようとする被災者たちの物語を父から聞かされた。そんな物語の中で恵子の心に強く残ったのが殉職者たちの物語だった。

「特に印象に残ったのが、南三陸防災対策庁舎で住民に最期まで避難を呼びかけた二十四歳の女性職員の物語です。間近に結婚を控えた女性でした」

確か遠藤《えんどう》未希《みき》さんという女性だったと青木は思い出した。

南三陸を襲った津波は三階建ての防災庁舎を二メートルも乗り越えて、遠藤未希さんを含め、屋上に避難した職員を連れ去ったのだ。

「高校の卒業を前に父に進路を相談しました。独立する東北国を守る仕事に就きたいと自分の考えを述べました。父も賛成してくれて国防隊に入隊しました」

現在は郡山の旧陸上自衛隊郡山駐屯地に開設された国防学校で学んでいる。

「ということは幹部候補生なんだね」

土井が確認した。

「そこまでではないです。幹部候補生になるためには卒業後、試験にパスする必要があります。難しい試験です」

恵子が口元を引き締めて言った。

「そう言えば昨日のオリエンテーションで官僚試験の合格者が一名だったって言っていたけど、そうとう難しい試験なんだね」

　青木の質問に恵子が微笑んだ。

「官僚試験と私たちの幹部候補生の試験では程度が違い過ぎます。国防隊の幹部候補生試験の倍率は十倍程度ですが、昨年の官僚試験は二百人以上が受験してたった一人の合格ですから、難しさでは比較になりません」

「官僚は超エリートというわけか」

　土井が呟いた。

「そのエリートがベーシックインカムだけしか収入がないというのは、何とも解《げ》せないね」

「国防隊の人もギルドに入っていないんですよね。収入はベーシックインカムだけですか」

　紀子が訊ねた。

「はい、それだけです。それでも任務のやり甲斐には代えられません」

　事もなげに恵子が答えた。

「やれやれ、官房長官といい、恵子ちゃんといい、どうしてこんな人材が揃っているのかね。完璧過ぎて逆に薄気味悪いよ」

　土井が呆れたように言った。恵子は微笑んだだけだった。

　東北道を走って一時間が経過した。間もなく仙台に至るという場所まで走ったのに、対向車とすれ違うことは一度もなかった。

「ずいぶん車が少ないんだね」

青木は思ったままを口にした。

「東北国ではガソリンが貴重品ですから」

恵子の返答になるほどと肯いた。鎖国しているのだから石油が入ってこないのだろう。逆に独立からの三年間近く、備蓄だけでどう凌《しの》いできたのか疑問に思った。

「ガソリンがまったく入ってこないわけではないです。貿易特区で貿易が行われています。江戸時代の長崎の出島みたいなものでしょうか」

「貿易特区？　初耳だな」

土井が恵子の言葉を聞き咎めた。青木も知らない情報だった。

「その特区はどこなの？」

土井の質問に恵子が意外そうな顔をした。

「これからご案内する河北市です。皆さんの取材の目的はそれだとばかり思い込んでいましたが、違ったのですか？」

「それも興味があるけど、ぼくたちの取材目的は、東日本大震災最大の被災地と言われた河北市の今を見たいということなんだ」

青木はごまかした。まさか東北国独立の謎を探りたいと言えるはずがない。おっとりしているように見える恵子だが、国防隊の一員なのである。余計な警戒は与えたくなかった。

「それはそれとして、貿易特区にも興味があるな」

土井が拘った。

「特区というくらいだから国か県が運営しているの？」

外堀から埋め始めた。

「いえ、貿易ギルドが運営しています」

恵子に警戒の色は見えなかった。

「ここもギルドか。徹底しているな。行政は一切口出ししないということか」

土井が感心した。

「でも、どうして河北市なんだろう」

青木は首を傾げた。同じ宮城県には仙台国際貿易港があったはずだ。

「ギルドの蟻坂理事長が河北市の人だからじゃないでしょうか。あまり詳しいことは分かりませんが」

勉強不足ですみませんとハンドルを握ったまま恵子がぺこりと頭を下げた。

「蟻坂さんって、河北市商工会議所の蟻坂亮一会頭？」

青木は自分の取材相手の名前が予期しないかたちで出て、訊かずにはいられなかった。

「前のお仕事はそうみたいですね。でも今は貿易ギルドの理事長に専念されていると思います。すごいやり手で、今回の開国で貿易が盛んになったら、どんな手腕を発揮されるだろうって、国民は期待しています」

遠く離れた郡山の国防大学の学生にまで知られているほど、蟻坂は名が売れているのか。

もっと蟻坂の情報を得たかったが、勇み足にならないよう青木は自粛した。そんな青木の思惑に気付かず恵子は蟻坂の話を続けた。

「町中ホームを立ち上げたのも蟻坂理事長です。河北市で始まって、今では東北国全体に広がっています」

誇らしげに言った。

「町中ホーム？」

聞きなれない言葉に土井が問い返した。

「ええ。日本国時代、これはどこの地方都市でもそうでしょうが、大型商業施設の出店で地方の中心街にドーナツ化現象が起きましたよね」

東日本大震災後に東北各地を取材した時に、そのことを忌々しげに語った蟻坂が青木の目に浮かんだ。

「そんな市の中心地に二十戸の中層マンションを建てて、独居高齢者の住居にしたんです。当初は東日本大震災の災害復興住宅という名目でしたが」

「なるほど、町中ホームは町中の老人ホームというわけか」

土井が引き継いだ。

「マンションの一階部分は商店に開放されています。二階から上が居住区です。もちろん町中全体がバリアフリーで河北市の場合は市役所の隣に河北市民病院があって、市役所と病院が居住区と二階部分の空中回廊で連絡されています」

青木は恵子の言う町中ホームを頭に描いてみた。

なるほどそれならシャッター通りと化していた地元商店街も復活できたのかもしれない。

郊外の大型店舗でのワンストップショッピングの利便性は否定しないが、高齢者にとっては、徒歩圏内にある個人商店の集合体のほうが魅力的だろう。レジに並ぶより、馴染みの店主と会話しながらの買い物のほうが楽しいのに違いない。

河北市は東日本大震災で全壊同然だった市民病院を、議会の反対を押し切って町中に移転させたことも思い出した。その経緯を直接取材したわけではないが、報道で知っていた。半ば市長が強行したとの報道だったが、その背後に町中ホームまで見据えた蟻坂がいたとしたら納得できる。独居老人問題と市の中心地のドーナツ化現象を一気に解決する手立てを講じた蟻坂の存在が青木の中で今まで以上に大きくなった。

市民病院の移転問題だけならまだしも、町中ホーム構想まで実現し、それを東北全域に広げられたのは、東北国独立というダイナミックな動きが助けになったに違いない。まさかそれが目的で独立を画策したとは思えないが、独立と構想の実現は無縁ではあるまい。

「三陸自動車道に入ります」

恵子が言った。

「おれたちは取材期限いっぱいまで河北市に滞在するけど、恵子ちゃんはどうするの？」

土井が訊ねた。

「皆さんの足としてご一緒させていただきます」

「そりゃ助かるけど、なんか悪いね。でも恵子ちゃん河北市に土地鑑はあるの？」

「ご案内を担当するのは私ではありません。国防隊の第六師団師団長の赤峯がお世話させていただく予定です」

「かなり偉い人なの？」

土井の質問に恵子が赤峯の経歴を簡単に語った。

出身は河北市に隣接する東松島市で、独立以前は東大卒の防衛省官僚だったと言う。東日本大震災後に河北市防災企画室に応援職員として赴任したらしい。

「アウターライズの五人の英雄のひとりです」

なんの衒《てら》いもなく恵子が英雄という言葉を口にした。

「何なの、それ？」

苦笑交じりに土井が質した。

「東日本大震災後の被災地に乗り込み各地の防災計画をチェックし、アウターライズ以前に、独自の防災計画を策定した五人の防衛省官僚の皆さんです。その防災計画のおかげで、アウターライズの犠牲者は世界が驚く水準に抑えられました」

事もなげに恵子が答えた。

土井が敏感に反応した。

無理もない。土井が取材地に河北市を選んだのは、恵子が言う世界を驚かせたアウターライズの犠牲者数が理由なのだ。それが旧日本国時代、防衛官僚によって独自に策定された防災計画の賜物であるなどという情報は、被災後三年近くを経た今も日本には伝えられていない。

「独自の防災計画って、どんな計画なのかな」

土井が恵子に訊ねた。

「ハードによらないソフト面での防災計画です」一言で答えてから「国防大学で教わりました」と付け加えた。

「具体的に教えてくれないかな」

恵子が国防大学で教わっているのであれば、それが今回の取材目的である土井にとっては渡りに船だろう。

「津波てんでんこ、って御存じですよね」

恵子が言った。

土井が肯いた。

土井に限らず青木もよく知る標語だった。東日本大震災後、一時は広く喧伝されたので紀子もカメラも知っているはずだ。

津波てんでんこは、津波が来たら、とるものもとりあえず、肉親のことすら構わず、各自てんでんばらばらに高台に逃げろという意味の標語だ。そのことから、利己主義ではないかという的外れな評価も一部ではあった。また、てんでんこという東北弁交じりの標語であったことから、東北地方に語り継がれる伝承であるという誤解もあった。

利己主義という指摘に対し、この教訓は四つの意義を掲げる。

・自助原則の強調
・他者避難の促進
・相互信頼の事前醸成
・生存者の自責感の低減

すなわち自分の身は自分で守るという心構えで真っ先に逃げる。その逃げる行動が他者に伝わって全体の避難を促す。そのことを平時に確認しあっておくことで、縁者を心配して海に向かったりする行動を抑制する。そして生き残った者が犠牲になった者に対して、自分だけ逃げてしまったという自責の念を持たないようにする。けっして利己主義ということではないのだ。

そして東北独自の伝承という誤解について、確かに語り継がれた伝承だと解釈するほうが美しいだろうが、実は伝承などではなく、岩手県宮古市田老町で開催された全国沿岸市町村津波サミットにおいて、津波災害史研究家である山下文男《やましたふみお》らによるパネルディスカッションから生まれた標語だった。その標語の実践教育として、岩手県釜石市内の小中学校では、災害社会工学を専門とする群馬大学教授の片田敏孝《かただとしたか》の指導のもと、津波からの避難訓練を八年間重ねた。

標語と訓練は、東日本大震災で二十メートルを超える津波に校舎が完全に呑み込まれた鵜《うの》住居《すまい》小学校と釜石東中学校において、登校していた全生徒が助かるという成果をもたらした。

「釜石の奇跡」として後に評された。確かにソフト面の防災だ。

「防衛省のキャリアが避難訓練をしたのか？」

土井が疑わしそうに訊ねた。青木も同じ感想を持った。たった五人で三陸海岸全域をカバーできるはずがない。

「違います。五人の皆さんの指示で当時の自衛隊隊員が避難誘導したんです。一万五千人以上の自衛官が避難誘導に参加したと聞いています」

「避難誘導だけであれだけの成果を出せたというのが、ピンとこないんだが」

青木は素直な感想を述べた。東日本大震災の時も多くの消防団員や警察官が避難を呼びかけたはずだ。それでも二万人近くの犠牲者が出た。それを犠牲者六人で抑えたというのが解せない。

「誘導しただけではありません。赤峯師団長らは、事前に各自治体の防災計画を精査して、計画の瑕疵《かし》を洗い出しました。避難誘導はそれに基づいて、瑕疵を埋める目的でなされました。そのうえで、消防や警察にはできない強硬な手段も講じました」

恵子の言葉で青木の脳裏に、棄国民である元運送会社社長昆布谷克徳の顔が浮かんだ。

「強硬な手段って、たとえば車避難をしようとした市民の乗用車のタイヤを拳銃で撃ち抜くとか？」

青木の問いに土井が目を丸くした。

「何だよ、それ。そんなことできるわけがないじゃないか」

「いいえ、やったそうです」

冷静に恵子が答えた。ハンドルを握り前方に向けられた眼差しが澄んでいた。

「場所によっては、もっと過激なこともあったそうです」

「自衛官がそんなことをするなんて信じられん」

土井はなおも疑問を口にした。

「自衛官だからできたのだと思います」

力強く恵子が言った。

「自衛官は有事の教育を受けています。有事には戦争も含まれます。人と人が殺しあうのが戦争です。それを思えば、市民を安全に避難させるためにタイヤを撃ち抜くことなど、何でもないのではないでしょうか」

武装を放棄し、万民の平和を国是とする国の国防学校の学生とは思えないようなことを恵子が平然と口にした。

まだまだ訊ねたいことがあったが、五人を乗せたミニバンは三陸自動車道を離れ河北市の市内に至った。五分とかからず河北市の宿舎である河北グランドホテルに到着すると恵子が告げた。

「皆さんはお部屋でお待ちください。私は到着報告のため司令部に参ります」

「司令部？」

土井が訊ねた。

「はい。東北国国防隊司令部です」

「司令部は河北市にあるのか？」

「はい。日和山にあります。中心部隊は旧航空自衛隊松島基地に駐屯しています」

その日和山は目の前にある。秋の抜けるような蒼天《そうてん》に青木らを圧倒する質量を漂わせる山だった。その山に青木はひとりの男の顔を思い浮かべていた。石母田善一郎。元河北市市長で今回の取材対象のひとりだ。蟻坂亮一と並んで、東日本大震災後に東北独立を口にした人物でもある。

「伊達政宗は河北に居城を構えようと考えていたんだ」

東日本大震災後の取材の際、余談として石母田が語ってくれたことだった。

「北上川河口は当時の交易の中心地であり、その流域は豊かな穀倉地帯だった。そしてなにより伊達政宗が河北を選んだ理由は、強固な岩盤からなる日和山だった。東日本大震災でも日和山の建造物はほとんど被害を受けなかった。それだけ岩盤がしっかりしているということなんだな」

そう語る石母田善一郎の自宅も日和山の中腹にあった。新庁舎に移転する前の河北市役所のすぐ隣だった。

「撤退するさくらデパートの建屋を無料でゆずり受けて、そこに市庁舎を移転すると決めた時、私は反対した」

決めたのは石母田の後任市長の土原三喜雄だった。

「日和山以外、平野部の河北市は河北川の堆積土壌なんだ。岩盤層まで五十メートルもある。デパートは砂の上に建っていた。デパートでありながら、地下売り場がないのはどうしてだと思うかね。地下を作ると浮力が生じるからなんだ。激しい揺れに見舞われたら倒壊の恐れさえある。市の心臓部ともいえる市庁舎をそんな場所に構えるかね」

だから市庁舎は日和山に残すべきだったと石母田は断じた。

石母田が語った強固な岩盤でなる日和山に東北国国防隊の司令部がある。独立の陰に石母田の存在を青木は強く感じずにはいられなかった。

河北市／河北グランドホテル

司令部に報告に赴くという恵子を見送った後、青木と土井と紀子の三人はチェックインした部屋に入らずロビーのコーヒーショップに集合した。意見交換したいという土井の提案に応じたものだった。新しい情報があると土井が言った。

「本当は昨日のオリエンテーションの後にしたかったのだが」

土井が言った。

「ちょっと調べたいことがあってね」

「それが新しい情報か」

「ああ。だがそれより先に、昨日のオリエンテーションをどう感じた？」

「ずいぶん漠然とした質問だな」

「私は、最後の質問、東北国が共産主義なのか社会主義なのか、今でも疑問に思っています」

紀子が言った。

「それはたいした問題じゃないのかもしれませんが」

共産主義か社会主義かを問う前に、資本主義、自由主義を理解しろと青木に言われたことを気にしている素振りだった。

「たいした問題じゃないことはない」

土井が言った。

「東北国の独立と絡んではっきりしておきたい疑問だ」

「ああ」と青木も肯いた。

「ただしはっきりさせておきたいのは、共産主義なのか社会主義なのかということではなく、マルクスを起源とするそれらの主義を東北国が掲げているのかどうかということだな」

土井からの反論はない。同意と青木は受け取った。

「すみません、何も分からなくて。でも、どうしてそれが問題となるのでしょうか」

紀子が素直に訊いてきた。

「東北国の独立を最初に承認した国はどこだった？」

土井が紀子に訊いた。紀子の答えを待たずに続けた。

「中華人民共和国だったよな」

紀子が肯いた。

「ソ連崩壊後、中国は社会主義を国是とする唯一の超大国だ。もしその中国と裏話があって独立がなされたのであれば、東北国の独立の意義が大きく変わることになる」

独立時の宮城県知事で、今は東北国の総理の椅子に座っている根元恵美子は「完全なる復興を主眼とし」と東北の独立を説明した。その言葉をそのまま受け取ったわけではないが、他に理由が見当たらなかった。

「しかし中国と何らかの密約があったとすれば、話は別だ」

青木は眉を顰《ひそ》めた。東北の独立は東北人による東北人のための施策であってほしいという思いが気持ちのどこかにあった。

「中国が国連加盟国で最初に東北の独立を承認した時、世界の理解は、東アジアにおいて唯一の資本主義大国といえる日本を分断し、覇権を争うアメリカの影響下から日本の一部が離れることを歓迎する動きだと理解した」

土井の言葉に肯いて青木が後を引き継いだ。

「しかし独立前から中国と密約があったとしたら、承認の目的が大きく変わってくる。いずれ東北国は中国の属国になる可能性も捨てきれなくなる」

「属国は言い過ぎじゃないですか」

紀子が軽く釘を刺すように言った。テーブルの上に両腕を乗せ前屈みになっていた土井が紀子を睨みあげた。

「いまだに調達元がはっきりしていない復興資金のことを忘れたのか」

土井の言葉に「あっ」と紀子が口を開いて目を丸くした。

「昨日の夜調べたんだが」

紀子を置き去りにして土井が目線を青木に向けた。

「おまえが希望している取材対象は石母田という元市長と、蟻坂という元商工会議所会頭だったな」

「そうだ」

土井の言った情報とはこのことなのか。しかしたった一夜で二人の何を調べたというのだろう。

「局に言って、外事課でアウターライズ前後の二人の渡航歴を調べさせた」

外事課は日本のＣＩＡと呼ばれる警察内部の組織だ。

「外事課って……テレビ局ってそんなことできちゃうんですか」

紀子が驚きの声を上げた。

「キー局を舐めんじゃねぇ」

土井が軽くいなした。

「どこに渡航しているんだ。まさか中国か」

青木は先を急《せ》かした。

「そのまさかだよ。アウターライズ発災の二週間後、二人は成田から北京に渡っている」

その後の足取りは不明だと土井が言った。

重たい沈黙が流れた。青木には、石母田と蟻坂の二人の東北独立への関与がもはや疑いのないことに思えた。

「しかし、それにしては……」

青木は考えながら言葉を発した。

「昨日のオリエンテーションでその気配は見えなかったな。社会主義国家への転身を公にするには絶好の機会だったように思うが」

「確かに、な」

土井が同意した。

「まだ時機じゃないという判断なのかもしれん。あの三人の中では唯一、国防隊司令の宮崎未夏は社会主義にどっぷり浸かっている印象を受けたがな」

「えっ、あの女性司令がですか？」

紀子が大仰《おおぎょう》に疑問を口にした。青木も土井と同じ印象を受けたが、紀子には分からないだろう。

「自己責任っていう言葉に過剰反応しただろ」

青木は自分が受けた印象を説明することにした。取材協力を約束しているのだから、紀子だけ蚊帳の外では拙《まず》いだろうと判断した。

「ええ、あれは過剰でした」

関西弁でまくしたて、ついには涙まで浮かべた宮崎未夏の姿を思い出すかのように紀子が遠い目をした。

「もともと自己責任というのは、最近の日本で言われ始めた言葉じゃないんだ」

青木は言った。

「それは資本主義初期のヨーロッパまで遡る。当時のヨーロッパで資本主義と相前後して生まれた思想が自由主義だった。封建主義の呪縛を解かれた人々は、新たに資本主義という骨組みが芽生えた社会で職を求めた」

紀子が真剣な目を青木に向けている。

「資本家は利益を最大化するために、できるだけ経費を抑えたいと考えた。人件費も経費だよね。封建主義の社会体制の下で奴隷同然だった人たちは、個人として労働を売る立場になった」

人件費を抑えたいと考える資本家の思いは、労働を売る立場になった者たちの生活を過酷にした。奴隷の立場は所有物だ。所有者はいくら鞭《むち》で無理な労働を強いたとしても、奴隷を長く使役できることを望む。しかし労働力を買うだけの雇用主である資本家はそうは考えない。潰れれば新しい労働力を市場に求めればいいだけの話だ。

「当然労働者側から不満が出る」

土井が引き継いだ。

に自由なんですよ。奴隷のように強制されたわけじゃないですか。今は、自由なんですよ。奴隷のように

「この仕事を選んだのはあなたたちじゃないでしょう」

芝居がかった声で言った。

「嫌なら他の仕事を探せばいいじゃない。あなたたちは自由なんだから。あなたたちの自由意志で、この仕事を選んだんでしょ？」

目線が青木に向けられた。自分に後を引き継げということか。仕方なく青木も土井の真似をして両手を開き肩を上げて言った。

「この仕事を選んだのは、自己責任でしょ」

二人のつたない演技に紀子がクスリと笑った。

青木は照れ隠しに真顔になって言った。

「そういうことだ。資本主義と自由主義の象徴ともいえる言葉が自己責任なんだよ」

「それに対抗する思想として社会主義が出てきたんですね」

紀子が言った。

「短絡だが、そういう理解で大きな間違いはない」

青木が肯いた。

紀子の視線が横に流れた。追いかけて青木の目がホテルの玄関を入ってくる時任恵子の姿

を捉えた。恵子は細身の男を伴っていた。男は恵子と同じ制服制帽姿だった。

赤峯静也／東北国国防隊第六師団師団長

恵子が連れてきた男は、往路の車中で恵子が話題にした国防隊の赤峯静也だった。第一印象は悪くなかった。四十代の半ばくらいか。颯爽《さっそう》とした制服姿に清潔感を覚えた。元防衛省のキャリアということなのだから聡明なのだろう。しかし冷たさは感じなかった。礼儀正しく青木らに自己紹介し、席に着くと自分の分と恵子のコーヒーを注文した。「割り勘でお願いします」と恵子が軽くはにかんで言った。

「さっそくですが、皆さんの取材のご希望について、日程を確認させていただきます」

そう切り出して赤峯が最初に挙げたのが紀子の名前だった。

「古川さんがご希望されている取材対象は筆名が幽冥さん、実名が武田《たけだ》史哲《ふみあき》さんですね」

赤峯の確認に紀子が肯いた。

「武田さんは現在、河北市双葉町《ふたばまち》の河北日日新聞社で働いておられます」

紀子が安堵の表情を見せた。それはそうだろう。幽冥とやらのツイッターの呟きだけを頼りに河北市を取材場所に選んだのだ。出会える確率はかなり低いと思っていたに違いない。

「幽冥さんは新聞社に勤めているのですか？」

「いえ、働いておられる場所が新聞社というだけで、勤めているわけではありません。武田さんはおひとりでネット新聞の配信をされています。東北スポーツという新聞です」

赤峯の言葉に土井がにんまりとした。

「東北スポーツ。略して……」

言いかけた言葉を紀子が遮った。

「茶化さないでください」

青木は紀子の語調に幽冥に対するシンパシーのようなものを感じた。無理もない。一度も会ったことがなく、極端に言えばその生死さえ不明の相手の健在が知れたのだ。

クスリと赤峯が笑った。訝るような眼をした紀子に言い訳をした。

「いえ、すみません。でも土井さんのご指摘は、あながち的外れでもありません。東北スポーツはスポーツネタの配信はほとんどしない新聞です。代わりに本家と同様、憶測記事がほとんどです。自分も今回の取材依頼があって目を通してみましたが、主に実話怪談とか、都市伝説を扱っているようです」

「あの子、まだそんなのやっているんだ」

面識もない相手なのに、あの子などと馴れ馴れしく、呆れたように紀子が言った。

「ただ本家と違うのは新聞のヘッダーに『ここに書かれてあることは全部捏造です』という断りを入れていることです」

「フィクションですという断りならわかるが、捏造は酷いな」

今度は土井が呆れた。

「武田さんとの面会は本日でも可能です」

構わずに赤峯が続けた。

「いかがいたしましょう？」

赤峯の確認に「お願いします」と紀子が頭を下げた。

「次に土井さんが取材をご希望されている双海洋介さんですが……」

事前に提出していた取材希望シートを捲りながら赤峯が言った。

それだけのことなのだが、青木はなぜか自分が後回しにされたと感じた。確かに自分が取材を希望している相手はどちらも大物だ。日程調整が難しい部分もあるのかもしれない。しかしそれだけでなく、取材希望の二人がアウターライズ発生直後に中国に渡っているという土井からの情報が青木の胸の中に蟠《わだかま》っていた。

「双海洋介さんは今も河北市の防災企画室で室長をされています。こちらもご希望があれば、本日にでもアテンドできます」

「そりゃありがたいが、取材の前に赤峯さんに確認したいことがあるんだけど、いいかな」

赤峯が首を傾げた。

「何でしょうか？」

警戒する素振りはなかった。

「おれたちは三人セットで動きたいんだ。幽冥とやらの取材も三人で行きたい。同じようにおれの取材にもこいつらを同席させたい。青木の取材も然《しか》りだ」

かなり気合のこもった土井の申し出だった。

「ご希望でしたらそうさせていただきます。郡山からは、一切の制限をつけるなと通達されておりますので」

赤峯は軽く受け流した。

「他にもある。おれたちは滞在期間の全部を河北市で過ごすつもりだ。ひとりの取材対象に対して一度きりの取材では済まないかもしれない。二度、三度申し込んでも構わんだろうか」

土井の口調に微かな懇願が混じった。しかしこれは大切なことだ。取材を繰り返すことで深掘りできることもある。

「取材相手の都合もあるでしょうが、皆さんの取材を優先するよう取り計らいます。しかし自分に命令する権限はございませんので、その点はご理解ください」

赤峯のトーンがやや落ちたように思えた。しかし相手のあることなので、これは致し方ないことだろう。

「最後の要求だ」

土井が強い口調で言った。

「おれはテレビ局の人間だ。カメラも連れてきている。取材にあたってはカメラを回したい」

赤峯が微笑んだ。

「それは当方でも織り込み済みです。どうぞご自由に撮影してください」

そう言ってから、およそ国防隊の重鎮とは思えない愛想のいい笑顔を見せた。

「でも、動画には編集という厄介な作業があります」

「それはこちらでやることで、おたくさんらの手間はかけない」

「そういう意味の厄介ではありません。編集次第でどのような画も作れるという意味で厄介だと申し上げているのです。人は画面に映っているものを真実だと安易に受け止めます。編集によっては、黒いカラスも白くなります」

ずいぶんなことを言いながらも赤峯は笑顔のままだった。

「おれたちの放送を検閲するということか」

土井が気色ばんだ。

「いいえ、それは実質的に不可能でしょう。検閲はしませんのでこちらの要望もお聞きいただきたいと存じます」

「要望？」

「はい。撮影は構いません。編集もご随意になさってください。その代わり、当方からもカメラを出して撮影することをご了解いただきます」

「昨日、オリエンテーション会場でやっていたネットの動画配信をするということか？」

「そうです。ただし生中継というのはさすがに無理ですから、必要に応じて編集をせずに配信させていただきます」

赤峯は笑顔のままだ。目も笑っている。心底からの笑顔だ。その笑顔に土井が折れたように青木には見えた。

「分かったよ。好きにすればいいさ」

不貞腐《ふてくさ》れたように言った。

「では、青木さん」

赤峯がシートを捲った。青木の申請書が現れた。何やら赤字で書き込みがあった。紀子や土井の申請書にはなかった赤い文字に青木は緊張を覚えた。

「青木さんはお二人の取材をご希望でしたが……」

言葉を切った赤峯が書類から目を上げた。

「そのうちのおひとりはお亡くなりになっています」

痛々しげに言った。

「石母田さんですか」

蟻坂はさっき往路での恵子との話題に登場した。町中ホームのことを誇らしげに恵子が語ってくれた。蟻坂が他界しているとすれば、その時に恵子が触れたはずだ。

「はい。惜しい方を失いました」

赤峯の言葉に隠しようのない哀悼が感じられた。

「いつごろ、お亡くなりになったんですか？」

「アウターライズ発災の一週間後です」

青木の心臓がドクンと鳴った。

どういうことだ？　さっき土井は言った。石母田は蟻坂とアウターライズの二週間後に中国を訪れている。話が合わない。

いきなり黒い靄《もや》に包まれた気持ちになった。

「おい、それはおかしいんじゃないか」

土井がいきりたった。とっさに青木はテーブルの下で土井の爪先を踏み付けた。土井は死亡時期の矛盾を指摘したいのだろうが、こっちが石母田と蟻坂の出国記録を調べていることを知られるのは得策ではないという判断が働いた。土井もそれに気付いたようだった。

「そんなこと事前に知らせてくれるべきだろう。河北まで来て亡くなっていますはないだろう」

抗議の矛先を変えた。

「その点についてはお詫び申し上げます」

赤峯がテーブルに手をついて頭を下げた。言い訳はしなかった。

「分かりました。仕方がありません」

青木は一歩引き下がった。

「次に蟻坂さんへの取材ですが……」

赤峯が話題を変えた。

「時任くんからもお聞きになったようですが、蟻坂さんは貿易ギルドの要職を務められている関係で多忙を極めています。このたびの開国で貿易ギルドの業務はさらに増加するものと思われます」

「取材に応じる時間がないということですか」

　青木が気色ばんだ。石母田に続いて蟻坂の取材まで叶わないということか。

「いえ、そうではありません。ただし執務時間中は難しいということをご理解ください。むしろ蟻坂さんは皆さんとお会いできることを楽しみにしておられます。そんな事情ですので、夜の面会ということでよろしいでしょうか？」

「もちろんです」

　青木は胸を撫で下ろした。

「それでいつになるのでしょうか」

「時間さえこちらにお任せいただけるのであれば、今夜にでもセッティングさせていただきます」

　さらりと赤峯が応えた。

「では、今夜にお願いします」

　答えた青木に土井が異を唱えた。

「ちょっと待てよ。のりちゃんとおれの取材もあるだろう。三人で行動する以上、打ち合わせしないか」と提案した。青木としては肯くしかなかった。

　赤峯が微笑んで言った。

「承知しました。ではその結果待ちとさせていただきます。自分はいったん司令部に戻りますが、時任くんには残ってもらいますのでお話し合いの結果を彼女に伝えてください」

そう言って席を立った。辞去の挨拶をし、コーヒーショップの入り口近くにあるレジに向かった。クレジットカードを出して支払いを済ませている。そこで振り返って笑顔を浮かべ再度頭を下げてホテルを後にした。

「自分はどうしたらいいでしょうか」

立ち上がって会釈の姿勢のまま赤峯を見送った時任恵子が三人に訊ねた。

「おじゃまなようでしたら席を外しますが」

「ああ、そうしてもらえますか」

一瞬の迷いもなく土井が応えた。恵子が一礼してレジに向かい、自分の分を支払ってロビーのソファーに腰を下ろした。

「何だよ。赤峯は彼女の分も払っていないのかよ。徹底しているな」

土井が呆れた。

「そんなことより取材スケジュールを手っ取り早く決めないか」

青木は二人を促した。

目当ての蟻坂亮一が、今夜にでも取材に応じると言っているのであれば、それを優先したい気持ちだった。蟻坂はアウターライズ前に東北独立を口にした人物なのだ。その当時も河北市商工会議所会頭というそれなりに重要な地位にあったが、今では東北国が唯一他国に向けて門戸を開いている河北市貿易ギルドの理事長だ。しかも青木の情報によればアウターライズ発災後すぐに中国に渡っている。東北国の独立を世界で最初に承認した中華人民共和国にだ。それが独立と無関係だとは思えない。

「焦るなよ。相手はいつでも取材を受けると言っているんだろ」

土井が宥めるように言った。

「それに、蟻坂とかいう人物に会う前に、確認しておきたい疑問がある」

「石母田さんのことか？」

「そうだ。おれの調査では石母田はアウターライズの二週間後に蟻坂と中国を訪れている。しかし国防隊の赤峯は、それ以前に石母田が他界していると言った。話が合わない。もし虚偽を言っているのであれば、何らかの隠蔽があるとしか思えない」

確かに土井の言う通りだ。それは赤峯が辞去する前にも考えていた。しかし方途《ほうと》を思いつかない。あるとすれば蟻坂に取材し、その一言一句から綻びを見つけるだけだ。

「蟻坂とかいう貿易ギルドの理事長から糸口を引き出すのは無理だと思うぜ」

青木の心中を読み取ったかのように土井が言った。

「蟻坂の中国訪問が東北国の独立と関係しているとしたら、蟻坂は独立の裏の立役者だということになる。それだけの人物が、そうやすやすと尻尾を見せると思うか？」

確かに土井の言う通りだ。

「おまえは東北国独立の鍵として河北市を取材場所に選び、石母田と蟻坂を取材対象とした。

慧眼《けいがん》だ。今のところ、おまえは核心に迫っている。世辞じゃない。ジャーナリストとしての嗅覚だ。だったらここで焦るな」

励ます言葉だった。

「誰かいないのか。石母田に近い人物で、石母田の死の状況を隠せないほど近しい人物を知らないのか」

土井の言葉に一人の顔が浮かんだ。「いる」と短く青木は答えた。

「誰だ、それは」

「石母田の妻だ」

石母田の妻を再度思い浮かべた。聡明な女性だという印象が残っている。聡明さと同時に石母田に対する深い愛情も感じた。

石母田は商社マン時代、日本の中古船を東南アジアに売却する商売を手掛けた。石母田が狙いをつけたのがインドネシアだった。インドネシアは一万四千の島々を擁する世界最大の島嶼国《とうしょこく》だ。そこに目を付けた。

「船を売るには港のインフラを知らなくてはならない。その港の産業も知らなくてはならない。だから私は二年かけてインドネシアの港を巡った」

石母田の言葉が思い出された。

「あの時は楽しかったですわね」

妻の言葉も蘇った。老いてなお童顔の妻は、口元を綻ばせて往時《おうじ》を懐かしんだ。

「奥様もご一緒されたのですか？」

「ええ、まだ新婚でしたから」

気負いもなく妻が応えた。

「新婚旅行の代わりだと、この人が連れて行ってくれました」

「チャーターした漁船で港から港を廻る二年間だった。宿などない漁港も廻ったから半分は船で寝泊まりする旅だった」

事もなげに言う石母田の言葉に青木は驚かされた。往時のインドネシアの生活事情が快適なものだったとは思えない。ましてや都市部ではなく辺境部の漁港となれば、そうとうにタフな旅だっただろう。

「こいつは文句ひとつ言わず付き合ってくれたよ」

「あら、文句なんて。私は楽しゅうございましたよ」

妻はそう応えた。

あの妻がいる。東北国からなんらかの口止めはされているかもしれないが、あの妻が石母田の死を完璧に捏造するとは思えない。

青木は手を挙げた。レジ横で手持無沙汰にしていたコーヒーショップの女性店員が前に出ようとしたが目で止めた。ロビーのソファーに浅く腰掛けた時任恵子が立ち上がった。手招きした。

河北市日和山／石母田律子

時任恵子を通じて赤峯静也に申し込んだ石母田善一郎の妻への取材はすぐに手配された。申し込んで二時間後、石母田の自宅を訪れることになった。テレビカメラを入れることもすんなり承諾された。

部屋で休んでいたカメラに声をかけてコーヒーショップで軽く昼食を済ませ、約束の一時間前に青木は席を立った。

「石母田さんのご自宅はすぐそこなので、まだ早いと思いますが」

恵子が地図を確認しながら言った。

「いや、せっかくだから歩いて行きたい。町の様子も見たいんでね」と青木は言った。

「歩く速度でしか見えない景色もある、ですよね」

紀子が青木の言葉を引き継いだ。それは青木の持論だった。

東日本大震災後の取材でも、青木は時間の許す限り取材地の近隣を目的もなく歩いた。河北市でもっとも多くの犠牲者を出した南浜を訪れた時も歩いた。

新興住宅地だった南浜はすべての家、建物が流され雑草が生い茂る草地になっていた。

南浜を横切る県道二四〇号で車を降りた。

慰霊碑が建立《こんりゅう》されている場所だった。そこから草地に足を踏み入れた。胸の高さほど茂った雑草に隠れて外からは見えなかったが、生活道路が残っていた。家々の基礎も整然と残っていた。

それぞれの家の玄関があったと思われる場所に炭酸飲料の空き瓶に挿された花が供えられていた。間に合わせの祭壇なのか、二、三個のブロックが並べられ、開封されていないコップ酒が供えられている家もあった。震災前に使われていたものだろう、欠けた茶碗や糠《ぬか》漬《づ》け壺が並べられている家もあった。

これは南浜に限ったことではない。他の被災地でも日常生活が偲《しの》ばれるものが、基礎だけになった家の前に並べられていた。圧倒されるほどの瓦礫の山でもなく、全半壊した建物群でもなく、それらにむしろ青木は被災地を訪れているという実感を新たにした。

ホテルを出て徒歩五分とかからない竪町《たてまち》商店街に至り、青木は目を見張った。青木の知っている竪町商店街は日本のどこの地方でも見かけられるシャッター通りだった。その竪町商店街に立派なマンションが立ち並んでいた。

これが恵子の言った町中ホームなのか。

振り返って後に続いていた恵子に目線を向けた。恵子が微笑んで小さく肯いた。誇らしげな笑みを浮かべた。恵子が言った通り、マンションの一階部は商店だった。商店街には多くの往来があった。そのほとんどが老人だった。

「すげぇな」と、土井が嘆息した。

「賑わいというのじゃないが、静かな活気があるな。これが現代の姥捨山《うばすてやま》かよ」

不謹慎な言葉を口にした。

「歩きながら撮っとけ」と、カメラに指示した。

「そんなゆっくりはできないぞ」

青木が注意した。

「大丈夫だよ」と、土井が応えた。「こいつはおれのクルーの中で、一番腕のいいカメラなんだ。歩きながらでも、ちゃんとした映像を押さえるさ」

カメラは左右に被写体を求め、時にはバックステップで青木たちに付いてきた。そんな青木たち一行に、道の向こうからカメラを向ける男がいた。国防隊の制服を着ていた。

「あれは？」と、恵子に質した。

「隊のカメラマンです。青木さんたちがカメラを回したら撮影を始めるよう指示されています」と、恵子が応えた。

「ということは、私たち、動画配信サイトで全世界に中継されるかもしれないの？」

紀子が驚いた声を上げた。

「どうした。メイクでもしてくりゃよかったか？」

土井が茶化した。

「いいえ、土井さんだって無断でここのお爺さんやお婆さんを撮影されているんですから、自分が撮影されて文句は言えませんけど、ずいぶん徹底しているんだなと驚きました」

竪町商店街の起点になる広い交差点に至った。

「まだ時間はある。ちょっと寄っていかないか」

土井が指差したのは少し先にある喫茶店だった。

「地元の一般人の話も聞いておきたいだろう」

そう言って、青木らの返事も待たず『すぎ』という立て看板のある店に足を運んだ。

「カメラも入れるのか？」

土井の背中に問いかけた。事前申請していないということもあるが、土井のカメラが入れば国防隊のカメラも入るだろう。それほど大きな喫茶店でもなさそうなので、さすがにそれは迷惑だろうと思えたのだ。

「私が確認してきます」

恵子が『すぎ』に向かって全力疾走した。気が利くというか、ずいぶんと協力的な姿勢に思えた。

しばらく時間があって『すぎ』から路上に出てきた恵子は、両手で頭上に大きな丸を描き微笑んだ。

「今はランチの時間も終わってお客さんもいないから大丈夫だそうです」

ドアを開けた恵子が四人を店内に誘導した。

「いらっしゃいませ」

白髪の女性が穏やかに四人を迎え入れた。

「店主の杉千鶴さんです」

恵子に紹介され青木らもそれぞれに自己紹介した。

千鶴の案内で四人掛けのテーブルに、青木と土井が千鶴に対面する形で座り、千鶴の隣の席を勧められた紀子は遠慮して隣のテーブルに着いた。

「こちらの商店街、なかなかの賑わいですね」

そんな言葉で土井が切り出した。

「ええ、お陰様で。以前はシャッター通りでしたけど、今ではご覧になった通りです」

「千鶴さんは旭川のご出身なんです」

紀子の向かいに浅く腰かけた恵子が補足するように言った。

「先ほどうかがいました。でも、河北市に住まわれて四十年以上になります。こちらのお店も、その時から営業されているそうですから、取材のお相手としては過不足ないかと判断しました」

「ありがとう」

土井が素直に頭を下げて、千鶴に問いかけた。

「アウターライズの時の状況をお聞かせ願えますか」

「あの朝はここの二階で眠っておりました。店舗兼自宅なんです。携帯のアラートで目が覚めまして、日和山神社に避難致しました。神社からは南浜や日和大橋が展望できます。津波警報が出ておりましたので、ぼんやり眺めておりますと、信じられないような津波が襲ってきました。周囲に何人もの人がおりましたが、皆さん口々に『終わったな』とか『またかよ』とか、嘆きの声を上げておられました。私も同じように思いました」

その時のことが脳裏に浮かんだのか、千鶴の声が重たかった。

「この店は東日本大震災以前に他界した主人が残してくれた店です。私たちには子供もおりませんでしたので、東日本大震災があって、生まれ故郷の旭川に帰ろうかとも考えたのでございますが、主人が残してくれた店のこともありますし、主人の生まれ育った河北市の復興を見届けたいとも思い、ここに残ったんです。それなのにまたの大津波でございましょ、もうこれは、店を畳んで旭川に帰るしかないとあの時点では思いました」

「しかし残られた」

「ええ。アウターライズ後に、廃業のご挨拶に商工会議所に伺いましたのですが、そこで職員の方に応接間に案内されて見せられたのです」

「見せられた？」

「ここの『町中ホーム』の計画図面です」

千鶴のいう計画図面はパース図面だろうと青木は理解した。建物の外観や室内を立体的な絵にした図面だ。専門的な図面を素人の千鶴に見せても理解できないだろう。

しかしパース図面を作るためには、その専門的な図面を前提とする必要がある。商工会議所の職員がそれを千鶴に見せたと言うのだから、会議所の会頭であった蟻坂亮一の関与は疑うべくもないことだ。問題はそのパース図面がいつのタイミングで描かれたのかということだ。

青木の思惑も知らずに千鶴が語り続けた。

「それを見て、そして説明を聞かされて、気持ちが変わりました。旭川に帰ったところで身寄りがいるわけではありません。年齢も年齢ですし、職もそうそうは見つからないでしょう。頼りになるのは僅かな貯金と国民年金だけです。その年金だって、年々受給年齢が上がって、受給額も削られているようです。それに引き換え東北が独立した暁にはベーシックインカムという制度まで導入されると仰るではありませんか。主人への想いもございましたが、私は自分の老後を考えて、この地に留まることにしたのです」

聞き逃せないことを千鶴が口にした。

東北国のベーシックインカム制度は、独立以前から計画されていたということか。それを商工会議所の職員が知っていた。それが何を意味するのか、深く考えるまでもない。職員にその話をした人物は、制度の前提となる原資の確保に目途《めど》をつけていたということだ。アウターライズ発災二週間後、中国に渡航した蟻坂亮一にますます興味が湧く青木だった。

「次の約束がありますので」

土井が断りを入れて腰を上げた。

「貴重なお話を聞かせていただきありがとうございました」と、千鶴に深々と頭を下げた。

確かに貴重な話を聞かせてもらった。

四人そろって『すぎ』を後にし、青木は土井に短く言った。

「スクープだったな」

土井は無言のまま頷いた。

五十メートルも歩かずに、日和山の麓に至った。信号を渡ると日和山の坂道に出る。急な坂を上った日和山の中腹が目指す石母田善一郎の自宅だ。

歩行者信号が点滅した。

「おい、信号が変わるぞ」

土井が駆け出した。カメラがそれに続いた。青木と紀子と恵子は足を止めた。土井とカメラが道路の中ほどまで至った時に、歩行者信号が赤に変わった。それでも二人は走って渡り切った。渡り切った先で、土井とカメラは肩で息をしながら追ってこなかった三人に目を向けた。

「土井は運動不足だな。カメラには同情するよ。機材を抱えて走らされたんだからな」

苦笑した青木の目に、呆然と立ち竦んで土井らに視線を向ける男子小学生の姿が入った。一年生か二年生という幼さだった。

「教育に悪いものを見せたかな」

恵子に言った。

「いいえ、あの子は驚いているんだと思います。東北国であんなに急いでいる人はいませんから」

恵子が笑顔で応えた。

次の青信号で三人は横断歩道を渡った。

「冷てぇな。おれたちの信号無視がネット配信されるかも知れんというのに」

土井が愚痴ったが無視した。

そこから十五分ほど急坂を上って石母田の自宅に至った。門の外で石母田の妻が一行を迎えてくれた。招きに応じ五名に国防隊のカメラマン一名を加えた六名が家に上がった。

「赤峯くんから連絡がありました。青木さんのお名前はすぐに思い出したわ。懐かしい。二度も取材に来ていただいた方よね」

応接テーブルに緑茶を並べながら石母田の妻が言った。覚えてくれていたことに青木の胸が温かくなった。

「では。早速ですが取材を始めさせていただきます」

土井が言った。

「カメラを回しますがよろしいですね」

青木の取材相手なのにずけずけと前に出てくる土井だった。

「うかがっております」

やや硬さを感じさせる声で石母田の妻が言った。それを合図にカメラが回り始めた。国防隊のカメラマンも続いた。

「では、簡単な自己紹介からお願いします」

土井の投げ掛けに石母田の妻が戸惑いの色を浮かべた。

「……自己紹介って」

「お名前は」

「石母田律子《りつこ》でございます」

青木も初めて知る石母田の妻の名だった。

「河北市の市長を務められていた石母田善一郎さんの奥様ですね」

「ええ、そうです」と石母田律子が肯いた。

「石母田さんは東日本大震災の頃から東北独立を唱えていらっしゃったそうですね」

いきなり土井が核心に迫る質問を発した。青木は戸惑いを覚えたが、このあたりの呼吸はプロのはずだ。静観することにした。

「東日本大震災の頃というか、市長時代から申しておりました」

徐々に律子の緊張が解けている。

「そうなんですか。どうしてご主人はそうお考えになったのでしょうか」

土井が質問した。

「行政が地方の自由にならないことをいつも残念がっておりました。そんなことが原因だったのではないでしょうか」

青木の脳裏に取材時の光景が浮かんだ。

『夏に宮城県が国に申請した予算の承認率を御存じかな？』

石母田に青木は訊かれた。夏とは東日本大震災の年の夏のことだ。

『四十九パーセントだよ。国の勘定科目にはまらない予算計画は全部却下された。地方の時代と言われて久しいが、国との力関係なんてそんなものなんだ』

そう言って石母田は遠い目をした。

「たとえばどんな点が自由にならなかったのでしょう？」

土井の問いに石母田律子が姿勢を正した。訴えるようにカメラのレンズを直視して語り始めた。

「主人の悲願はシルクロードの復活でした」

また想い出した。そうだ、石母田善一郎はシルクロードを復活させる夢を抱いていた。その夢を青木は石母田本人から熱く語られた。

『シルクロードの起点は三陸海岸なんだよ』

あの時、石母田はそう言った。話によればその昔、三陸地方は漁業と併せて養蚕《ようさん》が盛んで、シルクロードで運ばれる最高級品の絹は三陸で生産されたものだった。

『そうよね。三陸産の絹はぜんぜん品質が違いますものね』

石母田の話に妻の律子が同調した。律子によれば、艶も光沢も滑らかさもまるで違うものらしい。河北市立河北工業高校の前身は河北養蚕学校だったとも聞いた。

『第二次大戦後、日本の貿易を支えていたのは養蚕だった。それが時代の流れで廃れてしまった。ぼくはそれを再興して再びシルクロードの起点にしたいんだ。絹だけじゃない。シルクロード復活の折には、東北の特産物もそのシルクロードによって運ばれる。そんな夢を描いているんだよ』

少年のような眼という比喩はこの人のためにあるのだと青木は思った。しかし海上交易が一般的な現代において、シルクロードはいささか時代錯誤のような気がした。

『何を言っているんだ。ぼくが言っているのは海のシルクロードだよ』

青木の不勉強を石母田が笑った。

ひょっとして温州《うんしゅう》と河北市が姉妹都市として提携しているのもそれと関わりがあるのかと質した。嬉しそうに石母田が破顔した。

『温州との姉妹都市締結はぼくの市長時代の一番の成果だと思っている』

小一時間ほど石母田から温州市のレクチャーを聞かされた。

温州市は中国南部浙江《せっこう》省の東南沿岸に位置する都市だ。

温州人は商才に長け中国のユダヤ人と称されているらしい。早くから市場経済、私企業が発達し、改革開放政策のモデルとなった地区でもあった。経済技術開発区に指定されたことから軽工業が発達し、海外との貿易にも積極的だ。

温州市との姉妹都市締結を機に、石母田は河北市のみならず三陸地方の養蚕業の本格的な復活を企図して国に予算申請をしたと言う。

「でも、その申請は一枚の紙切れで却下されました。まるで見込みがない投資だと判断されたのです。あの頃からでした。石母田が東北独立を口にしだしたのは」

石母田律子が沈痛な面持ちで言った。

「アウターライズの直後にお亡くなりになったそうですが、東北独立の瞬間に立ち会えなかったのは、さぞかし無念だったでしょうね」

土井がさらに踏み込んだ。

国防隊の赤峯の言を鵜呑みにすれば、死後に石母田善一郎は蟻坂亮一と中国を訪れていることになる。東北県知事会を代表して、根元恵美子が東北独立の是非を問う国民投票実施を発表した時期と相前後する。青木は石母田律子の表情の変化を見落とすまいと注視した。

「他界したので無念も何もないんじゃないかしら」

石母田律子が飄々《ひょうひょう》と言った。

「あの人はあの人なりの夢を臨終の間際まで追い続けて逝きました。それはそれで幸せだったと思いますよ。自分の任期中だけじゃない、自分の存命中だけでもない、自分の死後の世界の夢を語れるのが真の政治家だ、それがあの人の口癖でしたから」

そう言って微笑む石母田律子に戸惑いや嘘は感じられなかった。自分たちが石母田善一郎の訪中を知っていると暴露したくなる衝動に青木は駆られた。隣に座った土井の手が青木の太腿を軽く叩いた。その手は自制しろと言っていた。

「石母田さんの奥様として東北独立をどう感じていらっしゃいますか？」

土井が質問の矛先を変えた。

石母田律子が応える前に玄関に人の気配がした。「ただいま」と闊達な声がして、応接間に姿を現したのは青年というにはまだ幼い若者だった。薄手のジャンパーにデニム姿の若者は青木たちに驚きの表情を見せたが、すぐに笑顔を浮かべ「お客さん？」と石母田律子に訊ねた。

「日本国のジャーナリストの皆さんよ。お爺さんのことを取材にいらしたの」

「へぇ、お爺さんのことを取材に来るなんて、なかなか侮《あなど》れない人たちだね」

意味深な感心の仕方だった。

「やっぱり東北国独立の裏を探りにきたんですか？」

不躾《ぶしつけ》とも思える質問をした。

「イチローさん、ちょっと不謹慎じゃないかしら」

石母田律子が若者を窘《たしな》めた。

「ごめんなさいね。悪い子じゃないんですけど、ちょっと背伸びする癖があって。この年頃の男の子はみんなそうでしょうから、許してあげてくださいね」と、青木らに詫びた。

青木は別のことに気をとられていた。時任恵子の様子が変だった。恵子は壁際に立って取材の様子を眺めていたのだが、若者が帰宅するまではくつろいだ姿勢でいた。それが若者が帰宅するなり直立不動の姿勢になった。

「石母田が亡くなった後、ひとり暮らしじゃ寂しいだろうって、同居してくれている優しい子なんですよ」

石母田律子が若者を庇《かば》った。

「でも、四月からは郡山で就職だから出て行かなくちゃならないのよね」

諦観のこもる声で言って小さく吐息を漏らした。

「だから言ってるじゃない。お婆ちゃんも郡山に一緒に行こうよ」

若者が優しい眼差しを石母田律子に向けて言った。石母田律子が首を横に振った。

「いまさら住み慣れたこの土地を離れられないわよ。お爺さんのお墓もあるしね」

「取材を続けさせていただいてよろしいでしょうか」

土井が二人の会話に割って入った。

「あら、ごめんなさい」と、石母田律子が詫び、「それじゃ、また後で話し合おうね」と、若者が二階に上がった。

「お孫さんですか？」

土井の質問に石母田律子が肯いた。

「四月から就職されるんですね。ということは、今は大学生ですか」

「違います」

はっきりと答えたのは時任恵子だった。

「イチローさんは一昨年の六月に学業を終えられています。今年四月から就職されるのではなく、正確には奉職されるのです」

「六月？」

土井が聞き咎めた。

「ということは海外の大学を卒業したということ？」

肯いて恵子が口にした大学名は米国のトップクラスの大学だった。

「国際関係、政治学の分野では世界一の評価を受けている大学です。そちらに飛び級で入学し、首席で卒業されています」と付け加えた。

「就職ではなく奉職というのは？」

もしかしてという思いで青木は質した。予想通りの答えが返ってきた。若者は中央官僚として登用されるのだという。オリエンテーションで根元恵美子が触れた、たったひとりの中央官僚試験合格者というのが今の若者なのか。若者が帰宅するなり時任恵子が姿勢を正した理由が理解できた。

思わぬ人物の登場に、その後の取材は気の抜けたものになってしまった。ホテルに戻る道すがら、土井が当然の申し出を時任恵子にした。

「さっきの若者、石母田善一郎さんのお孫さんへの取材をセッティングしてもらえないかな」

土井が言わなければ青木が言っていた台詞《せりふ》だった。

「畏まりました。赤峯に上申《じょうしん》しておきます」

了承してこれからの予定を確認してきた。青木は時刻を確認した。午後三時を少し回ったところだった。

「幽冥とかいうやつの取材をしようか。ただしおれと青木はホテルに残る。今の取材の整理が必要だからな。悪いけどのりちゃんひとりで行ってくれないかな」

土井が答えた。青木も同じ思いだった。今回の取材の目玉である蟻坂亮一の取材の前に、土井と打ち合わせをしておきたかった。石母田善一郎の孫が中央官僚に登用される。コネなどではあるまいが、それでもこの河北市という土地にきな臭いものを感じずにはいられない。その思いを察したのだろう、紀子もひとりの取材を了承した。

ホテルに戻り、紀子とカメラが恵子の運転する車で幽冥の働く新聞社に出発した。

「少し歩かないか」

青木は土井に誘われた。盗聴を危惧しての誘いだと理解した。竪町から石町《こくまち》へと無言で当てもなく歩いて、二人は北上河に至った。東日本大震災後に防潮堤が築かれ川面は見えなかった。防潮堤に設けられた階段を上がり、堤の上部に腰を下ろした。「寒いな」と土井が口を開いた。

「厳冬期には蓮葉氷《はすはごおり》が浮かぶ河だ」

昔は完全に氷結し馬車で渡河《とか》できたと言い伝えられる河だった。

「蓮葉氷かよ。寒いはずだ」

しばらくの間、二人は無言で冷たい川風に身を任せた。

「石母田律子をどう見た？」

土井が言った。

「何かを隠しているようには見えなかったな」

青木は率直な感想を述べた。

「確かに、な」

土井が同意した。

「外事の調査に間違いはないのか？」

「間違えるはずがないだろう」

そのまま二人は再び無言になった。

「あえて言えばひとつ気になることがあった」

青木は言った。

「たいしたことじゃないんだが、石母田の肖像画が消えていた。石母田はあれを家宝だと言っていた」

それは姉妹都市締結を記念して温州市から贈られた肖像画だった。縦三メートル横二メートルほどの大作だったが、ただ大きいだけではなく絹糸で刺繍された肖像画だ。写真を引き伸ばしたのかと見間違える出来の良さだった。

『一本、一本微妙に染め分けた絹糸で刺繍されているんですよ。どれほど手間がかかったのかと思うと、ありがたくて頭が下がりますわ』と、石母田律子が言った代物《しろもの》だ。

『ぼくの肖像画でなければ市長室か市役所のロビーに飾りたいくらいなんだが、自分の肖像画を飾るなんて嫌味だから』

石母田善一郎は照れたように言った。

「その肖像画がなくなっていたのか？」

「ああ、たいして意味はないのかもしれないが、少し気になってね」

日が陰ってきた。三陸地方の川辺の冷気に耐えかねて二人は立ち上がった。紀子とカメラを取材に行かせたが、結局ろくな話もできなかったようだ。どだい一週間足らずの滞在で、東北国独立の真相を暴くなど無理なことではないかと青木は思い始めていた。

「何か切っ掛けが欲しいな」

町中を歩きながら土井が呟いた。青木に同意を求める感じではなかった。その言葉に土井も行き詰まっていると青木は感じた。そしてその切っ掛けをもたらしたのは紀子だった。

河北グランドホテル／日本料理店『昔亭』

紀子とカメラは六時前にホテルに戻った。皆で早めの夕食にすることにした。時任恵子も誘ったが「ご馳走になるわけにはいきませんので」と断られた。ベーシックインカムだけの収入で生活する彼女の境遇を思って無理強いはしなかった。

フロントで笑顔が眩しいフロント係の女性に近場の飲食店を薦めてもらった。

「うちの二階の和食『昔亭』はいかがでしょうか。宮城県特産品尽くしの料理をご賞味いただけます。この季節だけの根っこ鍋もございます」

彼女の言葉に反応したのはカメラだった。

「根っこ鍋ですか。嬉しいな。東京ではなかなか食べられないですからね。決まりですね。

そこにしましょうよ」

前のめりになって言った。

「夜の町中の取材も必要だろう」

土井が水を差したが、カメラは譲らなかった。

「絆まつりもお預け、芋煮会もお預け、このうえ根っこ鍋もお預けなんて殺生《せっしょう》ですよ」

泣き出さんばかりの声だった。呆れている土井の肩に青木は手を置いた。

「夜の町中の取材は明日にしようや。根っこ鍋というのは食ったことがないし、宮城県特産品の料理というのも取材になるだろう」

その一言で河北市初日の夕食は『昔亭』に決定した。

不承不承付き合った土井だったが、ここでも他のメンバーの意見を聞かず注文した。土井が注文したのは「根っこ鍋コース」だった。根っこ鍋にお任せの品が五品ついて一人二千クレジットだった。郡山の『白虎』のことがあるので、この値段でもかなりの高級料理だろうと青木は推測した。

チリンビールとともに配膳された前菜はミヤギシロメ大豆豆腐の雲丹《うに》のせだった。それで軽く四人は乾杯した。続く椀物には気仙沼産のフカヒレスープが続いた。そしてお造りは鯨《くじら》の刺身だった。赤い尾の身を白い脂身で挟んだそれを女性店員は「二色刺しです」と説明した。

「鯨の刺身かよ。東京だったらこれだけで二千円は取られるぞ」と、土井が言った。

「二千円じゃきかないでしょ」

鯨を頬張ったカメラが返した。

「取材のほうはどうだったの」

青木はチリンビールを喉に流し込んでいる紀子に訊ねた。

「やっとですか。私の取材なんて興味がないのかと思っていました」

口の周りのビールの泡を手の甲で拭いながら紀子が不満げに言った。苦笑しながら青木は紀子に詫びた。

「いや、ゆっくり聞かせてもらおうと思ってさ」

「幽冥は自分が独竜だってすんなり認めました」

紀子の話によると幽冥こと武田史哲はオタクを絵に描いたような中年だった。小太りで髪の毛がぼさぼさで、一言喋るたびに「うーん」と考え込むふりをして頭を掻いた。

「勿体《もったい》つけているんでしょうけど、頭を掻くたびに大量のフケが辺りに舞うんです。着ているものもよれよれだし、少し臭うし」と、なかなか厳しい評価だった。

「Lonely Dragon との関係は？」

「それがまったく関係ないんです。彼のブログのメアドに予告もなく日本語訳のコラムが送られてきたそうです。よせばいいのに、それを自分の文体に変えてネットに晒したらしいです」

「独竜というハンドルネームは Lonely Dragon をもじったわけか」

全員が二色刺しを食べ終わるころを見計らって焼き物の皿が運ばれた。

「金華鯖の寒風干しです」

さりげなく女性店員が言った。供された鯖の干物は片身をさらに半分にしたものだった。

カメラが興奮した。

「金華鯖ですよ。最高級の鯖じゃないですか。東京辺りの魚屋で買っても一尾八千円は下らないでしょ。もっともその辺りの魚屋で売っているような鯖じゃないですけどね」

矛盾することをさらりと言った。全員が二杯目のチリンビールをオーダーした。

「それが逆なんです」

紀子がそう言って金華鯖の寒風干しを箸で解して口にした。「あら、美味しい」と小さな感嘆の声を上げた。

「逆というと？」

青木は次を促した。

「Lonely Dragon をもじったんじゃなく、独竜を Lonely Dragon がもじったそうなんです。武田は実話怪談を幽冥のペンネームで書いていましたが、その後、都市伝説にも手を伸ばしていて、そのペンネームが独竜だったそうです」

よほど気に入ったのか、金華鯖を突く紀子の箸が止まらない。確かに金華鯖は絶品だった。干物なのに滴《したた》るほど脂が乗っていた。上品な甘さのある脂だった。

「独竜は独眼竜政宗から採ったペンネームだそうです。それをもじられたのだから文章は自分の文体に変えたのだと生意気なこと言っていました。メールで送られてきたという原文を読ませてもらいましたが、まともな日本語でした」

「ということは、Lonely Dragon は日本に滞在している外国人ジャーナリストではなく日本人だという可能性もあるのか」

土井が言った。

「ええ、その可能性は高いと思います。英文のコラムは教科書に載せたいほど堅いものでしたから」

紀子の評価に青木も肯いた。確かに同じような印象を青木も受けた覚えがある。

Lonely Dragon のコラムは、日本語訳だけでなく、世界各国の言語に訳されてネット拡散されているが、武田と同じように自国語に訳されたコラムを受け取って拡散した奴らがいる可能性もあるということか。青木は考えこんだ。日本語と英語だけなら個人の力量で何とかなるだろうが、世界各国の言語となるとそうはいかないだろう。それなりの組織が必要だ。

根っこ鍋が運ばれた。一人ひとり別々の小鍋だった。

「根っこ鍋ってセリ鍋だったのかよ」

土井が言った。女性店員が微笑んで肯いた。

「河北市産の仙台セリを使っています。まずは根っこからお楽しみください。野鴨《のがも》で出汁《だし》を取っています。さっとくぐらせる程度で召し上がれます」

全員が女性店員の指示に従った。口に含んだ途端、テーブルの上に「ほわぁ」という吹き出しが見えるような顔になった。セリの香りが鼻から抜けて、しゃきしゃきとした歯ごたえも堪らなかった。

「根っこの後は葉っぱとネギと肉団子をお楽しみください。肉団子は野鴨です。それと根っこはお代わり自由ですので、お好きなだけお召し上がりください」

女性店員が一礼して部屋を後にした。

「おい、伊藤《いとう》。大正解じゃないか」

土井が大声を出してカメラの頭を平手で叩いた。カメラの名前が伊藤だと初めて知った。頭を叩かれた伊藤が嬉しそうに媚びる笑顔を浮かべた。

「この時期の三陸なのに牡蠣がないのが残念ですね。牡蠣のコースもあったんですけど」

ちゃっかり言った。

「分かった。明日は牡蠣小屋に連れて行ってやるよ」

土井が言った。二人とも取材のことを忘れているのかと青木は呆れたが、伊藤はともかく土井に限ってそれはないだろう。むしろ打つ手に窮しているなと考え直した。

「他に取材の成果は？」

打つ手に窮しているのは青木も同じだった。紀子の取材報告で東北国の独立に関与する組織に対する疑いは深まったが、それを解き明かす糸口がまるで見えてこない。

「一応、武田が配信している東北スポーツの過去記事のデータを貰ってきました」

紀子がＵＳＢメモリーをポーチから取り出した。

「現場でもちょっと読みましたけど、うんざりでしたね」

内容は青森のキリスト伝説とか東北各地に散見されるピラミッド伝説とかだったらしい。

「それが例の文体で書かれているんです。とても全部は読む気になれませんでした。読者は二万人以上いるそうですが、私には物好きな人もいるものだとしか思えなかったですね」

過去記事のデータは紀子が望んで貰い受けたものではなかった。「出版できませんかね」と、武田に押し付けられたものだった。

「だったらおれが読んでみようか」

土井が言って紀子の手からメモリーを奪った。紀子はさしたる抵抗もしなかった。紀子がうんざりするほどの内容を読んでみたいという土井の気持ちが青木には痛いほど分かった。とにかく糸口が欲しかったのだろう。


翌日の早朝、青木は土井からの内線電話で起こされた。

「時任恵子が来るのは何時だった」

朝の挨拶もなくいきなり訊かれた。

「八時半の約束だったと思うけど」

答えながらベッドサイドの時計に目をやると五時二分だった。

「何だよこんな時間に」と、文句を言った。

「今日の取材は、河北市防災企画室の双海洋介だったよな」

「そうだ。おまえが希望していた取材相手だ。時間は九時からだ」

「その後で昨日紀子が取材した武田ってやつに会いたいんだが問題はないか？」

双海洋介の他に取材を予定しているのは蟻坂亮一だ。約束は夜の九時なのでそれまでだったら問題はない。

「どうして武田なんだよ。昨日のメモリーから何かを掴んだのか？」

「それは後で話す。武田と会う席に時任恵子を同席させたくない。いや、他の東北国の人間もオミットしたいんだ」

「掴んだんだな」

目が覚めた。

「まだ確証はない。でも、双海洋介の取材で裏付けが取れるはずだ。オミット頼むぜ」

それだけ言って土井が電話を切った。もう少し眠ろうかと青木は思ったが、土井の弾んだ声が気になって眠れそうになかった。シャワーを浴びることにしてベッドを出た。

双海洋介／河北市防災企画室室長

双海洋介への取材は河北市市役所の小会議室で行われた。

双海洋介は朴訥という言葉が似合いの男だった。伊藤と国防隊、二つのカメラが回り始めた。インタビュアーは土井、立会人は青木と時任恵子だった。紀子は昨日の取材のまとめを理由にホテルに残った。しかしそれは恵子に対する口実だった。すでに紀子は別の目的で動き始めている。

「アウターライズの防災についてお聞きします」

土井が口火を切った。

「河北市は東日本大震災で四千人近い犠牲者を出しましたが、アウターライズではゼロでした。防災企画室室長のお立場から、この数字をどのように考えておられますか」

「まことに喜ばしいことだとしか言いようがございません」

「東日本大震災以降、河北市は防災に力を入れられたと存じますが、どのような対策がこの奇跡ともいえる実績に結び付いたのでしょう」

「どのようなと言われましても……」

双海が困った顔をした。世界を驚愕させるほどの成果を見せた防災の責任者とは思えない気弱さを見せた。どうしてもっと胸を張らないのか、青木は奇異な印象を受けた。

「たとえば河北市では他の三陸海岸地域に先駆けて津波避難タワーを設置されましたよね。これなんかも成果のひとつに数えられるのではありませんか」

土井の問いに双海の身体がピクリと痙攣《けいれん》した。

「河北市の実績を知って、東南海地震が懸念されている地域でも積極的に津波避難タワーを設置する動きがあるようですが」

「……あれはやめたほうがいいです」

双海が蚊の鳴くような声で言った。

「あれは……」

続けて何か言った。聞き取れないほどの声だった。

「あれは、なんですか？」

土井が追いかけた。取材が始まってからずっと俯いていた双海が意を決したように顔をあげた。震える声で言った。

「あれは殺人施設です」

思ってもみなかった言葉に青木と恵子は顔を見合わせた。土井だけが冷静だった。

「ほう、これは大胆なお言葉ですね。殺人施設とはどういうことなのでしょう」

「河北市では津波避難タワーで助かったという市民はひとりもいませんでした。もしタワーに避難していたら、悲惨な結果になっていました」

そう言って双海がまた顔を伏せた。

「興味深いお話ですね。その辺りをもう少し詳しくお話し願えませんか」

土井は追及の手を緩めない。双海洋介がぼそぼそと語り始めた。

河北市の津波避難タワーはそれぞれ百人の避難を想定し、海岸地域の人口分布に合わせて二十基が設置された。

「そのうち二基は津波漂流物の直撃を受けて倒壊しました」

身体の震えを抑えるように双海の握り締めた拳が白くなっていた。

「まともに避難していたら単純計算で二百人の市民を犠牲にするところでした」

「すなわち避難した市民はいなかったということですか」

土井は何かを知っていると青木は感じた。その予備知識に基づいて双海を追及している。

「はい」

双海が力なく肯いた。

「どうしてでしょう。身近にあるタワーに避難しなかったというのが解せないのですが」

「避難を思い止まらせて高台に誘導してくれた人たちがいたからです」

「それは市役所の職員の皆さんですか。あるいは消防隊員とか」

「いいえ、国防隊の皆さんです」

「当時は自衛隊ですよね」

訂正する土井の指摘に双海が弱々しく首肯した。

「しかしちょっと変ですよね。自衛隊の任務は災害派遣ですよね。それだと発災前に出動していたことになりませんか」

双海がはっとした表情で顔を上げた。

「そうなんです。私もそれが不思議なんです。あの日私は大津波警報が発令され、すぐに家を出ました。市役所に入る前に、いちばん近い津波避難タワーに寄りました。バイクでしたから、ものの五分もかかっていなかったと思います。でも、私がタワーに到着すると、自衛隊の人が避難誘導をしていました」

「自衛隊の駐屯地からあなたより早く現場に駆けつけることは可能でしょうか」

「絶対に不可能です」

「ではどうしてそんなことが可能になったのでしょうか？」

青木は感じた。土井は狙っている。一点に絞って言質《げんち》を取ろうとしている。このインタビューは取材というより誘導だ。しかしそのためには、その言質に至る確証のあるネタがなければできるものではない。この四日間、土井はそんなものの存在を露ほども匂わせなかった。

独竜か？

昨夜の夕食の席で、紀子の手から奪った武田のUSBメモリーに、土井は何らかのネタを見つけたのか？

「ひょっとして、自衛隊はアウターライズの発災を事前に知っていたということはないですか」

土井が目的を口にした。インタビューの落としどころだ。

「あの後、私もそれを考えました。自衛隊はアウターライズの発災を事前に知っていたのではないかと。そうでも考えないと辻褄《つじつま》が合いません」

双海が落ちた。

「でも、今の科学で地震の発生をそれほど正確に予知することが可能でしょうか」

土井が腕を組んで考え込んだ。カメラを意識した演技に見えた。

「難しいでしょうね」

「そうですよね。それはあり得ないですよね」

カメラを向けられた二人が考え込んで沈黙した。沈黙のまま一分が経過した。土井が伊藤のカメラに目線を向けた。「カットだ」と短く言った。カメラが止まった。

「ご協力ありがとうございました」

椅子から立ち上がった土井が双海に礼を言った。椅子に座ったままの双海が呆気にとられた眼で土井を見上げた。そんな双海を置き去りにして土井が撤収の用意を始めた。

「さて、牡蠣小屋にでも行くか」

およその場の空気に不似合いなことを口にして、土井がカメラを仕舞う伊藤の肩を叩いた。

黙示録三部作

いったんホテルに戻り伊藤の荷物を置いたところで時任恵子を土井が誘った。

「今から中瀬《なかぜ》の牡蠣小屋に行きますが、ご一緒しませんか。蟻坂さんの取材は今夜九時ですよね。せっかく三陸に来たんですから、牡蠣を食べませんとね。取材まで時間があるからチリンビールもちょっとくらいならいいでしょう。ランチビールってやつですよ。どうですか」

観光気分丸出しの誘いだった。

「いいですね。行きましょうよ。土井さんと青木さんとぼくの三人じゃ盛り上がりませんよ。紀子さんはまだ取材のまとめをしているし、時任さんが来てくれると嬉しいな」

伊藤も大乗り気で誘った。機材を置いて解放された気分になっている伊藤は本心、土井は計算ずくの誘いに思えた。

「いえ、私は司令部に顔を出します」

昨夜と同様、恵子が誘いを断った。これも織り込み済みだった。もし誘いに乗ってきたら、青木が水を差す段取りだったが、どう水を差すか思案していただけに、恵子の断りに青木は安堵した。

午前十一時前に青木らは中瀬に至った。グランドホテルから徒歩で十分もかからない距離だった。「徒歩で行ける牡蠣小屋」とわざわざ指定してホテルのフロントで教えてもらった。時任恵子を送迎で煩わせないためだった。

中瀬は北上川河口に位置する中洲で、主に観光施設として利用されている。「午前中だったら、客も少ないだろう」と土井が言った通り、開店時間を迎えたばかりのビニールハウス仕立ての店内に客はいなかった。ビニールの壁に貼られたメニューを眺め土井が焼牡蠣を注文した。

すぐに牡蠣が運ばれた。丸ごと殻のままだった。店員が席ごとの囲炉裏に焼けた炭を投入し「貝は蒸し焼きにしてください。七分が目安です。火を入れ過ぎると硬くなるので、一度にたくさんは焼かないほうがいいです」と囲炉裏の大きさにつくられた薄い鉄板の蓋とキッチンタイマーを置いて奥に消えた。飲み物にはチリン缶ビールを注文した。

「説明してもらおうか」

嬉々として牡蠣を焼き網に並べる伊藤を尻目に青木は言った。

「何だよ、さっきのインタビューは。ずいぶん意図的だったじゃないか」

土井がにんまりと笑った。

「ネタがあったんだな。白状しろ。独竜か」

早朝の土井の電話の高揚した声が思い出された。他には考えられない。

「黙示録三部作だ」

土井が言った。

「何だよ、それ」

「二ヶ月前から東北スポーツに連載されていた。第一部は『深海の黙示録』、先月にアップされた第二部は『地底の黙示録』だった。第三部は十月アップの予定で、予告だけがあった。タイトルは『業火《ごうか》の黙示録』だそうだ」

「ずいぶん大仰なタイトルなんだな」

鉄板の蓋をされた焼き網から汐の香りが漂い始めた。

『深海の黙示録』

『地底の黙示録』

『業火の黙示録』

武田はネットで拾った実話怪談ネタを加工して自分のネタにしていた。そして今は都市伝説（おそらくこれもパクリだろうが）を東北スポーツと称するネット新聞で配信している。いかにも武田らしい気の抜けるようなタイトルの羅列だ。そんなものに影響されて、土井は今日の双海の取材で言質を取ることに終始したのか。焦っているとはいえ、もう少し冷静になれないものか。

「呆れているのは分かるが、それは内容を聞いてからにしないか。まずは『深海の黙示録』だ」と、土井が内容に触れ始めた。

「アウターライズは人工地震だった」

ほら来たと青木は鼻を鳴らした。人工地震説、地震兵器、そんな話は東日本大震災後もネットを賑わした。都市伝説の定番ともいえるネタだ。青木の態度を意に介することもなく土井が話を続けた。

「人工地震を起こしたのは核地雷だ。『深海の黙示録』では、それを東北国に提供した国を『赤い国』としていたが、どの国を意味するかは言わずもがなだな」

「東北国の独立を最初に承認した国か？」

馬鹿馬鹿しくなってきた。伊藤が集中しているキッチンタイマーを横目で見た。牡蠣が蒸しあがるまであと四十七秒かと青木は考えた。

「おい、まじめに聞けよ」

青木の態度に土井が尖った声で言った。

「そうしたいが、とてもまともに聞ける話じゃないね」

青木の声もつられて尖った。「おまえと組んだことを後悔させるような真似はしないでくれよ」と、突き放すように言った。

「じゃあ訊くがな、さっきのインタビューはどう評価するんだ」

「評価も何も、あれはおまえの誘導尋問じゃないか」

「防災企画室の室長である双海が認めたじゃないか」

「何を認めたっていうんだ。あれは人工地震でしたとでも言ったか」

勢いをつけて伊藤が鉄板の蓋を外した。さっきまでとは比べ物にならないほどの汐の香りが青木と土井を襲った。

「自衛隊はアウターライズの発災を事前に知っていたのではないか。そうでも考えないと辻褄が合わない、と言ったじゃないか」

「それがどうした」

「現在の科学で正確な地震予知はできない。むしろそれは不可能だという説を採る学者もいるくらいだ。だったらどうやって自衛隊はアウターライズの発災を事前に知ることができる？　人工地震の可能性以外で、だ」

伊藤がテーブルに敷かれたビニールシートの下に挟まれた説明書きを見ながら、牡蠣に醤油を垂らした。堪らない匂いが漂い始めた。専用のヘラで貝殻から牡蠣の身を外して、自分の皿に移した。青木の視線を感じたのか、青木の皿にも土井の皿にも牡蠣の身が移された。

青木は土井の言葉に言い返すことができずに、牡蠣を口に放り込んだ。舌が焼ける熱さだった。手元の缶のプルトップを開けて、冷たいビールを流し込んだ。たちまち口中が冷えて、牡蠣の旨みが広がった。土井も同じように牡蠣を口にしてビールを流し込んだ。

「青木よ。おれは何も、独竜とやらの書いたものを鵜呑みにしているわけじゃないんだ。しかし視聴者を納得させられる、いや、納得まではしなくても、もしかしてと思わせるネタであることは間違いないだろう」

なるほどテレビ屋の考えそうなことだと青木は思った。しかしこれだけのスキャンダルを、おいそれと報道できるものではない。

「それに加えて『地底の黙示録』だ」

伊藤が次の牡蠣を焼き網に並べて蓋をした。

「これにも関連する言質がある」

「今日の取材でそんなことに触れたか？」

疑問を口にした。そもそも『地底の黙示録』の内容を知らないのだから判断のしようがないが、思い当たる内容はなかった。

「今日の取材じゃない。オリエンテーションで国防隊司令の宮崎未夏が言ったことを思い出せよ」

「分からんな」

「東北国は武装を放棄した。しかし他国からの侵攻に対しては、武力ではない対抗策があると言ったじゃないか」

軍事機密を理由に内容を明らかにしなかった件か。

「その答えが『地底の黙示録』に記されていた。それだけじゃない。詳細が明らかにされていない復興予算の出所にも触れているんだ」

土井が熱い。確かにそれだけのネタが網羅されているのであれば、熱くもなるだろう。早朝に叩き起こされたのも無理はないか。『地底の黙示録』とやらの内容を聞かせてもらおうかと青木が身を乗り出した。土井が立ち上がって明るい声を出した。

「こっちですよ。お忙しいところすみませんです」

ビニールハウスの入り口に向かって慇懃に頭を下げた。目をやると紀子がいた。紀子の背後に小太りで風采の上がらない中年男が従っていた。あれが武田史哲、幽冥、独竜か。どの名前を当ててもしっくりこない、草臥れた中年男だった。

武田史哲／東北スポーツ

土井が武田に席を勧めた。ビニールハウス造りの牡蠣小屋で上座というのも何だが、一応は上座に当たる席だった。武田の隣に紀子を座らせ、土井、青木、伊藤の三人が向かいに腰を下ろした。焼き掛けの牡蠣は伊藤が処理した。

「お飲み物は？」という土井の問い掛けに武田はグレープフルーツ味の缶チューハイを注文した。「私も同じものを」と、紀子が言った。

飲み物と牡蠣を土井が追加注文し、缶を軽くぶつけて四人は乾杯した。伊藤は五人分の焼き方だ。乾杯の発声は土井が担当した。

「これをご縁に末永くお付き合いください」

平素の土井からは考えられないほど低姿勢だった。武田のことを「先生」とまで持ち上げた。

「早速ですが、お時間もございませんでしょうから本題に移らせてもらいます」

缶ビールを軽く呷って、土井が言った。

「こちらのお願いは紀子くんからお聞きだと思いますが、先生のご意向はいかがでしょうか」

「うーん。あんまり急なお話だったので」

武田が頭を掻いた。なるほど紀子が言った通り、ビニールハウスに注ぎ込む冬の淡い陽光にフケが舞った。伊藤が焼き網に並べた牡蠣には鉄板の蓋が被せられている。そうでなければ、と青木はその場の話の流れに関係のないことを考えた。

「失礼しました。条件を申し上げていなかったですね。これは紀子くんではなく私から直接申し上げたほうがよいと思ったものですから」

どうやら土井が紀子を通じて武田に持ちかけたのは『黙示録三部作』の出版のようだった。その条件を土井が立て板に水で並べた。武田の表情が見る見る変わった。武田だけではない。紀子も目を丸くした。青木は開いた口が塞がらなかった。

「版元はうちの東亜テレビの出版部ということで、まず初版ですが、五万ほどでいかがでしょうか」

事もなげに土井は言った。

「えっ」

驚きの声をあげたのは紀子だった。人気作家でもない、無名の著者が書いたものの初版部数がいきなり五万とは、法外にもほどがある。だいたい東亜テレビの出版部はタレント本がメインで、文芸など扱ったことがないはずだ。

「うーん、五万部は多過ぎないですか」

武田がおずおずと言った。

一人蚊帳の外の伊藤が焼きあがった牡蠣を各人の皿に移した。全員の箸が止まっているのも意に介さず伊藤ははふはふと食べ始めた。

「何を仰いますか、先生。テレビを舐めてもらっちゃ困ります。バンバン推しますからミリオンだって夢じゃないですよ」土井の調子が止まらない。

「……ミリオンって十万部も！」

武田が言って座が冷えた。

「そりゃハンドレッドサウザンだろ！」

さすがに土井の声も素になった。慌てて尖った目を作り笑いに戻して、「先生、ご冗談を。ミリオンって百万じゃないですか」と取り繕った。

「百万部ですって！」

「ワンミリオンじゃない。二百万部でも三百万部でもいけますよ。もちろん海外版の出版も視野に入れます」

茫然自失の武田が夢遊病者のように牡蠣に箸を伸ばした。弾力のある牡蠣が、つるりと箸の先から武田の足元に落ちた。それにも気づかず武田は箸を口に運び、空気の牡蠣を食《は》んでいる。

「来年の今頃には映画化です。アイドルタレントをバンバン起用しちゃいましょう」

土井はそこまで言った。さすがに青木もおかしいと感じ始めていた。『深海の黙示録』とやらも『地底の黙示録』とやらも読んでいないので、軽々には判断しかねるが、それにしても土井の申し出は荒唐無稽にもほどがある。デタラメ過ぎる。第一『黙示録三部作』と言っているが、『業火の黙示録』は書かれてもいないではないか。

「……書籍になるのは嬉しいのですが、黙示録はそれぞれが一万語ほどしかありません。それで書籍化できるのでしょうか」

武田がまともな疑問を口にした。しかも作品の尺を枚数ではなく語数で表現した。ショートショートを書くライターが使う言葉だ。掌編作家と言ってもいい。それだけで武田が過去にどのような形態で出版社から注文を受けてきたか窺い知れる。長いものは書いたことがないのだろう。

「大丈夫ですよ。先生のお原稿を元にして長いのを書かせます」

お原稿。一昔前の編集者が使う言葉だ。おそらく土井がそれを使うのは初めてだろう。

「うちの局主催で小説家講座をやっていましてね、受講者はほとんどが箸棒ですけど、中には文学賞の最終選考の常連も何人かいます。小器用な奴らですよ」

箸棒は箸にも棒にも掛からないという揶揄の言葉だ。最終選考の常連ということは、文章力はあるが書くものに魅力がないという意味だ。

「二万語を五百枚に書き直させますよ」

「……でも、それじゃぼくの作品ということにならないのでは」

おや？　と青木は思った。

まだおどおどしたままだが、初めて武田が矜持らしきものを言葉に滲ませた。

「先生の作品、ですか」

土井が武田の言葉の尻を取った。睨《ね》め上げるような目で言った。

「あれって先生のオリジナルなんですか？」

土井の追及に武田が口ごもった。土井が畳み掛けた。

「おれも物を作る側の人間なんですよ。甘く見ないでもらいたいですね。東北スポーツの先生のお作は、昨夜全部読ませてもらいました。カンテツですよ。で、分かった。ありゃネタ元がありますね。それを先生はアレンジしただけだ。いわば盗作」

土井の目が武田を観察していた。最後に土井が放った「盗作」という言葉の響きに武田の目が泳いだ。

「盗作はないか」

土井が乾いた笑い声をあげた。

「オマージュということにしておきましょうか」

笑い声はなかった。

「ついでにリスペクトという言葉も付け加えておくかな?」

土井の口調から謙《へりくだ》る様子が消えていた。嘲りの声になっていた。取材対象を追い込んでいる。これから仕上げにかかる気だなと青木は感じた。

「あれって、原案を考えたのは他の人ですよね」

決め付けるように土井が言った。武田の動揺が隠せない。答える代わりに俯いた。

「誰ですか。その人は」

軽い口調で土井が糾した。質すというより糾した。

しばらく無言の時間が流れた。青木は皿の上の牡蠣を指で摘んで口の中に放り込んだ。冷めても、いやむしろ熱いままより少し冷めたほうが、牡蠣そのものの旨味が強く感じられた。ゆっくりと噛んで旨味をビールで洗った。

「当ててみましょうか」

　土井が言った。凍るような声だった。

「Lonely Dragon」

それだけを口にした。

「えぇぇ。マジですか」

驚きの声を上げたのは紀子だった。青木は紀子ほどは驚かなかった。土井の指摘は話の流れから予測していた。

俯いた武田の肩が震え始めた。認めたのも同然だった。

「やっぱりそうか」

土井が吐息をついた。安堵の吐息に聞こえた。仕留めた安堵だ。

「あれはメールで送られてきたんですね。『日本人と東北人』と同じだ。それをあんたが、自分の文体に変えて掲載した」

先生があんたに変わった。武田が力なく肯いた。

「でも、それはたいした問題じゃない。『日本人と東北人』はオリジナルが英文で先にネットにアップされていたけど、今回はあんたが初出だ。それに Lonely Dragon も自分の作品として取り上げられたいなどとは考えていない」

断言した。

「Lonely Dragon の正体を知っているような言い方をするじゃないか」

青木は土井と武田の会話に割り込んだ。

「まだ正体は知らないが、アトリビュートは想像できる。想像だが大外れはしていないはずだ」

アトリビュート。属性という意味だ。

「東北国の人間か」

東北国の国民という意味でなく、東北国の要人という意味で青木は訊ねた。土井に断るまでもないだろう。

「ああ、郡山ではなくあそこの住人だろうと睨んでいる」

土井が振り向きもせずに背後を親指で指した。土井の親指の先には重厚感のある日和山があった。土井が自らの推理を語った。

「武田くんが書いた黙示録が事実に即しているという前提で考えてみれば分かるだろう。郡山の官僚にそれだけのことがやれるわけがない。『悪魔の復興計画』を書くくらいが関の山だ。火薬に対する親和性がないってことだな」

それを実行できるのは日常生活において硝煙と身近な暮らしをする連中だけだと土井は考えた。ただし実行はできても、その絵を描ける人物なり組織は別にいなければならない。狂気に満たされた頭脳が必要だ。さらに実行部隊が事を成し遂げた後に、成果を望むべき地平に着地させることができる政治力も必要だと考えられる。

「そうやって突き詰めていけば、東北国総理の根元恵美子でもない、官房長官の棚木忠興でもない、正義感の塊のような宮崎未夏は論外だ。陰の権力者が率いる組織がなければ東北の独立を成就《じょうじゅ》することはできなかっただろう」

「Lonely Dragon がその組織に関わっているというのか？」

「おそらくな」

青木の問いに土井が肯いた。

「例の『日本人と東北人』のコラムだが、内容はかなり稚拙だった。しかしそれだけにネットでは容易に拡散された。ただ拡散されただけではない。日本においては武田くんを使い、その他の国や地域においても必要な言語に翻訳されて短期間に拡散された。武田くんのようなチャンネルを事前に用意して、各国語に翻訳する能力もある組織、Lonely Dragon はそこに所属する個人かチームだろう」

もし土井の推理が正しいとすれば、東北国が開国を機にマスコミから五百人規模のジャーナリストを招いたタイミングで『黙示録三部作』が仕込まれたのには何らかの意図がなければならない。青木はその点を指摘した。

「考えられるのは二つだ」

土井が右手の人差し指と中指を立てた。

「ひとつは東北国の独立に至る道程を世界に知らしめることで、その覚悟を示す。これには恫喝の意図も含まれる。ここまでの覚悟があるのだから東北国はアンタッチャブルだという恫喝だ」

「たったこれだけの内容で恫喝ができるとは思えないが」

いくらなんでもそれは無理だろう。かりに『深海の黙示録』の内容が真実だとした場合、確かに東北国が独立に賭けた覚悟は伝わる。東日本大震災を超える津波を自ら仕掛け、あえて受け止めることで独立への道筋をつけたというのは並大抵の覚悟ではないだろう。しかしそれが恫喝に結びつくだろうか。

「そうか、青木にはまだ『地底の黙示録』の話をしていなかったな」

間を置くように土井が冷めた牡蠣を口に運んだ。土井の目配せで伊藤が焼き網に牡蠣を並べた。

「飲み物も追加が要るな」

土井が呟いて伊藤がビールと缶チューハイのお代わりを注文した。新しいビールを口にして土井が話を再開した。

「東北国は国土の一部を切り売りすることで復興財源を確保した。切り売りされた土地はイチエフの事故で人が住まなくなった町村だ」

イチエフとはメルトダウン事故を起こした福島第一原発のことだ。十二の市町村が避難区域に指定された。そのなかでも特に汚染が深刻なエリアは帰還困難地域に指定された。事故後六年が経過してもこれらの地区には立ち入りが規制され、区域内での宿泊は認められていなかった。国は将来的な帰還事業を約束していたが、長期に亘《わた》る避難生活で住民は避難先での生活を日常化していった。土井が言う「人が住まなくなった町村」とはそれらの地区を意味しているのだろう。

「切り売りするといっても、誰がそんな場所に手を出すというのだ」

当然の疑問を青木は口にした。確かに事故後三年くらいは、高濃度汚染区域を購入したいという怪しげな人間も多くいた。法外な金を積む者も少なからずいた。彼らの目的は住民となることで得られる補償を目的としたものだった。しかしそのような土地取引だけで新規に住民となった者は補償対象としないという見解を政府が示したことで、やがては沈静化した動きだった。補償が得られないのであればメリットは考えられない。

「地層処分だよ」

土井の一言で青木の目からうろこが落ちた。

「東北国は地層処分を請け負うのか」

寿命に至った原発の核廃棄物を地下深く埋めて保管処理するのが地層処分だ。世界各国で検討されているが、実現に至った事例はまだまだ少ない。『地底の黙示録』では、地層処分の請負報酬を原資として東北国が復興財源を確保したと書かれていたのか。

「アウターライズ直後に蟻坂が足を運んだ国は世界有数の原発大国だ」

確かに高度成長を続けてきたあの国は、アメリカを抜き世界一の原発保有国になっている。原発の寿命は四十年といわれるが、そこで問題になるのは廃炉後の核廃棄物の処理だ。一般的に地震大国といえば日本が浮かぶだろうが、過去にあの国を襲った巨大地震は日本の比ではない。あれこれ考えると、将来まで見越して東北国が核廃棄物の地層処分地として国土の一部を切り売りして財源を確保したという説明は、まったくの絵空事とは思えなくもない。

「おい、おい。これだけで納得するなよ」

青木の顔を覗き込んだ土井が言った。

「宮崎未夏の件があるだろう」

「武力に依らない国防策か？」

「そうだ。それにも『地底の黙示録』は言及している」

「地層処分が抑止力になるとは思えないが……」

そうは言ったが扱っているのは核廃棄物だ。ただの廃棄物とはわけが違う。

大型ストーブが置かれたビニールハウスの牡蠣小屋は、囲炉裏で赤く燃える炭のおかげもあって、汗ばむほどの室温になっていた。全員が上着を脱いでいた。それでも青木は背筋に冷たいものが流れるのを感じた。

「ただの地層処分じゃない。その下にアウターライズで使われたのと同じ核地雷が埋め込まれていたらどうなる」

土井の目が笑っていなかった。

パキンと炭が爆《は》ぜた。硬質な音に青木はビクリと身体を震わせた。

河北グランドホテル

時計は午後七時を回るところだった。夕食にしてもいい時間だったが、まったく空腹を感じなかった。土井からの夕食の誘いは断った。取材を予定している蟻坂亮一から「軽く食事でもしながら」と誘われていたこともあった。

土井から受け取った紀子のメモリースティックで『深海の黙示録』と『地底の黙示録』に目を通した。掌編だった。文章は稚拙だったが書かれている内容は強烈だった。土井がこれを武田の作ではないと断言したのも理解できた。メモリーに収められた他の作品に比べ、迫ってくるものが違い過ぎた。土井は、このネタを武田に送ってきたLonely Dragonの目的を恫喝だと言った。確かに地層処分された核廃棄物のさらに地下に、核地雷が埋められているとしたら、その爆破ボタンを持つ者は絶対的な脅威を握ることになる。もっともそれは、自身を滅ぼし世界をも滅ぼすボタンではあるのだが。

　武田を通じて黙示録の内容を世に広めれば、誰も東北国に手を出せなくなる。その一方で「あれは自ら捏造と断って発刊しているネット新聞の戯言《たわごと》です」と惚《とぼ》けることもできる。真偽は不明のままで構わない。もしかして真実かもしれないと思わせるだけで、抑止力にはなる。

　被害者六名。奇跡ともいえる防災を見せたアウターライズの秘密は、河北市防災企画室室長の双海洋介が語った通り、発災時における自衛隊の迅速な展開にあった。発災を予《あらかじ》め知っていたのではないかと思わせる展開だったと双海は認めた。予知が不可能なものを予め知っていたとすれば『深海の黙示録』の信憑性が高くなる。東北国国防隊司令である宮崎未夏は「武力に依らない国防策」を口にした。その一言が『地底の黙示録』を現実のものに感じさせる。

　土井は Lonely Dragon の目的が恫喝ではなく単純なリークかもしれないと自分の推理を語った。東北国独立を画策したグループのひとりが、独立の裏に隠された企みの禍々《まがまが》しさに耐えられなくなってやった行為かもしれないと推し量った。それもあり得ないことではないと思える。

　ベッドサイドの電話が鳴った。土井からだった。国防隊の時任恵子が迎えに来ているという。無意識に時計を確認した。いつの間にか午後八時半を回っていた。元河北市商工会議所会頭で、現在は東北国の貿易ギルドの理事長を務める蟻坂亮一との面談の時間が迫っていた。考えをまとめられないまま、ジャンパーを羽織って青木はホテルの部屋を出た。

金華倉庫／蟻坂亮一

蟻坂亮一との面談場所は金華倉庫三階にある貿易ギルドの事務所だった。東北国からは国防隊の赤峯静也と時任恵子が同席した。青木が断って伊藤がカメラを回し始めた。国防隊の赤峯静也が連れてきた隊員もカメラを回した。「食事をしながら」という誘いだったはずだがと首を傾げたが、多忙を極める人物がスケジュールを勝手に微調整することはままあることだ。

「お久しぶりです。その節はお世話になりました」

型通りの挨拶から青木は取材を始めた。

「以前お会いした時に、東北の復興には独立というくらいの思い切った手立てが必要だと仰っていましたが、実際に独立して現時点の率直な感想をお聞かせ願えますでしょうか」

青木の問い掛けに考える風もなく蟻坂が答えた。

「まだ道半ばだが、東北は生まれ変わったと実感しているよ」

「オリエンテーションでおうかがいした限り、東北国は社会主義を採用されたようですが、その点についてはどのように考えておられますか？」

「それは少し違うな。社会主義的なことをやっているが、主義などという大袈裟なものじゃない。この国をどうするか考えた結果、社会主義的な方向に向いただけだとぼくは思っているがね。正面から社会主義国家の建設を提案されていたら、ぼくは反対したよ」

青木は蟻坂亮一の言葉に注意深く耳を傾けた。「反対した」ということは、それができる立場に蟻坂はあるということか。それとも個人的な見解を述べているだけなのか。

「ご不満がありそうですね」

そうは聞こえなかったが、あえて誘い水を入れてみた。

「ベーシックインカムに疑問がなかったわけではないな」

蟻坂が言葉を選んでいるような印象は受けなかった。

「具体的にはどのような点がご不満でしょうか」

なおも食い下がってみた。相手が口にしていない「不満」という言葉で繋いだ。

「ぼくらの世代はね、働かざる者食うべからずで育った世代なんだよ。ベーシックインカムなんて想像だにできない世代でね」

「それに対して彼らはなんと反論したのでしょう」

彼らの正体が分からないまま、彼らと蟻坂の間に議論があったことを前提とする質問だった。

「衣食足りて礼節を知るとも言います、と反論されたよ」

青木の前提を認める発言だった。

「それで理事長は納得されたと？」

「百パーセントの納得ではなかったが、それも一理あるかと考えはしたね」

「衣食足りてというには高額過ぎる気がしますが」

「あれはぼくが決めたんだ」

一歩前進した。蟻坂自身が当事者であったことを認める発言だった。

「東京の一部上場企業で働くサラリーマンで、家族を持つ奴らの平均年収と同じ水準になるよう設定した」

子供が二人いる家庭で夫婦合算のベーシックインカムが五十万円。子供の分も加えると七十万円の月額となる。年収にすれば八百四十万円か。なるほど一部上場企業の社員並みの所得だ。それを東北国ではすべての国民が得ていることになる。さらにギルドの分配金が所得に加算される。

「ずいぶん思い切った決定のように思えますが」

「日本の奴らを見返してやりたかったんだよ。特に東京本社で採用されて東北に赴任している奴らをね。現地の従業員を月額十五万円程度の薄給で働かせて、そのかすりを懐に入れている奴らの鼻を明かしたかったということだな。どうせやるならそれくらいのことをやらないと独立の意味がないだろ」

「軽いんですね」

思わず言ってしまった。蟻坂が笑って青木の指摘に応えた。

「確かに軽いね。でも、郡山はそれでも財政が破綻しないと言ったから大丈夫なんじゃないかな。詳しいことは郡山に聞いてよ」

蟻坂が言う郡山とは、棚木忠興をトップとする中央官僚のことだろう。蟻坂亮一を中心とする河北グループが政策を提案し、棚木忠興が率いる郡山の官僚グループがそれを実行するという図式が青木の脳裏に浮かんだ。だとすれば、独立前は河北市商工会議所の会頭でしかなかった蟻坂が、どうして独立後の東北国においてその地位を得たのか、それが気になるところだ。

土井が目で合図を送ってきた。あれを訊けと目が言っていた。あれとはアウターライズ後、独立前に蟻坂が中国を訪れているということだろうと察した。肯いて青木は蟻坂に質した。

「理事長はアウターライズ発災後、正確には二〇二一年二月十九日ですが、中国に飛んでおられますよね。目的はなんだったんでしょうか」

蟻坂の目に軽い驚きの色が浮かんだ。

「そこまで調べているんだ。さすが中央のマスコミは違うね」と感心した。

しかし驚きの色はすぐに消えた。

「金を借りに行ったんだよ」

あっけないほど簡単に認めた。

「また復興に金がかかると思ったからね」

「復興財源は理事長が中国から調達したものだったのですか」

武田が記した『地底の黙示録』では、福島の土地を地層処分の候補地として差し出すことで原発大国である中国から復興財源を調達したことになっていた。

「さすがに全額は無理だったな。そのあとアラブに飛んでなんとか間に合わせたよ」

取材をしている金華倉庫の建設費のほとんどが、中東の産油国からの支援だったことが思い出された。東日本大震災後の河北市の漁業復興の象徴的な施設として建設された金華倉庫だった。そしてその交渉窓口も蟻坂だった。

「中国から三十兆円、アラブ諸国から二十兆円を調達した。ぜんぶ借入金だな」

あっさりと認めた。

「しかし五十兆円とはずいぶんな金額ですね」

「何を言っているんだね。日本の国債発行額は一千兆円以上じゃないかね。それに比べれば、五十兆の借金なんてかわいいもんだよ」

「五十兆円の積算根拠は？」

質問を受けた蟻坂が、また笑った。

「東日本大震災の復興予算が二十三兆円だった。せめてその倍は集めないとぼくの面目が立たないだろう。積算根拠なんてないよ。また軽いと言われるかな？」

笑いながら頭を掻いた。笑いに誤魔化されるなと青木は自身を鼓舞した。

「渡航には石母田さんも同伴されましたよね」

青木の問いに目を見開いたのは土井だった。今、このタイミングで切り札を出すのか。土井の目が語っていた。東北国国防隊の話では、蟻坂の渡航以前に石母田は他界していることになっている。その矛盾は、彼らの渡航の裏にある何かを東北国が隠したいと思っているからだと判断せざるを得ない。

「ああ、連れて行ったよ」

呆気ないほど簡単に蟻坂が認めた。

「後学のためにね。独立した東北国で存分に働いてもらわなくちゃいけないから、勉強のつもりで来いって誘った」

蟻坂の物言いに青木は違和感を覚えた。蟻坂が続けた。

「でも違った。勉強なんてとんでもない。語学は堪能だし、交渉も相手の上を行くし、むしろ勉強させてもらったのはぼくのほうかもしれないね」

違和感がますます大きくなった。

蟻坂にとって石母田は、若いころは河北市の青年会議所で河北市、ひいては東北の未来について議論を戦わせた相手だ。政界に進出してからは蟻坂の政敵だった。かたや市長を三期務め、一方の蟻坂は三度出馬していずれも次点に甘んじている。

そんな相手を見下すように言うだろうか。語学が堪能だったとか、交渉事に長けていたとか、市長に転身する前は商社で鳴らした石母田なのだ。当たり前ではないか。東日本大震災の取材の時から先ほどまで、蟻坂に抱いていた敬意が急速に萎《しぼ》んだ。所詮はおれが、おれが、の田舎者なのかと失望させられる想いさえした。

河北市を世界に向かって開いた町にしたいという石母田の夢を聞かされていたからなおさらだった。シルクロードの起点は三陸海岸だったと語ってくれたのも石母田だった。市長時代に中国の温州市と姉妹都市提携を結んだのも石母田だ。

　ドアがノックされた。時任恵子が部屋の外で応対した。

「お話し中申し訳ございません。佐藤さんという方が今夜はどうしましょうと理事長に伝えてほしいということなんですけど」

「やっ、すっかり忘れていた」

　蟻坂が弾かれたように席を立った。

「食事をお誘いしたんだったな」

　蟻坂に促されて青木らは貿易ギルドの事務所を出た。向かった場所は同じフロアーの突き当りにある『定食屋』という看板のかかった店だった。普段は昼過ぎに閉める店なのだが今夜は無理を言って開けてもらったと蟻坂が説明した。

『定食屋』では店主の佐藤実と五十絡みの女性店員が一行を迎えた。四人掛けのテーブルに先ず蟻坂が席を決め、蟻坂の誘いで隣に紀子が着席した。青木と土井は二人の向かいの席に腰を下ろした。蟻坂によれば『定食屋』は河北市で一番の店らしい。ただし利用できるのは漁港関係者に限られる。

「ご夫婦で経営されているのですか」

　茶を運んできた店主に紀子が訊いた。

「ええ、まぁ」と、店主が曖昧に肯いた。

「店長、馬鹿なことを言わないでくださいよ」

　奥でカチャカチャ食器の触れ合う音をさせていた女性店員が、仕切りの暖簾《のれん》から顔を出して鋭い声で言った。驚いた顔をした紀子に「私には忘れられない亭主と息子がいますから」と微笑んだ。

女性店員の言葉に気落ちした風に見える店主が、卓上コンロに用意されていた一人鍋のラップを剝がし蓋をして点火した。

「鍋ができるまで」と奥で用意していた女性店員が配膳したのは赤貝の佃煮だった。「自家製です」と説明があった。それを各人が一口食べて、場の雰囲気が落ち着かなくなった。空気を読んだ蟻坂が言った。

「時間も時間ですし、ビールでも頼みますかな」

誰に問い掛ける風でもなく言った。意外な人物が賛同した。

「いいですね。こんなものを出されてお茶じゃ殺生ですよ」

別の席に着席した国防隊の赤峯静也だ。爽やかな笑顔で皆に同意を求めた。全員に異論はなかった。

「飲み過ぎるなよ」

隣に座った土井が、紀子にビールを注がれて相好《そうごう》を崩す蟻坂を横目で見ながら青木に小声で言った。早口だった。

「まだ取材は半ばだ。これから核心ってところで食事の誘いが入ったのも偶然ではないかもしれない。そのうえ、国防隊の幹部が酒を勧めるなんて、おかしいじゃないか」

「分かっている」

青木も小声になって答えた。蟻坂は中国への渡航を呆気ないほど簡単に認めた。目的が復興資金の調達であったことも、その金額も口にした。決定的なことは石母田の同行も認めたことだ。国防隊の説明と矛盾する。

鍋がグツグツと音を立て始めた。蓋を取ると醤油仕立ての鱈鍋《たらなべ》だった。

「取材を続けるぞ」

土井に確認した。土井が別のテーブルの伊藤に「カメラを回せ」と指示した。国防隊のカメラも席を立った。

「食べながらで結構ですので取材を続けさせていただきます」

断って青木は中途になった話題を蒸し返した。

「中国に同行された石母田さんについておうかがいします。東日本大震災後の取材でお会いした時、石母田さんも東北独立を口にされていました」

「そうだろうな。ぼくよりもあいつのほうが真剣にそれを考えていただろうな」

懐かしむような、朋友の死を悼むような声だった。

「中国、アラブへの渡航に際して、石母田さんの役割はなんだったのでしょうか。まさかあれだけの人物が勉強のための付き添いだったとは思えないのですが」

蟻坂が眉間に皺を寄せた。考え込んだ。自分の発言のミスに気付いたのか。青木は隣のテーブルに座った赤峯を窺い見た。恵子と楽しげに鍋を突いていた。そういえばさっき蟻坂が石母田の同行を認めた時も、赤峯は何ら特別な反応は示さなかった。何かおかしい。話の流れがどこかで捻じれている感じがする。

「そうか、そういうことか」

蟻坂が膝を叩いて破顔した。

「あんたらとんでもない勘違いをしているようだな」

豪快に笑った。

「どうもさっきから奥歯に物が挟まったような顔をしていると思ったら、あんたらぼくが中国に同伴したのが石母田善一郎だと思っていたんだな」

青木は土井に顔を向けた。ちゃんと確かめたのかよと目で質した。土井が言った。

「思っていたのではなく、こちらで調べた結果では、あなたは石母田善一郎氏と中国に渡航している。これは間違いない」

「なるほど、パスポートはローマ字表記だからな」

蟻坂が鱒鍋の出汁で濡れた割箸でテーブルに文字を書いた。全という文字だった。

「ぼくが連れて行ったのは石母田全一郎《ぜんいちろう》くんだよ。石母田の孫だな」と笑った。

「名付けたのは石母田だ。自分は善だけの人間だった。孫には清濁併せ呑む完全な人物になってほしいという願いを込めて命名した。確かそんなことを言っていたよ。善と全。紛らわしいからやめろと言ってやったんだが、言い出したら聞くような奴じゃない。こんなところで思わぬ誤解が生まれるとはな」

青木は石母田律子を取材中に帰宅した若者の顔を思い浮かべた。屈託のない若竹のような青年だったという印象が残っている。

「石母田律子さんはイチローさんと呼んでいましたが……」

はかない抵抗だと思いつつ言ってみた。

「律子さんは石母田にぞっこんだったからな。亭主と同じ名前を口にするのが切ないんだろう」

蟻坂が悼む目で言った。「ぼくも普段はイチローくんと呼んでるよ」と付け加えた。

「何でも政治、国際関係学では世界一と評価されているアメリカの大学を首席で卒業されたとか」

青木の言葉に赤峯の向かいに座った時任恵子が顔を向けた。

「しかも昨年行われた高級官僚登用試験のただひとりの合格者と聞きましたが」

「ああ」

蟻坂が感慨深げに肯いた。

「彼は優秀だ。イチローくんに比べたら、石母田やぼくは、せいぜいが床屋談義をする地方のおやじに過ぎないだろうな」

話題が思わぬ方向に転がって青木は話の接《つ》ぎ穂《ほ》を失った。このあと何をどう切り出そうかと考えていた青木にとんでもない情報が蟻坂から提供された。

「中国に行った時のことは忘れられんな。こちらの五十兆円の要求にあちらさんの回答は三十兆円だった。金を出し渋る向こうの偉いさんに、あいつの孫はとんでもない提案をしたんだ」

蟻坂が披露した話は、まさに『地底の黙示録』の内容そのものだった。地層処分を目的に福島の土地を貸与する。土地代金と核廃棄物の受け入れ管理の報酬として二十兆円貰えないかという提案だった。

「そのうえイチローくんは核地雷を一個くれとまで言った。それを核廃棄物の地下に埋めるんだと。東北国が侵略されたら核のボタンを押す。そう脅せばだれも侵略などはしない。もしボタンを押しても、偏西風だのジェット気流の関係で甚大な被害をこうむるのは列島の東にあるアメリカだ。貴国に害が及ぶのは放射性ダストが地球を一周した時だとな」

　石母田全一郎は通訳を介さず北京語で直接申し述べた。通訳は真っ青になって日本語に訳すことができなかった。結果として中国側はその提案を退けたわけだが、即断したわけではなかった。

「あちらさんの関係者は別室に移って協議したよ。別室に移って協議するほど、イチローくんの提案は考える余地があったということになるな」

　もはや疑う余地もない。あの少年が Lonely Dragon だったのか。Lonely Dragon は間もなく東北国の高級官僚のひとりになる。青木は、彼の屈託のない明るさが、逆にとてつもなく恐ろしいものに思えた。鱈鍋の味が分からなくなった。

河北グランドホテル

　土井が青木の部屋を訪れた。来る予感はあった。もし来なければ、青木のほうから出向くつもりだった。初日と同じように小さな応接セットに向かい合って座った。

「どうするつもりだ？」

青木から訊ねた。

「何を？」

土井が短く訊き返した。

「武田の『黙示録三部作』の出版だ」

「そんなことかよ」

枝葉末節だと言わんばかりに土井が鼻を鳴らした。

「Lonely Dragon の目的が分からん。正体が石母田の孫の全一郎だというのはほぼ間違いないだろう。しかし日本のマスコミが招待を受けるタイミングで武田を使いあんなものを書かせた彼の狙いは何なんだ。Lonely Dragon は東北独立を企図した個人でもなければ、グループの一員でもなかった。当時はまだ社会人にもなっていない少年だった。そんな子供の悪戯《いたずら》に踊らされるのは危険だと思わないか」

素直な感想を青木は述べた。

「おれはあえて踊ってみようと思う」

「なぜ？」

「まだ解けていない謎がある。六名の犠牲者という謎だ。迅速過ぎた自衛隊の展開という疑問は残ったままだ」

青木の口から溜息が漏れた。活字マスコミと映像マスコミの落差を感じた溜息だった。活字マスコミは徹底的に裏を取る。垂れ流しを常とする映像マスコミとは違う。

「だったらその謎を解き明かす取材をするべきじゃないのか」

土井を窘めながら青木は空虚な思いに囚われていた。むしろ『黙示録』を世に出して、東北国の反応を見てみたい。そんな野次馬じみた気持ちが自身の胸の奥から込み上げてくるのを抑えきれなかった。今回の取材が終われば東北国は鎖国政策を解く。日本の出版物も流通するようになるだろう。人の行き来が始まれば、それは抑えようがない。武田の名前で出版される『黙示録』を読んで東北人は何を感じるだろう。

土井が言った。

「三十兆円という巨額の資金を中国が拠出したことも疑問といえば疑問だ。五十兆円を値切られたと蟻坂は言っていたが、三十兆円だとしても巨額だ。蟻坂は中国に対して社会主義国家の建設を確約したのかもしれない。極東を代表する資本主義の国から分裂した国が社会主義の道を歩むというのは、世界的なパワーバランスからしても十分魅力的な提案だっただろうからな」

言葉が熱を帯びていた。

「しかしそれだけじゃ弱い気がする。蟻坂は地層処分の提案があったことは認めたが、それは受け入れられなかったと言った。本当にそうなのか。おれは疑っている。その意味でも『黙示録』を出版して反応を見てみたい」

青木は考え込んだ。土井の言わんとすることも分からないではない。しかし蟻坂の取材を終えた段階で、東北国が社会主義を選択したという感触はなくなっていた。ベーシックインカムを達成するために、郡山の高級官僚である棚木忠興らが構築した体制が社会主義に似通っているというだけだ。あらゆる産業を国営化し、その利潤の九十パーセントを国庫で吸い上げてはいるが、そのほとんどはベーシックインカムとして国民に還元されている。主義ではなく方法論というべきだ。『黙示録』をどう扱うかということよりも、青木は別の思いに捉われていた。

早過ぎる。土井が指摘して双海洋介が認めた自衛隊の展開ではない。これだけの体制を築くのに、三年という期間は短過ぎはしないか。蟻坂亮一の取材で感じた。独立後の資金を調達した彼が、中心メンバーのひとりであったことは間違いないだろう。しかしその蟻坂も体制に対する疑問や不満は口にしなかった。これだけの大改革をしたのだから、その過程において激しい議論があったはずだ。その残滓《ざんし》がまるで感じられなかった。

総理の根元恵美子にしてもそうだ。政治は官僚に任せたと言っていたが、政治家としてやってきた人物が、そんな簡単に牙城を明け渡すだろうか。

Lonely Dragon は独立を画策した人物でもなければ中心となるメンバーでもなかった。アウターライズ発災当時はまだ少年といえる年齢の全一郎だ。どれだけ頭脳明晰《めいせき》であったとしてもそれを成す求心力や人望があったとは思えない。

しかし、と青木は考えた。それが分かっていても全一郎の存在が胸の閊《つか》えとして感じられる。武田の『黙示録』の出版を土井に質したのは、それそのものを議論したかったわけではない。全一郎のことを話題にしたかった。それだけだ。

「明日にしないか？」

青木は提案した。

「明日の夕方、石母田の孫に取材するアポが取れている。Lonely Dragon に直接ぶつかって、その後の対応を考えないか」

「異論はないが、それでも出版の件を考え直す気はないぜ」

まだそのことに拘っている土井だった。

「判断は会ってからでも遅くはないだろう」

応えずに土井が立って冷蔵庫の中から缶入りのハイボールを二本取り出してソファーに戻った。一本を青木に渡し、自分の分を飲み始めた。会話が途切れたまま、二人はハイボールを呷った。

河北市日和山／石母田律子

イチローこと石母田全一郎への取材は午後五時の約束だった。朝から郡山に出かけていて、帰りが夕方になると時任恵子を通じて連絡を受けていた。青木は昼過ぎにホテルを出ることにした。土井に理由を訊かれ、石母田律子に会いに行くと答えた。

「国防隊に抜け駆けで行くのは拙くないか？」

突撃取材が十八番のはずの土井が懸念を口にした。

「取材じゃない。昔話をしたいだけだ」

青木の言い分に土井が皮肉な笑いを浮かべた。

「そうか。じゃあ、おれとのりちゃんは遠慮したほうがいいんだな」

心得ているという口調だった。

「おれたちは武田をあたるよ。何、これだって出版の交渉だ。取材ってわけじゃないから抜け駆けにはならないだろう」と嘯《うそぶ》いた。

石母田邸には初日と同様、徒歩で向かった。ちょうど小学校低学年の下校時刻にあたったのだろう、ランドセルを背負った子供たちと何度かすれ違った。すれ違うたび、小学生らは「こんにちは」と声をそろえて挨拶してくれた。

日和山小学校の児童らかと以前の記憶を辿った。

東日本大震災の時は五百人近い市民が避難生活を送った小学校だ。取材の記憶がフラッシュバックする。講堂に段ボールや毛布を敷いて家族単位で被災者は暮らしていた。その通路をダークスーツの男が数人、行き来していた。人相の悪い男たちだった。二人一組になった男たちは、所々でしゃがみこんで被災者に声をかけていた。聞くともなく耳に入ってきた言葉は関西弁だった。ボランティアとは思えなかった。ましてや役所の職員ではない、胡散臭《うさんくさ》さを漂わせる男たちだった。

男たちが立ち去った後で、ついさっきまで男たちがしゃがみこんでいた一角に足を向けた。三世帯で避難している家族だった。そのうちの高齢の男性が一万円札の薄い束を手に持っていた。十万円程かと目で量った。

事情を聴くと、男たちは作業員の募集に来ていると自己紹介したらしい。原発事故の後始末をする作業員だ。福島に来れば住宅も食事も手当てする、日当は一日三万円を日払いする。そんな話だったと言う。詳しく聞くまでもなく、暴力団など反社会的勢力の人間だと察した。被曝を心配する住民に男たちは説明した。

「癌？　心配いらん。被曝でなる癌は甲状腺癌や。発病には十五年かかる。そやからおれら、年寄りにばっかり声かけているんや。あんたもう還暦超えているやろ。あと十五年生きるか？　そんな危険なとこに行くわけやない。微量の被曝や。却《かえ》って身体にええくらいや。癌治療でも放射線治療いうのがあるやろ。長生きして、がっぽり稼げる仕事やなんて、今しかないで」

そんないい加減なことを言いながら、男たちは「義捐金や」と言って声をかけた老人らに十万円ずつ押し付けていったらしい。

「こいな時までおらだづを食い物にするんだね」

老人の娘か息子の嫁か、隣に座った中年の女性が力なく言ったのが思い出される。

元請から末端の六次、七次の下請からなる除染作業の多重請負が社会問題になったのは、その半年後くらいだった。

石母田律子は在宅だった。来意を告げると快く居間に通してくれた。後先になって恐縮だが線香をあげさせてほしいと申し出た。

「ごめんなさい。うちはクリスチャンだから仏壇とかはないんですよ」

律子が微笑んで言った。いまさらだが、いつも微笑んでいた印象のある女性だった。遺影もないと言われた。

「ご遺影といえば、温州市から贈られた絹糸の刺繍の肖像画は？」

青木の質問に律子がまとっている空気がかすかに淀んだ。すぐに微笑みを浮かべ「あれは一緒に持って行ってもらいました」と応えた。荼毘《だび》に付したのだと解釈してそれ以上は追及しなかった。

「ずいぶん国の仕組みが変わりましたね」さりげなく青木は切り出した。「ベーシックインカムとか、ギルドとか」

律子は肯きながら聞いている。

「奥様からご覧になって、暮らしやすさという点ではいかがですか？」

漠然とした質問をぶつけてみた。

「私はこんな性格ですから。以前とそんなには変わりませんよ」と躱された。「でも、草葉の陰で石母田は喜んでいるでしょうね」と付け加えた。

「ご主人は残念なことになりましたが、生きていらしても新しい東北国の仕組みを歓迎されたでしょうか？」

もう一歩踏み込んだ。律子の顔から花が萎むように微笑が消えた。小首を傾げて言った。

「あら、青木さんは御存じじゃなかったのですか？」

「何を、でしょうか？」

閉ざされた扉が開く予感を感じた。焦る気持ちを抑えて、相手の次の言葉を待った。

「今の体制を望んだのは石母田ですのよ」

石母田律子が問わず語りに話を続けた。

「東日本大震災の五年後くらいでしたかしら、石母田は恵美子さんや他の東北の知事さんらや、市長さん、町長さんも何人かいらしたわね、有志の人たちと勉強会を始めたんです」

その勉強会は石母田が体調を崩し途切れてしまったが、アウターライズ発災後、日を置かずに、祖父母の安否を確かめるために訪問した孫の全一郎が祖父のパソコンに残されていた遺書を見つけたのだと言う。

「遺書？」

青木の両掌《りょうて》にしっとりと汗が浮かんだ。

「遺書という表現は不適切かもしれません。正確に言えば、勉強会の参加者に石母田が残したメッセージだわね。自分の体調を考えると、会の再開は無理だと思ったのでしょう、かなり細かいメッセージだったようです」

「ようです、ということは、奥様はそのメッセージをご覧になっていないのですか？」

「だって私宛のメッセージじゃありませんもの。もっとも今さらメッセージというほど石母田と私の関係は他人行儀なものではなく、それを恨みに思うことはありませんけどね」

ふふふ、と律子がほんのり頬を染めて笑った。少女の笑いだった。

「もちろんその勉強会には蟻坂理事長も出席されていたんですね」

「ええ、立ち上げのメンバーでしたよ。あの二人の関係は不思議なの。私は青年会にいたころからの二人を知っているけど、仲が良いのやら悪いのやら。いがみ合っている時は、まるでその辺りの中学生みたいで」

「理事長や首長さんたち以外に参加されていた方は？」

「今の国防隊の幹部の方もいらしたわね。赤峯さんとか」

「国防隊司令の宮崎未夏さんはどうでしょう」

「いつもではなかったですけど、時々お顔をお見せになりました」

答えてから石母田律子が真顔になって言った。

「なんか私、尋問されているみたい」

独り言のようにも聞こえる言い方だったが、青木は慌てて否定した。

「すみません、そんなつもりはなかったんですけど、職業病ですかね、取材ばっかりで人と会っているので……」

「冗談ですよ。こんなお婆ちゃん尋問しても仕方がありませんよね」

再び石母田律子の顔に微笑みが戻った。

「それからアメリカに留学する前のイチローさんも参加していましたね。参加というか、石母田の横で大人しくしていただけですけどね」

気になる人物に話題が振れた。

「イチローさんでしたか、お孫さんはかなり優秀みたいですね」

石母田善一郎の勉強会を深追いするのはやめた。石母田善一郎の孫、全一郎の人となりに探りを入れてみた。

「昨夜取材した時に、蟻坂理事長も手放しで褒めていました」

石母田律子の顔が綻んだ。それはいままでに青木が知っているなかでいちばん嬉しそうな顔だった。

「石母田と亮さんはいつも張り合っていたけど、あの子に関しては石母田の逆転勝ちね」

逆転勝ちの意味が分からなかった。

「私は娘しか産めなかった。亮さんのところは三人の男の子に恵まれた。この時点では石母田の負けだったけど、私の娘がイチローさんを産んだの。亮さんの息子さんが三人束になっても太刀打ちできない優秀な子をね。それで逆転勝ち」

なるほど、と青木は肯いた。石母田律子の闇の部分を垣間見た気がした。

「東日本大震災後初めての市長選挙で石母田は娘を立てて負けたけど、イチローさんが立候補できる年齢に達していたら、イチローさんを立てたでしょうね。あの子なら負けなかったわ」

石母田善一郎は孫の国政進出を見据えていたと、律子の話は続いた。その先にあるのは日本国総理の席だったと、何の気負いもなく、それが既成事実であるかのように語った。律子の話の主語は夫の石母田善一郎だったが、青木には善一郎ではなく律子自身がそう考えているように聞こえてならなかった。

「いずれは、と言っても遠い未来ではなく近い将来に、イチローさんが東北国を動かすようになるでしょうね。そしていつの日か、東北国と日本の間に国境がなくなれば、イチローさんが、その新しい国を率いるようになるの」

夢見顔で言う律子の瞳が母親の陶酔に輝いていた。

河北グランドホテル

午後四時過ぎに青木は石母田邸を辞した。帰りも徒歩だった。日和山の中腹にある石母田邸だ。往路は上りで復路は下りなのに、むしろ帰りの足取りのほうが重く感じられた。律子との面会が足を重くさせていた。

自分が河北市を取材場所に選んだ目的を改めて思い起こした。東北国独立を企て、実行し、成し遂げた個人若《も》しくはグループを探り当てるのが取材の目的だった。東日本大震災後の取材経験から、その目的の答えが河北市にあると直感した。その直感は間違っていなかった。だが、と心の中で自身に呼びかける声が続いていた。自分は何かを見誤っている、そんな気がしてならなかった。

ホテルのロビーで土井と紀子が待っていた。土井はぐったりと疲れた様子でソファーにだらしなく座っていた。足を投げ出し広げた両手をソファーの肘掛けに預けて、口を半開きにしたまま天井を見上げていた。逆に紀子は背中を丸めて土井の向かいのソファーの隅で頭を抱えていた。

「どうしたんだ。お通夜みたいじゃないか」

二人に声をかけた。

「武田くんとの交渉がうまくいかなかったのか」

それは考えにくいことだった。前日の打ち合わせの終わりには、武田は土井に籠絡《ろうらく》されるだろうと青木は確信していた。

「私が悪いんです」

泣き出さんばかりの声で紀子が言った。蚊の鳴くような声だった。

「のりちゃんは悪くないよ。あいつが馬鹿なだけだよ」

天井に顔を向けたまま吐き捨てるように土井が言った。

「いったい何があったんだよ」

紀子の隣に腰を下ろした。

「武田の話はなかったことになった」

ぶっきらぼうに土井が言った。

「すべてご破算だ」

忌々しげな口調だった。

「……私が」紀子が口を開きかけたが、「のりちゃんは関係ないって言っているだろ」と土井が紀子を遮った。紀子がついに泣き始めた。

「分かるように説明してくれないか」

青木は土井に問いかけた。大スキャンダルを報じる機会を逃した土井が不貞腐れているのは分かるが、事情を知らないままではどうしようもない。

「あいつは出版に同意した。同意したうえで、もうひとつ条件を加えてきた」

武田の条件は現在東京にいるであろう女性を捜してほしいというものだった。出版の暁には自分の著書を届けたいと言った。

「私、その言葉にカチンときたんです。自分の著書って、原案は多分イチローさんとかいう人で、それを土井さんが手配するライターさんが小説風に水増しして書き直すんですよね。どこが自分の著書なんですか」

嫌悪をあからさまにして紀子が言った。

波切美由紀。

武田が捜してほしいと言った女性の氏名だ。ボランティア仲間だった。出身は仙台で学生時代に河北市で武田と同じボランティア団体に所属し、卒業後に東京の信用金庫に就職していた。信用金庫の社名は分からない。信用金庫に就職したというのもボランティア仲間から聞いた話で、噂の範疇《はんちゅう》を出るものではない。

「それだけで捜すのには時間がかかるよ」

土井が言った。

「それだけではありません」

武田が即答した。

波切美由紀は社会学専攻で、東日本大震災後の河北市を卒論のフィールドワークの場に選んだ。その卒論が、震災の翌年、いわゆる震災本として大手版元から出版された。その出版社というのが青木と紀子が所属する会社だった。

「私、つい先日その女性と会いました」

思わぬことを紀子が言った。

つい先日というのは今回の取材に赴く三日前のことだった。紀子は幽冥と名乗っていた武田の取材に際して関係者を探した。幽冥が現在も河北市にいるのかどうかさえ分からない状態で取材に行っても無駄足になるだけなので、事前の情報収集に努めた。幽冥のツイッターの過去ログから、かつて自社で出版経験のある波切美由紀を捜しあてた。

「現在は高井戸《たかいど》に住んでいます」

武田が要求した追加条件がいとも簡単に満たされた。武田が顔を輝かせて言った。

「ありがとうございます。実はぼく、美由紀ちゃんとはかなりいい線まで行っていたんです。でも、彼女が就職で東京に出ることになって、ぼくは被災地の今を伝える使命があって、結局別れ別れになりました」

何がいい線まで行っていただ。紀子は波切美由紀の顔を思い浮かべた。清楚で上品な印象の女性だった。目の前のだらしなく中年太りした男とはとても釣り合いが取れない。

それに彼女は……

「もうご結婚されていますよ。可愛らしい、お母さん似のお嬢さんもいらっしゃいます。旦那様は美由紀さんが勤めておられた信用金庫の理事長さんの息子さんで、将来を嘱望《しょくぼう》されている方です」

「えっ」

武田が絶句した。肩を落とした。それでもめげずに肩を落としたまま紀子に言った。

「でもぼくだって、土井さんのところから出す本がミリオンになれば、印税が一億は入ってくるし……テレビとかにも出してもらえるだろうし……そうすれば彼女もぼくを見直して……」

さすがに戻ってくるとまでは言わなかったが、その期待を武田は身体じゅうから発散していた。

紀子の苛立ちがピークに達した。厚かましいにもほどがある。武田を詰《なじ》る言葉が迸《ほとばし》った。

「彼女は武田さんのことを覚えていました。あなた、だれも避難していない津波避難タワーからツイッターで実況中継したらしいわね」

武田が誇らしげに顔をあげて肯いた。今泣いたカラスがもう笑った。

「あれは会心の一撃でした。ツイッターのフォロワーも一気に千倍増しになりました」

鼻の穴を広げて自慢した。

「津波の第一波でタワーを囲んだ水面から何本もの手が浮かんで、海に向かっておいでおいでしているって呟いたのよね。第二波が来て、何人もの人が助けを呼びながら流されているとも呟いたのでしょう」

「ええ、あれも大反響でした」

臆面もなく武田が言った。

「でも、河北市の犠牲者はゼロだった」

紀子の指摘に勢い込んでいた武田が言葉を詰まらせた。

それを知った美由紀は、またかと思ったらしい。また捏造しているのか、と。

「つくづく愛想が尽きたって言っていたわよ」

紀子としては言い足りないくらいだった。捏造よりもっと悪質なことを受け入れて自書を出版しようとしている。その成果で、今は人妻である美由紀が、自分のもとに帰ってきてくれるのではないかと妄想を膨らませている。救いようのない男だと思った。

「それで武田が態度を硬化させたのか」

青木は溜息を吐いた。紀子の気持ちが分からなくもないが、ちょっと言い過ぎの感はあった。

「すみません。自分を抑えられませんでした」

紀子が深々と頭を下げた。

「いいよ、気にするなって。のりちゃんが悪いんじゃない。実はおれも、あの男には辟易していたんだ。のりちゃんが言ってくれて溜飲が下がったよ」

「……でも、私」

「だから気にするなって。こっちは独竜どころか本家本元の Lonely Dragon の正体を摑んでいるんだ。いまさらあいつに頼ることもないさ」

土井が「なっ」と青木に同意を求めた。紀子の手前、曖昧に肯きはしたが、再び青木の胸の内に暗雲が広がった。

河北市日和山／東北国国防隊司令部

約束の時間に時任恵子が運転する車が青木らを迎えに来た。いよいよ Lonely Dragon との対決だと、武田に肩透かしをされた土井が張り切った。取材場所は昼間訪れた石母田邸だ。

「歩いても行ける距離なのに申し訳ありませんね」

青木が挨拶代わりに言うと時任恵子が短く「いいえ」と言って目を伏せたまま首を横に振った。どこか今までの恵子と印象が違うと思いながら、青木は車に乗り込んだ。

時任恵子が運転する車が日和山の坂を上った。すぐに石母田邸が見えてきた。門灯が消えていた。人待ちの気配がないなと思っているうちに、車が石母田邸を通り過ぎた。

「ねえ、通り過ぎたよ」

青木は車を出してからずっと無言だった恵子に話しかけた。恵子は何も答えない。

「ねえ、時任さん」

もう一度呼びかけたが、やはり反応はなかった。

少し下って車が止まった。外は暗闇だった。国防隊の制服に身を固めた隊員が車を囲んだ。五人だった。シルエットで腰に拳銃を下げているのが見て取れた。

「着きました」

時任恵子が冷たい声で言った。青木らが逡巡していると車のガラス窓がノックされた。恵子が車内灯を点けた。こぼれる灯りに浮かんだのは笑顔の赤峯だった。

赤峯がドアを開けた。

「ようこそ、東北国国防隊司令部に」と、青木らを迎えた。

そこにあるのは倉庫のような建物だけだった。仕方なく青木らは車を降りた。全員が降りるのを確認して恵子が運転する車が走り去った。

建物の中に招かれた。中はがらんどうだった。赤峯が壁のボタンを押した。かすかなモータ音が聞こえて壁が開いた。エレベータだった。

「司令部は地下にあるのですか」

紀子がおずおずと質した。声に恐れが感じられた。

「厳密に言えば地下ではありません。崖に沿って降りていく構造です。エレベータは、やや斜め下に動きますから、最初は違和感があるかもしれませんが」

赤峯が応えた。

大箱のエレベータだったが赤峯を除く四人の隊員は乗り込まなかった。敬礼してエレベータを見送った。エレベータの階数表示はＧからＢ５まであった。赤峯が押したボタンはＢ４だった。

エレベータが停止してドアが開いた。照明が明るい通路だった。通路の片側に五つのドアが並んでいた。その一番奥に案内された。

「皆さんお待ちかねです」

赤峯がドアを開けた。

皆さん？

部屋に入った赤峯が敬礼して言った。

「お連れしました」

「ご苦労様」

柔らかく応えた人物に青木は息を呑んだ。東北国総理の根元恵美子が奥のソファーでくつろいでいた。右隣に官房長官の棚木忠興がいた。銀縁眼鏡の位置を直して読んでいた書類から目をあげた。左隣は背筋を伸ばした宮崎未夏だった。

「おやおや、勢揃いですか」

土井が言った。虚勢を張っていた。

「いらっしゃい。急な予定変更でごめんなさいね。でも、私だって絆まつりを抜け出して来たのよ。まあ、今日の芋煮は醤油だから構わないけど」

根元恵美子が立ち上がって向かい合う席を勧めた。

「カメラを回しますよ」

土井が言った。

まるでそれが、自分らに残された最後の武器だと言わんばかりの気合を込めていた。

「どうぞ。取材は制限しないと申し上げたはずよ」

根元恵美子がゆったりと腰を下ろした。土井に目で指示された伊藤が手際よくカメラを回し始めた。カメラの作動を確認して土井が言った。

「さきほど総理は取材を制限しないと言われたが、今夜の取材予定は石母田全一郎くんだった。それを一方的に変更された。これもひとつの制限じゃないですか」

「あら、イチローさんもいらしてるわよ」

部屋を仕切っているカーテンの奥から石母田全一郎が姿を現した。背後に国防隊の隊員が二名従っていた。根元恵美子らが座るソファーの横にある椅子に石母田全一郎が腰を下ろした。その左右斜め後ろに隊員が休めの姿勢で立った。

青木の目を惹いたのは隊員らではなく東北国国防隊司令の宮崎未夏だった。宮崎未夏は石母田全一郎が姿を現すなり席から立ち上がり、直立の姿勢で敬礼したのだ。その姿勢は全一郎が椅子に腰を下ろす前、目線を宮崎未夏と合わせ右手を左胸にあてて肯くまで続いた。全一郎の着席に合わせて宮崎未夏も着席した。

全一郎が見せた答礼は軍人に対して民間人がする正式の答礼だった。「私の命をあなたに預けます」という意味だ。

「すみません、お迎えができなくて。奥のトイレに入っていたので」

全一郎がぺこりと頭を下げた。

「正直言って緊張しています」

あどけなさが残る語調だった。

「緊張しているのはこっちだよ」

青木は無理に言葉を返して自分を落ち着かせようとした。

「ちょっと出迎えが仰々し過ぎやしないかな」

うまく苦笑できなかった。

「喫緊に確認させていただきたい事案が発生しました」

応えたのは国防隊司令の宮崎未夏だった。

「看過できかねる情報が国民から寄せられ、その内容が日本国からお越しの皆さんと石母田全一郎さんに関連する内容でしたので、本日の取材場所を司令部に変更させていただきました」

青木は土井に目をやった。土井が目立たないほど小さく頷いた。看過できかねる情報。それをもたらしたのは武田に違いない。『黙示録』を東京のテレビ局が取り上げようとしている。そんなリークをしたのだろう。

「どうやらお心当たりがあるようですね」

根元恵美子が探るような目で言った。

「イチローさんはどうかしら？」

語調は柔らかいが詰問の口調だった。全一郎がバツが悪そうに頭を掻いた。

「リークしたのは東北スポーツの独竜さんですね」

全一郎が根元恵美子に確認した。

「ええ」と、根元恵美子が即座に認めた。

「おれたちマスコミに事前に配布された資料には自由取材とあった。つまり取材には一切の制限をつけないという前提だったはずだよな」

土井が釘を刺した。

「一切の制限をつけないという条件は、取材相手や内容だけでなく、取材結果の報道に関しても取材側の裁量に任されると判断される。そうでなければ意味がない。それとも東北国がいう自由取材というのは建前なのか」

根元恵美子が宥めるように微笑を浮かべた。

「取材には、その報道のされように関しても、こちらからどんな制限を加えることもありません。ただ、私たちは、土井さんやお勤めになるテレビ局が恥を掻かれることを懸念するだけです」

土井に対して名指しで返した。

「ご親切なことで。でもね、総理。テレビ屋なんて商売は、恥を晒すのが仕事みたいなところがあってね、おれは一向に気にしないが、参考までに、どうしておれが恥を掻くのか教えてもらいたいですね」

「誤った報道をして、しかもそのソースがネット上のタブロイド紙だというのでは、日本を代表するテレビ局の人気報道番組として恥ずかしくはないですか」

「何も東北スポーツだけがソースじゃない。むしろ東北スポーツはソースですらあり得ない。武田は与えられたネタを乏しい文才でリライトして掲載しただけだ。真の発信者は、あなたたちが東北国生え抜きの高級官僚と認めた青年だ」

「イチローさんが発信源だと？」

「あんたがLonely Dragonだよな」

土井が確認し、根元恵美子の視線が全一郎に注がれた。

「それは私も知りたいわね。今夜お呼びした目的のひとつはそれよ。もちろん、一番の目的はそれをした理由を知りたいということだけど。イチローさん。場合によってはあなたの任官取り消しも考えなくてはならなくなるわ。心してお答えくださいね」

「心してですか」

全一郎が困惑の色を浮かべた。しかしその困惑はそれほど深刻なものには見えなかった。東北国国防隊司令部に出頭を命じられ、東北国の重鎮に囲まれながら、全一郎に臆する空気はまるで感じられなかった。

「まずひとつ目の質問。ぼくがLonely DragonであるかどうかについてですがA、答えはＹＥＳでありＮＯです」

「それは答えとは言わないわ」

「つまりLonely Dragonの署名で発信されたものが、すべてぼくが書いたものではないということですよ。たとえば東北国の独立にあたって世界世論を動かした『日本人と東北人』はぼくが書いたものではありません。あれを書いたのは祖父です」

嘘ではないと、その場の全員を納得させる全一郎の物言いだった。

「今、問題になっている『黙示録』はぼくが書きました」

あっさりと認めてしまった。

「どうして、あんなものを書いて東北スポーツに発信したのかしら？」

質した根元恵美子を上目遣いで見て、全一郎が答えた。

「イタズラです」

ふざけた回答を真摯に口にした。

「アウターライズの奇跡ともいえる犠牲者の少なさと、東日本大震災の復興予算の二倍を超える五十兆円の復興財源の調達、これについて世間もマスコミも既成事実として納得してしまっていますよね。つまらないじゃないですか。だから……」

「イタズラをしたわけなの？」

「一石を投じたと言ってほしいですね」

日本国からの報道陣招待に際して、東北国は取材を希望するマスコミ人に事前申請書を求めた。申請書は簡単なアンケートだった。取材場所、取材期間、取材目的、取材対象を申請してもらうことで円滑な取材ができるよう配慮したものだった。

「ぼくもその申請書の整理をお手伝いしました。ぼくが担当したのは土地鑑のある河北市とその周辺地域でした」

その整理の作業で全一郎は興味を惹かれる対象者を見つけた。青木清純と土井保と古川紀子だ。青木は石母田善一郎と蟻坂亮一、土井は双海洋介、紀子は幽冥こと武田史哲を取材対象に申請していた。このならびに全一郎は注目した。それぞれに表向きの取材目的が記されていたが、その裏にあるものを感じた。

「僕はそれを見て、現在の東北国だけでなく、アウターライズまで遡って取材したいという意図を感じて興味を持ちました」

青木が申請した取材対象である祖父はすでに他界していたが、それを伝えると青木の取材が別の区域になるのではないかと、情報の伝達を握り潰した。三人が揃うことに意味を感じた。そのうえで全一郎は『黙示録』を紀子が取材を希望する武田の東北スポーツに仕込んだ。

「ちょっと待ってくれ。それはおかしいじゃないか。おれたちが取材申請を書かされたのは先月だった。『深海の黙示録』が掲載されたのは先々月だ」

土井の指摘だった。

「東北スポーツは紙の媒体ではありません。必要であれば一年前の掲載という体裁も取れました」

全一郎が土井の疑問をあっさりと一蹴した。あたかも日本からの取材陣の来訪に合わせてリークされたように見せかけるために時期を選定したと言った。土井はその策略にまんまと乗せられたということになる。

「犠牲者六名というアウターライズの奇跡と、五十兆円の財源調達の背景をあなたが白日の下に晒したかったというのは分かったわ。でも、その手段が納得できないわね」

「おばさんたちは……」

親しみを込めた声で全一郎は総理である根元恵美子のことを「おばさん」と呼んだ。

「アウターライズの奇跡を公にはしないでしょ。あるいはできない、かな」

そう言って全一郎は宮崎未夏に視線を送った。根元恵美子と石母田全一郎を凝視していた宮崎未夏が目を伏せた。

「どうして、アウターライズの犠牲者は六名に止まったのか？」

部屋にいる全員に向けた声で全一郎が言った。

「それは発災前に自衛隊が展開したから。しかも部隊は防災の弱点を熟知していた。そのうえで、弱点を補うという明確な意思を持って展開した」

全一郎が土井と青木に視線を移した。

「では、どうして、自衛隊はそんな意思を持って発災前に展開が可能だったのか？」

「事前に発災を知っていたからじゃないのか」

土井が切り込んだ。

「他に考えられないじゃないか。たとえば、ここ河北市で考えても、最寄りの駐屯地は多賀城だ。どんなに急いでも駆け付けるまでに一時間は優にかかる。それが五分とかからずに展開を終えている。防災企画室の双海室長の話によれば、大津波警報の発令を知った彼が津波避難タワーに到着した時には、自衛隊員による避難誘導が始まっていた」

「そうですね。その異常さをご理解いただくために、多賀城駐屯地における東日本大震災時の動きを検証してみますと……」

全一郎が空で語り始めた。

平成二十三年三月十一日金曜日、十四時四十六分。東日本大震災発災。

同十五時十八分。災害派遣準備、県庁市役所に連絡員を派遣。

同十五時四十二分。災害派遣車両の配列完了。

「発災から災害派遣車両の配列が完了するまでに一時間近くの時間を要しています」

全一郎の説明に宮崎未夏が顔をあげて言った。

「災害派遣要請に備えていた多賀城駐屯地は、十五時五十九分、津波の襲来を受けます。そんななか駐屯地の隊員らは極寒の水に身を躍り込ませ、駐屯地近隣で流された車両内の要救助者の確認に向かいました。十七時二十分にはゴムボートが用意され、隊員らは我先にと乗り込みました。そのまま夜を徹した救助活動が行われました」

「宮崎司令……」

全一郎が柔和な眼差しで宮崎未夏に言った。

「ぼくは東日本大震災時の自衛隊の初動に疑問を呈しているのではありません。彼らは最大限の対応を為《な》したと信じています」

宥める言葉だった。しかし宮崎未夏は口を噤《つぐ》まなかった。

「自らが被災しながら、多賀城駐屯地が救助し受け入れた被災者は十一日の夜だけで七百名を超えます。生存の限界といわれる七十二時間以内に、多賀城駐屯地をはじめとする自衛隊員が救助した被災者は一万五千九百名です。その一方で、東北出身の隊員のご家族三百六十名が津波の犠牲になっておられます。隊員らにご家族の安否が知らされたのは、何日も後になってからです。その間彼らは、家族のことを案じながらも、自分らの任務を淡々とこなしました」

彼女の矜持がそれを言わせていると青木は感じた。

この部屋で今議論されていることが、そんなことではないと宮崎未夏にも解《わか》っているはずだ。それでも言わなくては気が済まないという彼女の気持ちを青木は感じた。

「失礼しました」

宮崎未夏が目を伏せた。小さく肯いて全一郎がそれに応えた。

「アウターライズにおける自衛隊の展開以前に、その作戦を立案した人たちのことを忘れてはいけません。たとえば河北地区では……」

全一郎は赤峯静也の名前を挙げた。赤峯は、復興支援の名目で、双海洋介が室長を務める防災企画室への派遣を受け、河北市の防災計画を精査した。当時河北市に限らず、国や地方自治体が作成した防災計画は減災の名のもとに策定されていた。防災ではなく減災なのだ。

全一郎が言った。

「自然災害の発生は止められない、発生すれば被害が出るのは当然のこと、その当然には人の命も含まれます。日本政府は南海トラフ地震による死亡者数の想定を三十三万人としています。備えることで最大三十万人の命は救える、とも述べています。逆に言えば、三万人の命は最初から諦めているのです。しかし赤峯さんらは、そんな考え方に妥協せず、被害者をゼロにするためにはどうすればいいか、その観点から防災計画を精査しました」

「そこまでは理解できる」

土井が身を乗り出した。

「なるほど、おれたちの知らないところで、いろいろな動きがあったわけだ。しかし今の説明はソフト面での説明でしかあり得ない。常識を覆す自衛隊の展開速度が説明されていないじゃないか」

「説明できない事情があったんです。なんらかの圧力をかけないと、その背景は表面に出ることはないとぼくは思いました」

「それで『黙示録』を仕込んだわけね」

根元恵美子が言った。

「ええ。アウターライズは、核で人為的に起こされた災害だった。そんなことが世界に喧伝されたら、東北国としては真実を述べるしかなくなるでしょう」

「……あんたって子は」

根元恵美子が嘆息した。しかしそれでもなお、青木は彼女の語調に全一郎に対する親愛を覚えた。

「貿易ギルドの蟻坂理事長は、きみが核廃棄物の地層処分を中国に持ちかけたと言っていたが……」

土井が糺した。指先が届くところまで近づいていた大スキャンダルが氷解し始めているのを感じているのだろう。自衛隊の早過ぎる展開の謎はまだ語られていないが、根元恵美子の様子からしても、それが人為的なアウターライズの発災によるものではないというのは明らかに思えた。

「実際のところそんな交渉はありませんでした。あれはぼくが蟻坂のおじさんに頼んで言ってもらったんです。アウターライズが人為的に起こされたものだとしても、日本に核があるなんて話は胡散臭過ぎますよね。中国と地層処分の交渉までしているんだったら、アウターライズを招いた核もあるかなと思ってもらうための小さな仕掛けでした」

土井がガックリと肩を落とした。傍《はた》で見ている青木の目にも憐れに思えるほどの落胆ぶりだった。まだ取材が終わったわけではない、そう言ってやりたかった。肝心な疑問の解が得られていないではないか。

「自衛隊の展開について説明してもらえるかな？」

土井に代わって質問した。

「この人たちが隠そうとしたことを、ぼくの口からお話しすることはできません」

全一郎が柔らかく答えた。「でも……」と根元恵美子らに言った。

「世界には人間の善を信じられない人たちが少なからずいます。開国して東北国は今以上に注目を浴びるでしょう。そうなれば『黙示録』のように悪意の解釈をする人たちも必ず出てきます」

語りかけるように言った。

根元恵美子は沈黙したままだった。

宮崎未夏が目を充血させていた。

棚木忠興は書類に目を落としたままだったが、眼が動いていなかった。

赤峯静也は唇を固く結んだまま握り拳を微かに震わせていた。

「この人たちは言えないわ」

カーテンの向こうから声がした。ゆっくりと引き開けられた。ベッドがひとつ置いてあった。カーテンの向こうの照明は落とされているが、漏れる明かりが声の主を浮き上がらせた。石母田律子だった。

「あっ」と小さく青木は驚きの声をあげた。

ベッドの上の壁にあの肖像画があった。石母田善一郎が姉妹都市提携をした温州市から贈られた絹糸で刺繍された肖像画だ。

「イチローさん。皆さんを困らせたらダメじゃない」

言いながら石母田律子が明かりの中に歩を進めた。

全一郎を除く全員が立ち上がってソファーを譲った。

「ありがとう」

軽く会釈して石母田律子がソファーに腰を下ろし、青木らと向かい合う格好になった。

「私からお話しします」

揃えた膝に手を置いて言った。

「あの朝、自衛隊の皆さんは駐屯地から駆け付けたのではないの。近くにいたの。アウターライズが起こる前から、東北太平洋沿岸に展開していたのよ」

「やはり事前に知っていた？」

土井が呟くように言った。

「どうして彼らは、あの朝、アウターライズが発災すると知っていたのですか」

声が高くなった。興奮が感じられた。

「あの朝だけではないわ」

土井の興奮を受け流すように律子が言った。

「十年間、毎日、自衛隊の人たちは展開していたの。二十四時間体制で、交代で待機していたの。夜は車の中で寝泊まりしながら、ね」

「……仰っていることの意味が分からないのですが」

土井がおずおずと訊ねた。青木にも石母田律子の言葉が呑み込めなかった。

「あら、そんな難しいことは言っていないと思うけど。あの子たちは、赤峯くんたちがお作りになった計画書に従って日々展開していたのよ。いつ津波が来てもいいように、毎日展開していたの」

「……馬鹿な」

土井が呻いた。

「東日本大震災後十年ですよ。常識で考えて、そんなことできるはずがないじゃないですか。とても信じられません」

「常識？」

土井の言葉に石母田律子の目が冷たく光った。

「そうね。あなた方の常識ではそうかもしれないわね。でも、あの子たちは違ったの」

いつの間にか石母田律子は自衛隊員らをあの子たちと呼んでいた。

「東日本大震災の被災地で、あの子たちはたくさんのご遺体を収容したわ。本来のあの子たちの任務は人命救助と生活支援、そうよね、未夏さん」

名指しで質問された宮崎未夏が背筋を反り返らせた。

「はい。本来はそうです。自衛隊の任務にご遺体の捜索や収容は含まれません」

ハキハキとした声で答えた。

「……しかし」と何か言いかけて口を閉ざした。

「いいのよ。言いたいことがあるのなら言いなさい」

石母田律子に促されて宮崎未夏が再び語り始めた。

「ご遺体を収容することは、被災されたご家族の生活支援になると自分たちは判断しました。

ご遺体をご家族のもとにお返しすることで、残された方々が次の一歩を踏み出せると。ですから各部隊長は、ご遺体の損壊を厳に禁じました。生きておられる方と同じに扱えという命令が下りました」

「アメリカさんには指一本触らせなかったのよね」

「はい。それも自分らの判断でした。トモダチ作戦に参加していただいた米軍には感謝していますが、同胞として、ご遺体は自分らの手でご家族のもとにお返ししようと決めました。米軍は五千袋のボディーバッグを用意してくれましたが、あれは戦地から戦死者を搬送するためのものです。一袋も使いませんでした」

覚悟はあった。しかしきれいなままの遺体が回収されたのは、発災後四日ほどで、以降の遺体回収は難渋を極めた。死後硬直、瓦礫による損壊、気温の上昇に伴う腐敗、水中での膨張、津波火災による焼死体。

日が経てば経つほど、遺体の状態は目を覆いたくなるようなものになった。腐臭や漏れ出る体液も遺体収容に携わる自衛隊員らを苦しめた。精神を病んだ隊員も少なくなかった。

「二度とあんな思いはしたくない。あの子たちがそう考えたのも無理はないわね」

それが平時に有事の展開を継続した原動力になったというのか。しかし津波はいつ襲ってくるか分からないのだ。現実に青木が被災地を取材したとき、五百年に一度、千年に一度という言葉を口にする被災者も多くいた。

「そうね。確かにそんなことを言う人もいましたね。でも東日本大震災の前に三陸海岸を襲った大地震は昭和八年の昭和三陸地震だわね。そしてその前は明治二十九年の明治三陸地震、たった三十七年の間隔で三陸は津波を伴う大地震に見舞われているの。加えて言うなら、昭和三陸地震は明治三陸地震のアウターライズよ」

「それにしても三十七年という歳月を経ているじゃないですか。自分たちが現役でいる間に、あるいは生きている間に、襲来しないかもしれない津波への守りのために、それだけのことができるなんて、やはり信じられません」

　土井が言った。その土井の言葉に応えずに石母田律子が宮崎未夏に問いかけた。

「未夏さん。ご遺体の収容をしながら、あなたは何を思いましたか？」

「尊厳です」

　一瞬の迷いもなく宮崎未夏が言った。

「人間の尊厳を思いました。理不尽な死というものが、これほど人間の尊厳を蹂躙《じゅうりん》するものだと知りました」

　ゴクリと宮崎未夏が生唾を呑み込んだ。

「襲来しないかも知れない津波への守りを、そこまで継続できるのかと仰いましたが、それはあの地獄を知らない人の言葉です」

　怒りが垣間見えた。誰に対する怒りというのではなかった。

「発見したご遺体をすべてその日のうちに収容できたわけではありません。心ならずも翌日に跨《また》がるときもありました。そんな時は、歩哨を立てて引き上げるしかなかったのですが、ある時自分は、その歩哨に拳銃を持たせることを真剣に考えました。そしてそれを実行しました」

死者の装飾品を強奪しようとする輩を警戒するためではない。死者の写真を興味本位で撮影しようとする旅行者やマスコミ関係者を遠ざけるためだった。「そんなものを持たされたら自分は発砲するかもしれません」と歩哨を命じられた隊員が真顔で言った。

「発砲を許可したのですか」

青木が質した。

「いいえ」

宮崎未夏が硬い表情で首を横に振った。それはそうだろう。自衛官ともあろう者が、民間人に銃口を向けることができるはずがない。

「しかし、拳銃を携行させるということは、許可したのと同じではないですか」

青木がさらに踏み込んだ。

「許可はしませんでした」

宮崎未夏が遠い目をした。そして言った。

「発砲を命令しました。自らが責任をとる覚悟がなくて、部下に拳銃を持たせることはしません」

重い沈黙が流れた。それほど彼らは精神的に追い詰められていたということか。

「私たちはそれを聞いて、未夏さんが国防隊の司令に相応《ふさわ》しい人物だと判断しました」

根元恵美子が言った。石母田律子が肯いた。

「市民に銃口を向けることを躊躇《ためら》わない人物が国防隊のトップに相応しいというのかよ。ずいぶん物騒な話だな」

土井が混ぜ返した。またしばらく沈黙があった。

「……そうじゃないと思います」

遠慮がちに沈黙を破ったのは紀子だった。

俯き加減に自分の手元に目をやったまま言葉を続けた。

「私なんかが……想像で言うべきことではないかもしれません。……でも隊員さんに渡された拳銃は……重かったと思います」

言葉が途切れた。顔が紅潮していた。

「その重さは……宮崎司令の……覚悟の重さです。もし……発砲していたら、……たいへんな責任問題になっていたでしょう」

ますます深く項垂れた。

「宮崎司令の覚悟を託された隊員さんを……不謹慎ですが……私は……羨ましく思います。その重さを抱えて……引き金を引けるわけがないだろう……ということも、勝手な……想像ですが……私は理解できます」

ようやくそれだけを言った紀子は目に涙を溜めていた。

「そうなのよね、お嬢さん」

慰めるような笑顔を浮かべて石母田律子が言った。

「恵美子さんだけじゃないの。それは瞬く間に現地の隊員たちに広がりました。そしてそれを知った全員が、未夏さんこそ司令に相応しい人物だと考えました」

また、沈黙。

「展開は誰の命令で行われたのですか？」

痺れる唇を開いて青木は質問を変えた。自衛隊隊員のモチベーションを支えたものについての議論は堂々巡りに思えた。いくら土井が、青木もだが、信じられないと喚《わめ》いても、現実にそれが為されたのであれば信じるより他にない。しかしそれでも疑問が残る。それだけの大部隊を毎日動かすためには、かなり上位からの命令が必要だろう。命令に基づいて動くのが軍隊だ。自衛隊だとしても例外ではあるまい。

「誰も命令などしていませんよ」

穏やかに石母田律子が言った。

「勝手にやったことなのね。未夏さんたちもそうだし、赤峯くんが作戦を立案したのも組織が認めない勝手な判断だったのよね。だからこの人たちは、それを公にはできないの」

「結果を出したんだから公にすべきだと思うけどな」

全一郎が不満げに口を尖らせた。

「大人の事情というものがあるのよ」

石母田律子が穏やかに諭した。

「東北国にいる人たちだけならともかく、今も日本国の自衛隊や防衛省に籍を置いて、あの子たちのやることに目をつぶってくれた人たちのことも考えなくてはいけないでしょ」

「命令ではなく自主的というのがすごいですね」

青木はぽつりと言った。いつの間にか青木の気持ちから疑問が霧散していた。日々のけっして楽ではないであろう業務をこなし、本来であれば自分の自由になる時間を、あるいは家族とのくつろぎを犠牲にして、いつ来るともしれない災害に備える隊員たちの姿を思い描いた。仕事柄、物事の裏を考えるのが習い性になっていたが、たまには丸呑みで、人間というものを信じてみても構わないかという考えになっていた。

「あえて言えば、命令ではなく、あの人がお願いはしましたけどね」

石母田律子がそう言って首を巡らせた。

目線の先には、堂々と微笑む石母田善一郎の肖像画があった。

仙台市／ビラエルホテル

河北市での取材が空振り同然に終わり、青木ら一行は絆まつりが開催されている仙台に取材場所を移した。移したが、青木と土井はほとんど外出しなかった。疲れていた。追い求めた真相は明らかになったが、報道するにはあまりにも微妙な内容だった。あの夜、石母田律子は言った。

「報道することも、その内容も、私たちは一切制限しません。事実は動かせないものですから。でも、もう少し時間をおいてくれないかしらと思います」

根元恵美子をはじめとする東北国の関係者は誰も口を挟まなかった。

しばらく考え込んで青木は言った。

「いくらなんでも、手ぶらじゃ帰れないな」

紀子が非難する目を向けた。構わずに続けた。

「明日、仙台に移動しますよ。せめて絆まつりを取材させてもらいましょう」

土井が苦笑した。諦めの苦笑だった。

喜んだのはカメラの伊藤で、仙台に着くなり毎日早朝から夜遅くまで、カメラを抱えて出歩いた。Lonely Dragon の正体を突き止めるという目的が未消化なまま終わってしまった紀子も、気分転換だと伊藤に同行した。

「そう言えば来年だな」

青木の言葉に土井が考え込んだ。土井は明るいうちから青木の部屋に来てチリンビールを呷っていた。青木もそれに付き合って、二人ともかなり出来上がっていた。

「何が？」

土井が気のない様子で訊いてきた。

「パリ五輪だよ」

「ああ、ヨダと競走した女か」

河北市から離れる日の午前中、青木らは東北国国防隊司令の宮崎未夏の勧めで、一組のカップルを取材した。「ニュースになる女性をご紹介します」と言われた。

国防隊の制服姿で河北グランドホテルに現れた二人は新婚だった。付き添った赤峯静也が、アウターライズの時、津波と競走したのだと女性を紹介した。あわやというところで救援警備に当たっていた自衛官に助けられた。その自衛官が夫だった。

「奥崎浩哉です」「七海です」と二人が名乗った。

津波と競走した女性といわれても、いまさら青木の食指は動かなかった。土井も同様だったのだろう、インタビューを紀子に任せて伊藤には「好きに撮れ」と指示した。紀子のインタビューも投げやりだった。相手が話すに任せて津波と競走したという当時の話をさせただけだった。インタビューの最後に紀子が訊ねた。

「今後の抱負をお聞かせください」

こんなインタビューにありがちな型通りの問い掛けだったが、その言葉を待っていたかのように七海が勢い込んで喋り始めた。

「私は東京五輪のマラソン日本代表の補欠でした。あの時はまだ、長距離をやるのか短距離をやるのか迷いがありました。迷いというより気持ちがどっちつかずでした。でもヨダと競って、迷いが吹っ切れました。あの日から三年間、マラソンだけに打ち込んできました」

奥崎浩哉がコーチを務めた。奥崎は東京オリンピックのマラソン日本代表だった。

「東北国が独立して、間もなく三年になります。世界の皆さんにお願いです。東北国独立という大事業のため、私は東京の次、来年開催が予定されているパリオリンピックを諦めていました。でも、こうして東北国が開国する今、私は改めてオリンピックに挑戦したいのです。選考会はもう終わっています。今の私には出場資格がありません。どうか私をオリンピックに出場させてください」

　気持ちを高ぶらせ、目に涙を浮かべて訴えた。伊藤のカメラにではない。世界に向けて動画配信されている東北国のカメラに向かって言った。

　二日後ＩＯＣはフランスオリンピック委員会と協議のうえ、条件付きで彼女の出場を認めるという声明を発表した。驚くほど速い決断に、オリンピックを興行として考えるＩＯＣの思惑が見え隠れした。それだけ東北国が世界の耳目を集めているということなのだろう。

「まんまと東北国に嵌《は》められた取材だったな」

　土井が自嘲気味に鼻を鳴らした。

「彼女が金メダルでも獲ろうものなら、また東北国が盛り上がるな」

　投げやりな口調で青木は言った。しかし口ぶりとは別に、ビールで虚《うつ》ろになった頭は彼女の金メダルを確信し、期待していた。

「獲るだろうよ。なんせ、東北国の人間なんだぜ」

　揶揄する口調だったが、土井の思いも同じだと感じた。

エピローグ

ハワイ／中山欣也・真希子

なだらかな坂の上で老婆が振り返った。かなりの高齢だが真っ直ぐに伸ばした背筋が美しい老婆だった。

「ほんまに、この辺りなん？」

坂の途中で地図を広げている男性に向かって言った。男性が広げた地図を傍らに立つ女性が覗き込んでいた。男性は中山欣也、女性はコープでレジ打ちをしていた真希子だった。

「お母ちゃん、ちょっと待っていな」

地図から顔を上げて欣也が情けない声を発した。

東北国河北市土木ギルドで技術理事を務める欣也だった。もはやフリーの土木作業員ではない。経験と技術と、そして何より人柄を見込まれて理事に推挙されたのだ。東北国独立後、周囲の勧めもあって真希子と所帯を持った。開国と同時に老いた母を呼び寄せて、母が念願していたハワイ旅行に旅立ったのだ。

ハワイを訪れる前に「お願いがあるの」と欣也は妻の真希子に言われた。

真希子の願いは、ある老夫婦を訪ねたいというものだった。その夫婦はハワイでゴミ拾いをしているらしい。

「ゴミ拾い？」

欣也は不審な思いで訊ねた。

「知り合いなのですか」

夫婦になっても畏まった言葉でしか話せない欣也だった。

「東北の人なの」と真希子は答えた。

「東日本大震災の津波漂流物が、今でもハワイさ流れ着くのよね。それが海岸を汚すと知って、ハワイさ移住してゴミ拾いのボランティアをしてるの」

真希子は二人のことを取り上げた東日本大震災六年後の新聞の切り抜きを大事にとっていた。

「でも。それだけでねぁーと思う」と真希子は言った。

「この人たちはあの津波で息子さんご夫婦と孫娘さんを亡くしてるの。河北の南浜で行方不明になったままなの」

励ますとかではないが、まだ東日本大震災が終わっていないその夫婦のもとを訪れたいと真希子は遠慮がちに言った。

「ほんま、暑いところやな」

汗を拭いながら欣也の母が坂を下ってきた。

「お義母つぁん、すまねぁー。おらの我儘《わがまま》にお付き合い頂いて」

「何を言うてんの。マキちゃんの言うことなら何でもウエルカムやで。こんなできそこないのところに嫁に来てもろうて、どんだけありがたいと思てるか」

欣也の母が顔の前で掌をひらひらさせた。

「あれと違うけ」

欣也の指差す方向、道から下った海辺の椰子《やし》の木の向こうに赤い屋根が見えた。

「行ってみよか」

息子夫婦の返事も待たずに母が、元気よく海岸へと続く隘路《あいろ》を下り始めた。慌てて息子夫婦もそれに従った。

「どうやら、そうみだいね」

半ばまで下って真希子が言った。なるほど小屋の周囲には、漁網のブイや半分に砕けたプラスチックのトロ箱など、それらしきものが積み上げられていた。

浜には四つの人影があった。二人はかなり高齢の老人だった。別の二人は若者で、ただ若いというだけでなく、尋常ではない鍛錬を思わせるしなやかな肉体を輝かせていた。

欣也らの訪問に浜の四人が作業の手を止めた。

「こんにちは」

真希子が張りのある声をかけて会釈した。四人が会釈を返してきた。

「……あのう」

目的の人物が見つかったというのに、真希子はそれ以上、どう声をかければいいのか戸惑っているようだった。

「お宅さん、紫桃清一郎《せいいちろう》さんでっか？」

大きな声を出したのは母だった。

「ええ、紫桃ですが」

清一郎が応えた。

「はぁ、良かった。えらい、捜しましたで」

母がぺたんと砂地に尻をついた。

「失礼ですが、あなた方は？」

清一郎の問いに母が目線を真希子に向けた。真希子が一歩前に出た。

「東北国のもんだ。河北市がら来たっちゃ。紫桃さんご夫婦のごどを新聞で知って、前々がらお会いしたいと思っていました」

ぺこりと頭を下げた。

「そうですか。わざわざ遠いところをご苦労様です。暑かったでしょう。どうぞこちらに。冷たいお茶でもいかがですか」

清一郎が三人を小屋のテラスに案内した。テラスには四脚の椅子があった。古びた、そして形も色も揃っていないプラスチックの椅子だった。椅子に座った三人のもとに氷を浮かべた緑茶が運ばれた。「妻の綾野《あやの》です」と清一郎が紹介した。

「河北新報でお二人のごどを知りましだ。おらは河北市の門脇《かどのわき》の出身です。あの日は渡波のコープで仕事をしていました」

門脇は紫桃夫婦の息子夫婦と中学生の孫娘が消息を絶った南浜に隣接する地区だ。あの日が何を意味するのか、言うまでもなく相手に伝わるであろうことは欣也にも理解できた。紫桃綾野は顔を曇らせることもなく「そうですか」としみじみとした口調で肯いた。

「南浜には何度も通いました。ひょっとして向こうでお会いしたかもしれませんね」と清一郎が言った。「ご家族はご無事だったのですか」と続けて訊ねた。

「母ど父が津波の犠牲になりました。あの日は昼から蛇田のイオンさ買い物さ行くと言ってだのんでも、地震起ごって自宅さ戻っぺとしたのだべね。南浜まで帰ったどごろで、災難さ遭ったみだいです」

「そうですか。ご遺体は？」

「しばらぐ見づがらねぁーでしたが、南浜さ仮置ぎされでだ車の中で見づがったです」

欣也が初めて聞く話だった。夫婦になってからも、東日本大震災の話題には触れないようにしてきた欣也だった。真希子から語られることもなかった。お互い苦しい話題であろうが、これほど自然に話し合える妻と紫桃夫婦の関係に、被災者の連帯のようなものを欣也は感じた。

欣也の脳裏に仮置きされた車の景色が浮かんだ。十台、二十台という規模ではない。五百台を優に超える被災した車が、無造作に積み上げられている仮置き場だった。

震災後、一年足らずの時期だっただろうか、それらの車は屑鉄として業者に引き取られた。車を搬出する際、中から遺体が発見されたというテレビニュースを見た記憶があったが、それが真希子の両親だったかどうかは定かではない。当時は各所の瓦礫置き場から、遺体が発見される日々だった。夏を超えて発見された両親の遺体は、さぞかし目を背けたくなるような状態だっただろうなと想像し、慌てて欣也はその想いを振り捨てた。

「今でもだぐさんの津波漂流物流れ着ぐのだが？」

真希子が波打ち際にまとめられた漂流物に目をやって訊ねた。

「震災の五年後がひとつのピークでしたね。それ以降は減りましたけど、今回の、アウターライズでしたか、あれでまた増えました。今回の津波だけでなく、先の津波で流されて、海底に沈んでいた津波瓦礫も交じります」

問わず語りに聞いた話では、夫婦が回収した津波漂流物はホノルル市の清掃局が引き取ってくれるらしい。清掃局に渡す前に、遺品と思われるものを拾い出し、まとまったところで東北に移送していると言う。

「東北国が独立して、鎖国したでしょ、しばらく送れなくて溜まるばかりになっていましたが、開国と同時に東北国が輸送船を仕立ててくれて、集めたもの全部を引き取ってくれました」

それらはネットに写真を公開して引き取り手を探し、一年経っても引き取り手が現れなかったものは、僧侶によって荼毘に付されるらしい。

「あの方々もボランティアだが？」

　真希子が波打ち際の二人の若い男女に目をやって訊ねた。

「あら」と、紫桃綾野が目を見開いた。「東北国の方なら御存じでしょうね。小梨七海さんと奥崎浩哉さんなのよ」

　小梨七海の名前は欣也も知っていた。二ヶ月後に開幕するパリ五輪のマラソン選手だ。奥崎浩哉は彼女のコーチだとうっすら記憶していた。東北国開国前に招待された報道陣のカメラの前で、突然オリンピックへの参加を希望した小梨七海にＩＯＣが提案した条件は、その三ヶ月後に開催が予定されていたホノルルマラソンで、オリンピック標準記録を出すことだった。それを軽々とクリアしたばかりか、小梨七海は優勝してしまった。大会記録というオマケつきだった。

「ホノルルマラソンの時も訪ねて来てくださって、今回は、調整のために現地入りする途中で寄ってくださったの」

　小梨七海は紫桃夫婦の孫娘である紫桃冬実の親友で、夫婦が何度も通った南浜にも、捜索があるたびに付き合ってくれたのだと昔話は続いた。紫桃綾野が語る昔話に寄り添うような波の音が辺りを包んだ。

　キャアアアアアアアアアアアアアアアアアアアアアアアアアアアアアア。

　突然、凄《すさ》まじい悲鳴が起こった。テラスの五人の視線が一斉に悲鳴がした海に向けられた。悲鳴を発したのは小梨七海だった。

ギャッ、ギャッ、ギャッ、ギャッ、ギャッ、ギャッ、ギャッ、ギャッ。

小刻みに身体を震わせながら、なおも小梨七海は悲鳴を上げていた。

奥崎浩哉が駆け寄った。その胸を七海は突き飛ばした。もんどりうって倒れた浩哉が大袈裟な水飛沫を上げた。そんな浩哉には目もくれず、七海が一目散に駆けてきた。砂地をものともしない、飛ぶような走りだった。

「おばあちゃん。おじいちゃん」

走りながら七海が声を限りに叫んだ。

「千切れた漁網に……」

その先の言葉が掠《かす》れて聞き取れなかった。ゼイゼイと咳をした。

「ふゆみの、ふゆみの」

咳き込みながら辛うじて発した言葉に紫桃夫婦が身を固くした。二人は覚束《おぼつか》ない足取りで七海に駆け寄った。何事かと欣也ら三人も続いた。紫桃清一郎が七海を抱きとめた。七海がその場に崩れ落ちた。荒い息に肩を上下させながら、七海が右手に摑んだ物を紫桃夫婦に差し出した。そして言った。

「冬実の、冬実の、ミニバッグです」

ボロボロになって色褪せてはいるが、元は鮮やかな青だったと思わせるミニバッグだった。

「間違いないの？　間違いなく冬実の持ち物なの？」

紫桃綾野が問い詰めた。

「間違いありません。あの子の十二歳の誕生日に私がプレゼントしたミニバッグです。間違うはずがありません」

強い眼差しで七海が断定した。

七海の手から奪うようにミニバッグを取り上げた紫桃綾野が、それを胸に抱きしめて膝を落とした。

オウ、オウ、オウ、オウ、オウ、オウ、オウ、オウ、オウ、オウ、オウ。

吠えるような声で身を捩《よじ》らせて慟哭《どうこく》した。妻を包み込むように抱いた清一郎も固く閉じた目から滂沱《ぼうだ》の涙を流していた。無言で何度も肯いた。

清一郎の傍らで真希子が砂浜にしゃがみ込んだ。真希子も泣いていた。号泣だった。

「優しい人らやなぁ」

佇んで声を発した欣也の母の目にも涙があった。

「辛いことにじっと耐えてきたから、あんなに泣けるんや。優しい人やから、耐えてこれたんや」

言う母の人生を欣也は思った。

母もまた耐え続けてきた人だった。そして優しい人だった。

東北国に帰りたいと不意に思った。優しい仲間たちのもとに、妻と母を連れて帰りたいと思った。涙が溢れそうになって空を見上げた。

水平線の向こうで海と繋がっている空だった。そこから入道雲が立ち上がっていた。

あとがき

東北独立というテーマで書かれた小説は井上ひさしさんの『吉里吉里人』や西村寿行さんの『蒼茫の大地、滅ぶ』などいくつかある。バッドエンドのものが多いが、本作はハッピーエンドになっている。

どうしてもバッドエンドにできなかったし、私の小説の特色である貧困や差別、エロやグロやバイオレンスも一切書かれていない。これには訳がある。実はこの作品を執筆したのは赤松利市として小説家デビューする前の事だったのである。

当時私は、二十年近く経営した会社を自らの不徳の致すところで経営破綻させ、復興バブルを当て込んで、宮城県石巻市で土木作業員に従事していた。そこで様々な疑問を覚えた。復興とは何か？　そのような疑問である。

津波に見舞われた三陸海岸は、ゼロからの復興どころかマイナスからの出直しであった。『頑張れ』という標語が日本中に溢れた。頑張っている人たちに頑張れという事に違和感を覚えた。

『絆』という言葉も濫用された。『絆』の語源は『木綱』であった。すなわち家畜などを一時的に繋ぎ留める木が語源なのである。

それらの言葉の氾濫は、吉村萬壱氏が『ボラード病』でお書きになられている同調圧力以外の何物でもなかった。私は同作こそ震災文学の極北であると考えている。ボラードとは、船を係留するため港に設けられている係留杭だ。すなわち萬壱さんは『絆』というまやかしの言葉を、ボラードに置き換えて、同調圧力を見事に表現されていたのである。

この小説は土木作業員をしながら頭の中で書いた。それを作業員宿舎でガラケーに文字起こしたものである。自身のメールアドレスに送信して保存した。石巻市で三年半、復興バブルの恩恵に与れず、さらに南相馬市に除染作業員として移り住み一年半、それでも完成せず、浅草でネットカフェ難民をしながらさらに一年、都合六年の年月を経て書き上げた。

この小説を書き始めた切っ掛けは、震災の年の年末、高速バスで関西に帰る安達太良《あだたら》パーキングエリア（福島県）に掲げられた横断幕であった。

そこには「私たちは頑張っています」とあった。

その横断幕に立ち止まった。

見慣れた「頑張ろう」ではなく「頑張っています」なのだ。

誰から誰に向けて放たれたメッセージなのだろうとしばし考え込んだ。

そして浮かんだ。

当時はまだ石巻市で土木作業員をしており、福島の事はそれほど知っているわけではなかったが、イチエフの事故で多くの避難民が福島から県外に避難しているというくらいの知識はあった。

このメッセージは福島県に残った人たちから、県外に避難した人たちに送られたメッセージではないかと思えたのである。

「私たちは福島に留まって頑張っていますよ。事態が落ち着いたら戻って来てくださいね」

そのように解釈したのである。泣いた。

東北独立というテーマが浮かんだ瞬間であった。

私は3・11という表記を好まない。Twitterなどでも必ず東日本大震災と呟くようにしている。それは2・26とか9・11という表記と同列に東日本大震災、そしてイチエフの事故を並べるのに違和感を禁じ得ないからである。前者は事件であり、後者は自然災害と行政の無策ゆえに、被害を甚大化したものであると考えている。だから分けて捉えるべきものではないか。

安達太良パーキングエリアに掲げられた横断幕を見て、東北独立を着想した私は、慣れない土木作業で、スコップで穴を掘りながら、竹箒で場外の道路を清掃しながら、場外に出る大型ダンプの車輪を洗いながら、水田除染の表土を剥ぎ取りながら、日銭仕事のために上野の風俗店で『カンバン』と呼ばれる店頭での客引きをしながら、頭の中でこの物語を書き続けた。そして仕事終わりには前述したようにガラケーに文字起こしした。

直接ではないが、滋賀県に住んでいた折、阪神淡路大震災も経験した私である。作中の復興マルシェにおいて、関西からの観光客が阪神淡路大震災の事を忘れていた東日本大震災の被災者に掛けた言葉は、実際に私が耳にした実話が元になっている。忘れないで欲しいという気持ちは、被災者の切実な願いであった。しかし人は忘れる。日々の事に追われて忘れてしまう。

忘れないで欲しい。自然災害はどこに居ても起こるのが日本という国なのである。災害大国なのだ。東日本大震災の被災地に於いてでさえ、発災二年後には五百年に一度の災害と認識されていた。

直近の三陸海岸沖の地震を表記する。

明治三陸地震　１８９６年
昭和三陸地震　１９３３年
東日本大震災　２０１１年

わずか一世紀余りの期間に大震災に三回も見舞われているのである。

そして昭和三陸地震は、明治三陸地震のアウターライズであった。その間、わずか三十七年しか経過していないのである。

「五百年に一度」という認識がどれだけ甘いかお分かり頂けるであろう。

それは中央行政の瑕疵でもある。震度別に定義した地震情報に、はっきりと「五百年に一度程度の」と記されていたのである。

作中にも記したが、アウターライズ型の地震は、逆断層型の地震によりプレートの沈み込みが早くなり、引っ張り強度が増す事で、はるか沖合でプレートの断裂が起こり、発生する正断層型の地震である。すなわち三陸海岸沖は、東日本大震災の影響で、アウターライズが起こりやすい状況にあるのだ。

本作に登場した人物のほとんどは、実在する人物である。氏名は変えているが、読む人が読めば、それが誰だかお判り頂けるであろう。私が被災地で出会った方々をモデルにさせて頂いている。その方々には深く感謝申し上げます。

また、他の版元さんに採用して頂けなかった本作を世に出して頂いた中央公論新社さん、ならびに担当者さん、そして本作をお読み頂いたすべての読者の皆様にも、深く感謝申し上げます。

令和五年二月　赤松利市

この物語はフィクションであり、実在の人物、団体などとは一切関係ありません。

『アウターライズ』二〇二〇年三月　中央公論新社刊

中公文庫

アウターライズ

2023年3月25日　初版発行

著　者　赤《あか》松《まつ》 利《り》市《いち》

発行者　安部 順一

発行所　中央公論新社
〒100-8152　東京都千代田区大手町1-7-1
電話　販売 03-5299-1730　編集 03-5299-1890
URL https://www.chuko.co.jp/

ＤＴＰ　平面惑星
印　刷　三晃印刷
製　本　小泉製本

Published by CHUOKORON-SHINSHA, INC.
Printed in Japan　ISBN978-4-12-207333-3 C1193